延安文学中的爱情书写研究

邱跃强——著

上海人民出版社

目录

导论

延安文学中的爱情书写：问题的缘起

鲁迅先生曾说："创作总根于爱。"[1] 没有爱，也就无法创作，更无法称之为文学，所谓"文学是人学"，很大程度上与爱有着密不可分的关联，因此，从本质上来说，对爱情的书写与研究，也就是对人类自身情感和灵魂的探寻和叩问。延安文学常被看作一种政治性较为浓厚的文学类型，但不管是何种文学或文艺类型，它能够持续活跃在人们生活和艺术的视野中，并不断散发自身的独特魅力与精神内涵，引起人们持续关注和探寻，我们就不能忽略，也无法忽略它除政治性因素之外所具有的文学性、审美性、艺术性等特质。而延安文学所蕴含的文学性、审美性、艺术性等与它对爱情的书写有着紧密联系，或者说从其对爱情的书写中是可以见出一些的，这是引起笔者思考和激发笔者对延安文学中的爱情书写进行探寻的原因之一。

原因之二，延安文学是一种具有丰富的现代性品格和独特的信仰性内涵的文学，只有深刻理解和把握延安文学

1. 鲁迅：《小杂感》，载《鲁迅全集》（三），人民文学出版社 2005 年版，第 292 页。

的现代性品格与信仰性内涵，才有可能真正理解和把握延安文学所具有的文化创造性指向。延安文学是一种在抗战的烽火中诞生的文学，更是在中国共产党领导的民族解放和阶级解放的革命中孕育和形成的文学，其现代性品格与生俱来。而爱情既是革命现代性的一种表征和结果（因为革命最终要实现的就是民族独立、个人自由），也是革命现代性的一种途径和过程（不论是晚清、五四，还是左翼、延安，爱情，尤其是青年男女之间的自由恋爱等本身就包含着反传统、反礼教的现代性意味），因此，以现代性为视角，可以更为细致地感知延安文学中的现代与传统、政治与日常、个人与集体之间相互交织与作用的关系。而延安文学的信仰性内涵与文学艺术的审美性以及知识分子独特的艺术追求之间又构成一种怎样的关系，或者说是否信仰性内涵覆盖和遮掩了文学的其他属性以及知识分子自身的文人风格等，对于这一点的回答，从延安文学中的爱情书写中是可以得到进一步解答的。

原因之三，延安文学无论是在形成、发展、传播，还是在内涵、表征、影响等层面，都是非常复杂的。因此，"'救亡'、'政治'、'意识形态'或与之相关的表述这样的大麾覆盖一切，而忽略了大量具体细节的描绘和多种角度的阐释"，[1] 是无法揭示延安文学丰富的历史和现代性特征

1. 吴敏：《延安文人研究》，香港文汇出版社 2010 年版，第 1 页。

的。而爱情这一蕴含无数细节和包罗万象的情感体验与文学主题，正为我们提供了这样一种视角——既可以从具体的文学作品出发，从细节着手，将那些潜隐在政治、革命、意识形态等宏大的叙事中不易被发现的情绪、情感、审美、艺术性等予以揭示和彰显，又能够看到政治、革命、意识形态等对爱情书写在全局上、整体上的制约、塑形与影响。

原因之四，革命，这一带有残酷、无情、暴力、集体、政治等含义的字眼，与蕴含浪漫、温情、美好、个人、无功利等内容的爱情难舍难分，并彼此缠绕了半个多世纪，两者的组合，总显示出一种情感的悖论与纠结。20世纪30年代初盛行一时的“革命加恋爱”的小说，不仅读者争相购买，作家也争相模仿这一创作模式，虽然它也招致来自不同声音的质疑与批评，尤其是中国左翼作家联盟对这一“公式”的批评最为严厉，不仅将其贴上小资产阶级行为和作风的标签，而且还提出终止这一文学实践。但我们发现，作家对于爱情书写的热情不仅没有减退，反而更加高涨，即使是在延安整风运动和《在延安文艺座谈会上的讲话》发表之后。延安文人不仅是延安文艺的创作主体，也是新中国文艺创作的核心构成部分，他们的心路历程、心理变迁、文化创造、文学坚守、生存智慧等无不具有代表性和启发性，并深刻影响着社会主义初级阶段文化与文学的创造和表达。从他们对爱情书写的坚持和调整中，是可以感知到他们作为知识分子的心路历程和心态变迁的，而这也可以作为理解延安文学与现代中国知识分子之间关系的一个侧面。

第一章

革命与爱情的双人舞

革命作为现代中国最活跃和最富力量感的发声实践，它带来的是整个社会秩序和文学主题的重建，而爱情不仅是人类最为诗性的情感形式，也是文学艺术最为生动的修辞，这是两个充满现代性活力，并蕴涵丰富情感张力的词语。革命代表着一种集体情感的凝聚与表达，预示着一种进步与光明的未来图景；爱情是一种私密性的个人日常话语，更多指涉为个人主体性的实现与彰显，两者看似矛盾，乃至对立，“私人恋情永远与政治集体运动格格不入”，[1] 但在现代中国的历史化进程中，革命与爱情彼此交织，相互作用，不仅显示出一种旺盛的文学生命力，而且也揭示出镶嵌在文学文化内里的象征秩序与意义系统。王德威认为“革命的能量既源于电光火石的政治行动，也来自动人心魄的诗性号召”；[2] 而这一“动人心魄的诗性号召”无疑具有

1. ［美］王斑：《革命热情与政治：丁玲作品精神分析解读》，曹晓华译，《文艺理论研究》2015 年第 5 期。
2. 王德威：《史诗时代的抒情声音：二十世纪中期的中国知识分子与艺术家》，生活·读书·新知三联书店 2019 年版，第 5 页。

抒情的因子或气质，无论抒何“情”，“情”提供给革命的不单单是源源不断的能量与动力，也是其革命叙事的深层情感逻辑与编码。爱情作为“情”最重要的意义构成，它可以从“情”所构建的宏观框架中剥落与独立，重新定义和组成适于自身、彰显自身的指涉网络和话语系统，从而与革命发生更为紧密和深层的互动。

第一节　爱情书写生成的革命动机

任何一种主题的书写，都有自身的“动机”，无论这一动机是现实的，还是文学的，又或是精神层面的，至少它是无法绕开的巨大存在，是能激发和唤醒这一主题不断持续，并深入记忆系统的强大动力。爱情书写也有其必不可少的“动机”，尤其对于20世纪的中国而言，革命是其最重要的动机。现代中国，即为“革命”的中国，它的形式繁多，既有政治革命，如辛亥革命、国民革命和无产阶级革命；也有文化革命，如五四新文化运动；还有民族革命，如抗日战争等，形式多样的革命具有的共同特点就是不断冲击着旧有的封建传统与秩序，都包含着对“中国问题”的思考，正是在一次次革命中，在不断的思考中，完成着对现代中国的构建。因此可以说，革命不仅是现代中国文学的重要书写主题，而且也是其他主题书写的重要背景与构成元素，更是延安文学中的爱情书写无法回避的重要动机。只有厘清这种动机，才能继续追问与探讨革命与爱情的深层互动关系，以及在特定的历史语境中，“爱情”所具有的意义与价值。

一、革命遭遇爱情

革命遭遇爱情是一个必然的历史事件，也是一个必然的文学事件，如李欧梵所说：“讴歌爱情是20年代的一个普遍现象，……五四运动不仅导致了文学革命与知识革命，而且推动了情感革命。”[1] 革命与爱情作为两种具有较大差异的话语系统，它们的相遇与结合，既具有典型意义，也具有美学价值，只有以动态的发展视角作全景观的探析，即对爱情的内涵演变以及爱情与革命的互动历史予以本真的呈现，才能真正触及与感知那深埋在历史表层下更为丰富多元的现代性网络。当然，这种全景观式的、动态的梳理和分析，不仅仅是对延安文学之前的爱情书写进行历史性的回顾，而是在爱情内涵的发展变化与空间的推进中，将主要的聚焦点与关注点放在延安文学爱情书写的独特性和复杂性之上，借以回答延安文学中的爱情书写与

1. 李欧梵：《现代性的追求：李欧梵文化评论精选集》，生活·读书·新知三联书店2000年版，第98页。

之前的爱情书写有何不同，何以如此；以及在战火纷飞的革命年代，爱情书写有何作用与意义，又对共和国文学的爱情书写确立了哪些书写范式等问题。因此，首先对革命遭遇爱情的发展脉络进行梳理与分析，显得尤为重要和必要。

自有人类以来，就有了爱情，也就有了对于爱情的抒发与吟诵，所谓“情动于中而形于言”即是如此。爱情作为人类最普遍的情感体验之一，具有不分种族、不分国别的情感相通性，是古今中外文学作品中广泛吟诵的主题，“故文学一道，无论中西，皆以恋爱居其强半”。[1] 夏志清先生在《爱情·社会·小说》一书中也指出了一个文学事实，那就是“中国旧文学不大讲恋爱，可是五四以后，爱情小说特别多”。[2] 中国近代文学家林纾在翻译日本作家德富健次郎的作品《不如归》后在序言中也说道：“小说之足以动人者，无若男女之情。”[3] 因此，从“男女之情”中我们不仅能窥见生活在那个时代的人们的情感生活，而且也能感知那个时代最强有力的脉搏跳动，如丹麦著名文学评论家勃兰兑斯所说：“在文学表现的所有感情中，爱情最引人注意；而且，一般来说，给读者留下的印象最深。了解人

1. 解脱者：《小说丛话》，《新小说》1905 年第 2 卷第 4 期。
2. 夏志清：《爱情·社会·小说》，台北纯文学出版社 1970 年版，第 4 页。
3. 林纾：《〈不如归〉序》，载［日］德富健次郎：《不如归》，林纾、魏易译，商务印书馆 1981 年版，第 1 页。

们对爱情的看法及表现方式对理解一个时代的精神是个重要因素。从一个时代对爱情的观念中我们可以得出一把尺子，可以用它来极其精确地量出该时代整个感情生活的强度、性质和温度。”[1]而革命，虽然如贝华在《中国革命史》一书中所说的：“中国之革命，古已有之。史称汤武革命，应乎天而顺乎人；由是而后，移朝易代，恒以此数语为标榜”，[2]但现代意义上的“革命”的出现和书写，既比爱情晚，也没有爱情普遍，更为重要的是在文学受众方面，爱情作为一种经久不衰的文学主题，它总能激起人们普遍的阅读愿望，或是某种情感体验的共鸣，或是娱乐“看客”心理的满足等，从而成为一种易于接受并广受欢迎和喜爱的显在的文学主题，由此拥有着不分阶层、不分年龄、不易动摇的强大的读者群，这是其他主题书写所无法比拟的优势，正如李海燕在谈到五四运动和鸳鸯蝴蝶派的时候说道：“后者（鸳鸯蝴蝶派）对于读者群体的牢牢把握，始终是令五四作家与知识分子感到挫败、愤恨的因素之一”，[3]因此，革命遭遇爱情是合乎历史与文学创作规律的必然事件，而这一事件首先需要从清末民初清末政治小说和言情小说

1. ［丹麦］勃兰兑斯：《十九世纪文学主流：法国的反动》，张道真译，人民文学出版社 1997 年版，第 221 页。
2. 贝华：《中国革命史》，光明书局 1928 年版，第 1 页。
3. ［美］李海燕：《心灵革命：现代中国爱情的谱系（1900—1950）》，修佳明译，北京大学出版社 2018 年版，第 5 页。

的结合开始说起。

1902年，梁启超在《新小说》杂志第1卷第1期发表《论小说与群治之关系》，掀起了“小说界革命”，文中说道：“欲新一国之民，不可不先新一国之小说。故欲新道德，必新小说。欲新宗教，必新小说。欲新政治，必新小说。欲新风俗，必新小说。欲新学艺，必新小说。乃至欲新人心，欲新人格，必新小说。何以故？小说有不可思议之力支配人道故。”[1]梁启超不仅打破了人们对小说的传统看法，而且更为重要的是，他改写了小说的作用和价值。他创作的“政治小说”，也是“新小说”开篇之作的《新中国未来记》，便是他的政治思想在文学创作上的一次具体实践，他将小说从娱乐消遣的工具，提高到民族救亡、革新人格的高度，“政治”成为小说，尤其是“新小说”重要的表意内涵。虽然梁启超将小说提高到很高的地位，并开创了“政治小说”这一类型来宣传自己的政治理念，但政治小说的说理性、口号性、严肃性等元素过重，站在民族、国家的高度，正如严复在《政治学讲义》中所说：“今夕所言，大抵不逾自由之义。非个人之自由，乃政界国民之自由。”[2]这就使它与普通大众拉开了一定的距离，无法真切地走入读者的内心，引起他们强烈的阅读兴趣，因此，这一

1. 梁启超：《论小说与群治之关系》，《新小说》1902年第1期。
2. 严复：《政治学讲义》，《教育杂志（天津）》1905年第18期。

时期，创作数量最大、读者最为广泛、影响也最大的依然是言情等小说类型，这就迫使政治小说需要寻求与言情小说的结合，利用言情小说的受众和影响力，来宣传自己的政治理念。而政治与爱情的诸多相似之处，也为两者的结合提供了便利，正如陈平原所指出的："就其遭遇激情以及需要某种理想主义和献身精神而言，政治和爱情确有相通之处。后世诸多'革命加恋爱'的尝试，追溯源头，正是晚清作家嫁接政治小说与言情小说的努力。"[1] 但这种结合，并非突出个人爱情之美，而是强调某种政治理想与主张，"政治"依然是小说的主旨，"革命遭遇爱情在晚清'新小说'或者政治小说的类型中意味着，在这一历史阶段，民族主义的政治话语将其他不同的政治话语统统收编到它的旗帜之下"，[2] 而爱情作为一种私密性话语或个人话语，在革命的发展进程中，也逐渐成为社会话语的组成部分，并由个人的日常生活进入公共生活。

树珏在《再答某君书》中的一段话基本概括了当时文人对爱情书写的看法，他说："吾侪为小说，不能不写情欲，却不可专写情欲，岂但不可专写情欲，且当于不得已时偶一写之，以引起正文。"[3] "爱情"在这里只是一种辅

1. 陈平原：《陈平原小说史论集》，河北人民出版社 1997 年版，第 1649 页。
2. ［美］刘剑梅：《革命与情爱》，郭冰茹译，上海三联书店 2008 年版，第 15 页。
3. 树珏：《再答某君书》，《小说月报》1916 年第 7 卷第 3 号。

助，是作为引入其他主题的前奏，并非文章真正叙事中心所在。清末作家吴趼人更是扩充了“情”的内涵，并将忠、孝等大情置于儿女私情之上：“说人之有情，系与生俱来，未解人事之前，便有了情。……要知俗人说的情，单知道儿女私情是情；我说那与生俱来的情，是说先天种在心里，将来长大没有一处用不着这个情字，但看它如何施展罢了——对于君国施展起来便是忠，对于父母施展起来便是孝，对于子女施展起来便是慈，对于朋友施展起来便是义。可见忠孝大节无不是从情字生出来的。至于那儿女之情，只可叫做痴。”[1] 吴趼人对爱情的贬低，正符合政治家们对民族、政治等大情的强调，爱情只是政治理念的一种浪漫化表达，而非表现核心。

这是爱情在政治、民族、革命等宏大叙事中最初所扮演的角色，20 世纪初，盛行于辛亥革命后的“鸳鸯蝴蝶派”小说，则改写了爱情在国家民族危亡的宏大革命叙事中所扮演的角色，它们将被遮蔽的个人情感从中抽离出来，强烈关注个人的情爱与欲望，个人的情爱从幕后走向了台前，革命事业、民族大业成为背景而不是主要的描写对象。例如“鸳鸯蝴蝶派”的代表人物徐枕亚的《玉梨魂》，这部小说创作于 1912 年，主要讲述了主人公何梦霞与青年寡

1. 吴趼人：《恨海》，天津古籍出版社 1987 年版，第 1 页。

妇白梨的爱情悲剧，两人虽一见钟情、相爱如故，但因为封建伦理纲常的束缚与阻碍，最终是有情人难成眷属，主人公何梦霞也为了爱情而战死城下。这个故事中的武昌起义也只是男女主人公所处时代的一个背景，即使主人公战死沙场，但其初衷也只是为了爱情而非民族国家大义。“鸳鸯蝴蝶派”的作家有意与政治小说保持距离和划清界限，并将个人情爱与民族大义割裂开，使二者成为两条相互平行并不相交的线，他们并不回避现实与革命，但着重描写与表达的是个人情爱的价值与意义。

而稍后出现的“甲寅派”，虽然并不反对“鸳鸯蝴蝶派”对爱情浪漫性的推崇，但对“鸳鸯蝴蝶派”过于强调爱情狂热与个人性的一面则提出了质疑。1914 年 5 月，《甲寅》杂志创刊，它虽然是以政论为主的期刊，“但创作方法上倾向写实主义；在思想内容上，也跳出了纯政治小说的范围，而侧重表达‘人生问题，死与爱问题’等文学永恒的课题”。[1] 杂志的创始人章士钊在《双枰记》中曾说：“然小说者。人生之镜也。使其镜忠于写照。则留人间一片影。此片影要有真价，吾书所记。直吾国婚制新旧交接之一片影耳。”[2]《甲寅》杂志的创作者更注重小说的写实性，

1. 陈万雄：《五四新文化的源流》，生活 · 读书 · 新知三联书店 1997 年版，第 169 页。
2. 烂柯山人：《双枰记》，《甲寅（东京）》1914 年第 1 卷第 4 期。

将小说当作一面镜子，映照出社会人生的真实面，凸显个人情爱的自然与本性。杂志撰稿人之一的程演生，在《西冷异简记》中表达了对当时流行的“鸳鸯蝴蝶派”等言情小说的看法：“今小说之著甚多。而于言情言爱为尤夥。有识者咸引为大忧。谓风俗之败坏，青年之堕落。皆缘是之媒。其厉者且欲禁之。然余以为此非探本溯原之筹议。……皆足有以损余本然之性。”[1]虽然程演生并不排斥言情小说的书写，并且较为推崇，但他更加强调的是情爱的“本然之性”，即无须赋予爱情较多的社会意义。

在五四时期，爱情书写不仅延续了“鸳鸯蝴蝶派”和“甲寅派”对个人爱情的认可，而且将爱情作为反对封建旧道德、旧传统的重要武器。1919年5月4日，一场以青年学生为先锋的反帝反封建的爱国运动轰轰烈烈地展开，作为与反封建的任务相配合的是对封建旧道德、旧传统的批判和革新，在个人、个性、自由等得到凸显和强调的同时，那些束缚与压抑人类情感自在生长的封建传统婚姻与爱情观念必然遭到批判和反抗。因此，文学对爱情书写在五四时期首先和主要的功能是作为反抗封建传统与礼教的一种手段与方式，是对“吾国习俗男女之婚嫁。向从父母之命令。或因亲戚朋友之媒介而成。是不得谓之理想恋爱无论

1. 寂寞程生：《西冷异简记》，《甲寅（东京）》1915年第1卷第9期。

矣”[1]的传统封建礼教式的婚姻爱情进行反抗，是对买卖婚姻、重婚纳妾等扼杀爱情与个性的封建传统进行鞭挞，也是对作为爱情主体却受压迫受剥削的女性权利的伸张。表达这些意蕴与思想的文学作品可谓繁多，例如罗家伦的《是爱情还是痛苦》、杨振声的《玉君》、鲁迅的《伤逝》、冯沅君的《旅行》《隔绝》等，从这些描写爱情的作品中也可以看出，五四时期爱情的表意与内涵是与社会思潮和时代氛围密切相连的，它所传达的是在现代民族国家的构建中，个人的自主与自由是现代主体不可或缺的显著表征，《伤逝》中子君那一声震聋发聩的呐喊：“我是我自己的，他们谁也没有干涉我的权利！”[2]便是对这一时期爱情内涵最好的诠释，爱情是个人主体性获得与彰显的必不可少的要素。

然而，爱情的内涵与意义并非是一摊静止不动的死水，即使在某一时期它具有相对稳定的形态，但归根结底，它是一种流动的、具有活力的并参与现代民族国家建构的情感实践。正如王德威所说：“革命与恋爱提供给20年代末期中国小说家的，不只是原始素材而已；更重要的，革命与恋爱根本是20年代末期中国小说叙事之所以存在的

1. 趋理：《结婚改良说》，《妇女杂志（上海）》1917年第3卷第5号。
2. 鲁迅：《伤逝》，载鲁迅先生纪念委员会编：《鲁迅全集》（第2卷），光华书店1948年版，第278页。

理由。”[1] 到了左翼时期，爱情的内涵与作用随着社会、革命、阶级观念等多种因素的交融与碰撞也发生了相应的改变。而且在由“文学革命”到“革命文学”的转变与发展中，爱情也逐渐由个人日常生活领域向社会公共领域倾斜，并配合革命这一宏大的叙事进行义务宣传与补充。但“革命加恋爱”的主题创作，以及革命成为这一公式的主导力量，是一个缓慢发酵的过程，并非一蹴而就，从左翼文学早期有关爱情描写的作品中便可发现这一点。例如左翼作家洪灵菲的小说《流亡》，革命者沈之菲既拥护革命，也坚定地追求爱情，他认为：“革命和恋爱都是生命之火的燃烧材料，把生命为革命，为恋爱而牺牲，真是多么有意义的啊！”[2] 革命与爱情在这里并不矛盾，反而是一种和谐共生的状态。再比如被称为“革命加恋爱”创作模式开创者的蒋光慈，他的小说《野祭》，主人公陈季侠虽是一个革命作家，但他的思想与行为并不是一个真正的革命者，在美貌的小资产阶级女性郑玉弦和容貌普通的女性章淑君之间，他选择了前者，但玉弦之后却因革命的危险而离开了他，而章淑君受他的作品影响和爱情的伤害走上革命了历程，并为革命牺牲了生命，直到这时，陈季侠才真正作为一个革命者而觉醒，“我将永远与黑暗为仇敌。唉！我的姑

1. 王德威：《现代中国小说十讲》，复旦大学出版社 2003 年版，第 54 页。
2. 洪灵菲：《流亡》，载《洪灵菲选集》，开明书店 1952 年版，第 44 页。

娘！我希望你的魂灵儿与我以助力……”[1]从这里可以看出，爱情不仅不是革命的阻力，反而还是革命的动力，而革命不仅可以检验爱情，而且还可治愈由爱情所带来的苦闷与伤害。

除此之外，早期左翼文学作品中对爱情的描写，还透露了另一层重要的信息，即阶级意识与阶级命题的强势介入（这也是左翼文学不同于五四文学的一大显著特征），不仅制约着爱情产生、发展、结局的全过程，而且也蕴含着爱情主体性格、思想、立场等与革命之间的互动关系。美貌的小资产阶级女性郑玉弦，面对革命，必定是动摇的，爱情也注定是没有结果的，她因对革命的恐惧而离弃陈季侠便是阶级身份局限性所造就的，而相貌普通的章淑君却是一个坚定的、无所畏惧的革命者，虽然因革命而牺牲，但她却真正赢得了爱情，陈季侠因她的死亡而幡然悔悟，并最终坚决地踏上了革命之路便是最好的证明。小资产阶级的思想与革命立场是容易动摇的，无论是对待革命或是爱情，都缺少彻底的勇气与坚决，这也是导致他们爱情最终多以悲剧的形式呈现的重要原因之一。不论是五四文学中对爱情的描写，还是左翼文学时期爱情的描写，爱情多以悲剧结尾，与爱情主体的阶级属性，即爱情主体多是小

---

1. 蒋光慈：《野祭》，载《蒋光慈文集》（第一卷），上海文艺出版社 1982 年版，第 378 页。

资产阶级知识分子有很大的关系。在延安文学中，爱情主体已经由小资产阶级知识分子变为无产阶级工农，爱情的结局也是光明和幸福的（对于这点，笔者会在之后的章节进行更细致和更有重点性地探析）。随着马克思主义的广泛传播与接受，对阶级意识和阶级立场的强调，使创作主体被先在地打上阶级的烙印，至于创作主体是革命的同盟者，还是立于革命的对立面，重要判断依据是创作主体在作品中对于阶级与革命、阶级与爱情、爱情与革命等之间相互缠绕和作用的关系如何进行表现，这也就是说，爱情在左翼文学中的内涵，已同五四时期有了很大的不同，爱情不仅具有了阶级的内蕴，而且如何展现爱情也成为一把衡量创作主体与爱情主体革命进步与否的双重标尺。

1937年7月7日，“卢沟桥事变”爆发，掀起了全民族抗战的热潮，民族、国家的存亡问题更为迫切，也更为现实地摆在每一个中华儿女的面前，“在这全民族铁血抗战的时候，谈所谓两性问题或恋爱问题，也许有人认为这是太不合适宜，太令人感觉无聊了”。[1] 但抗战的热潮并没有淹没人们对于爱情的思考，爱情似乎也在革命中确立和找准了自己的位置。而革命与爱情深层互动关系的形成，既是革命主动寻求的结果，也是爱情不断发展的必经历程。

1. 君慧:《抗战期中的恋爱问题》,《妇女生活（上海）》1938年第6卷第3期。

两者在历时与共时的双重现实系统与象征秩序中，不仅将延安文学爱情书写的复杂性与独特性予以丰富的呈现，而且也勾勒出现代中国文化与文学建构过程中的情感地图。

二、爱情依附革命

在民族救亡、国家生死存亡的革命战争时期，一切个人性的情感都要让位和服从于革命，爱情作为一种私密性的个人情感自然不能例外，依附革命是其（也是其他个人性的情感和创作主题）能够得以书写和延续的重要前提。用“革命”“民族”“救亡”等宏大的字眼来阐明爱情必须依附革命的重要性和紧迫性固然没错，但似乎具有“一刀切”的意味在里面，而忽视了爱情本身的丰富性与独特性，为何“革命加爱情”的创作模式在革命年代饱受热议，乃至批评？为何“革命加亲情”或“革命加友情”既没有形成一种盛行的创作模式，也没有受到争议和批评？因此，仅从“革命”“民族”“救亡”等宏观层面去回答这一问题，显然是不够完整的，也是有所欠缺的，故这一节主要从爱情自身所具有的特征与内涵以及作为社会热点问题被广泛讨论的爱情在文学作品中的具体呈现作细致的分析与探究。

1. 延安语境下的爱情特征

爱情具有自身的独特性，借以与其他情感相区分。这里所说的爱情特征既包含爱情本身所含有的天然的、自带的特征，更多是指在延安时期的特定语境中爱情衍生出的新的特征与内涵，正是由于爱情所具有的这些特征，直接影响乃至决定了爱情在革命中所处的位置和作用以及延安文学爱情书写的限度与意义，因此，对延安语境下的爱情特征进行探究既是必要的，也更是对爱情与革命的关系的微观和细节的捕捉，以此更全面和深入地理解延安时期的爱情书写。在探析爱情的特征之前，有必要先对爱情的概念有一个大致了解，以此更好把握爱情的特征。

古今中外，无数的名人志士表达过自己对爱情的理解，比如印度诗人泰戈尔对爱情较为诗意的理解："生命从世界得到资产，爱情使它得到价值。"[1] 我国著名诗人艾青也在诗中表达着对爱情的感受，"这个世界，什么都古老，只有爱情，却永远年轻。"[2] 黑格尔认为："在爱情里最高的原则是主体把自己抛舍给另一个性别不同的个体，把自己的独立的意识和个别孤立的自为存在放弃掉，感到自己只有在对方的意识里才能获得对自己的认识。"[3] 此外还有莎士比亚、陀思妥耶夫斯基、鲁迅、冰心等为数众多的作家、诗

1.［印］泰戈尔：《新月集 · 飞鸟集》，郑振铎译，四川文艺出版社 2017 年版，第 77—78 页。

2. 艾青：《关于爱情》，载《艾青作品精选》，长江文艺出版社 2019 年版，第 155 页。

3.［德］黑格尔：《美学》（第 2 卷），朱光潜译，商务印书馆 2017 年版，第 326 页。

人等或借人物表达着自己对爱情的看法，或是阐述了爱情的真谛，又或是谈论了爱情的某些特质，但都无法给爱情一个准确而全面的定义，正如罗兰·巴特所说："爱情的难以言传，它的特殊性使它游离于种种论述之外。"[1] 但这并不妨碍人们依然执着地对爱情进行科学的定义，例如英国哲学家休谟从性爱的角度对爱情作了阐释，认为"这种感情在它的最自然的状态下是由三种不同的印象或情感的结合而发生的，这三种情感就是：1. 由美貌发生的愉快感觉；2. 肉体上的生殖欲望；3. 浓厚的好感或善意"。[2] 保加利亚剧作家瓦西列夫从伦理学和社会学的角度表达了对爱情的理解，"在传宗接代的本能基础上产生于男女之间、使人能获得特别强烈的肉体和精神享受的这种综合的（既是生物的，又是社会的）互相倾慕和交往之情的本质"。[3] 还有的学者认为："爱情是互相爱慕之情，是相爱者双方内心感情激流的汇合，是由两颗心灵弹奏出来的和谐旋律，而不是一方的独奏。"[4] 其中，马克思对爱情所下的定义为："爱情是一对男女之间基于共同的理想和事业追求、共同的爱好

1. ［法］罗兰·巴特：《一个解构主义的文本》，汪耀进、武佩荣译，上海人民出版社 1997 年版，第 70 页。
2. ［英］休谟：《人性论》，关文运译，商务印书馆 1980 年版，第 432 页。
3. ［保］瓦西列夫：《情爱论》，赵永穆等译，生活·读书·新知三联书店 1997 年版，第 5—6 页。
4. 陈红英主编：《新编大学生心理健康教程》，武汉大学出版社 2014 年版，第 215 页。

和生活情趣而产生真挚仰慕，双方都渴望成为对方终身伴侣的强烈感情。”[1] 这是一种唯物辩证的爱情，以此为基础延伸出的爱情观，也备受中共推崇，例如坚定的马克思主义者，同时也是中国妇女运动先驱的邓颖超，她在谈到恋爱问题时说道：“我们对待恋爱与结婚的态度，不仅认为应有合理适当的性生活，同时主张要慎于选择，出于自愿，情投意合，而且还更需要具有高尚的情感，共同的志趣，共同的事业，在这些基础上，还得加上男女两方不断的努力培养和创造，去求得两性生活的进步、幸福与牢固。”[2] 同时她强调，“恋爱与结婚既是人生历程的一部分。所以，在不妨碍抗战建国的事业，不妨碍学习和工作，不妨碍身体的发育和健康的条件下，男女青年们可以享受社交的自由，可以过恋爱的生活，而且可以结婚。但我们却反对小资产阶级的狂热，把恋爱与结婚，看得高过一切，认为没有恋爱不能结婚，就大有不能生活之势”。[3] 邓颖超对恋爱问题的看法，也是当时中国共产党对恋爱问题的普遍看法，恋爱问题是个人问题，抗战与革命是国家大事，关系民族存亡，因此，个人恋爱问题应服从与服务于抗战建国的民族

---

1. 廖盖隆、孙连成等主编：《马克思主义百科要览 · 下卷》，人民日报出版社 1993 年版，第 72 页。
2. 邓颖超：《谈男女问题》，《纪念与回忆》，人民日报出版社 1987 年版，第 178 页。
3. 同上书，第 181 页。

大事，而且，双方恋爱必须是能够有益于革命和自身的发展进步，只有这样的爱情才是有益于自身，也有益于革命的。其实，在20世纪20—30年代，伏尔佛逊的《唯物恋爱观》一书，也广受推崇，译介与宣扬这本书的人非常多，既有革命家，也有知识分子；既有党员，也有普通民众，他们都将《唯物恋爱观》一书看成是革命时期恋爱和婚姻的指导性文献，例如洪流在《唯物恋爱观提要（名著提要）》中推荐这本书时强调："它是站在唯物辩证法的立场来处理恋爱、结婚、家庭等社会问题；它的内容是对各个社会形态下性关系的解剖，也就是对性关系的演进及其历史根源的分析，无疑的它将是我们对恋爱的认识的正确指针的文献。"[1] 这本书一直到解放战争时期，还在不同程度地被介绍和推广，例如1947年《妇女与家庭（上海）》第6期刊登懿范《书报评介：〈唯物恋爱观〉》一文中所说："《唯物恋爱观》的作者伏尔佛逊是运用了人类最高的思想成就马恩的哲学理论，辩证唯物论的观点来处理了恋爱和婚姻的问题的，他不单指示了青年一条准备的道路，同时也鼓励起他们向旧礼教，旧制度反抗的勇气，这些新生的力量成为了建设未来完善的制度的契机。"[2] 懿范不仅认为此书具有教导青年反抗封建传统的勇气，而且还具有建设未

1. 洪流：《唯物恋爱观提要（名著提要）》，《上海妇女》1939年第3卷第9期。
2. 懿范：《书报评介：〈唯物恋爱观〉》，《妇女与家庭（上海）》1947年第6期。

来理想的力量，其实质就是认为马克思主义和唯物辩证法不仅具有指导社会、指导革命的作用，而且也有指导人生、指导爱情的作用，作者试图用唯物辩证的态度纠正和替换五四时期以来关于爱情、婚姻等问题的唯心、感性，甚至是有些消极、不利于革命的倾向。从中可以看出，不论是马克思对爱情的看法，还是伏尔佛逊对爱情观的注解，科学的、唯物的爱情观是容易被大众所接受的，它所具有的科学性、实用性和辩证性有助于廓清人们对爱情与革命片面和个人的理解，是符合社会发展和革命实践规律的，对青年男女的爱情观具有重要的指导作用，而且有助于个人和革命的进步和发展。

爱情最显著的特征则是疯狂性。作为古希腊伟大的哲学家与思想家的柏拉图在《斐德若篇——论修辞术》中虽然没有对爱情进行定义，但已经涉及了爱情最主要的特征，那就是疯狂性："我们把神灵凭附的迷狂分为四种：预言的、教仪的、诗歌的、爱情的。……在这四种迷狂之中，爱情要算首屈一指。"[1]古今中外有关爱情描写的文学作品，无不在演绎着爱情这一最主要的特征。例如中国古代民间四大爱情故事之一的《梁山伯与祝英台》，男女主人公为了爱情，区区性命又何足挂齿；外国作品有《罗密欧与朱丽

1.［古希腊］柏拉图：《柏拉图文艺对话集》，朱光潜译，重庆出版社 2016 年版，第 141 页。

叶》，同样是为了爱情，不惜以死相争。爱情是疯狂的，是没有国界民族之分的，虽然男女主人公的爱情是悲剧的，但他们激励和鼓舞着后世的人们为了爱情勇敢斗争，即使失去生命也在所不惜。现代作品中有许地山的《命命鸟》，主人公敏明和加陵为了爱情，为了能够相守在一起，携手跳湖自杀。类似的文学作品，数不胜数，从这些文学作品中，我们不仅可以发现爱情的疯狂，而且这些爱情悲剧也显示了男女主人公为了反抗旧道德、旧传统，为了和相爱的人在一起，为了自由的爱情和婚姻，只能以牺牲自己的生命作为唯一的发声方式，这也是特定历史时期青年男女很难逃脱的命运。

但当历史的车轮前进到革命年代，革命为爱情提供了更多的出路，尤其是在中共领导的革命时期，青年男女可以将爱情的疯狂性转化为参加革命战争的不竭动力。例如林伯渠的妻子朱明，出身于地主官僚家庭，有着大家闺秀的作风，有一次，时任边区政府主席的林伯渠来到朱明的家乡作报告，朱明一下子就被林伯渠的魅力所吸引，放弃了自己大小姐的生活，并在1939年跟随林伯渠来到了延安，投身革命，两人也于1944年结为夫妻。爱情的疯狂性可以使人舍弃安图享乐的生活，为了心爱的人而参加革命，再苦的环境也充满幸福和欢乐。

但另一方面，爱情疯狂性的不可控制性，有时也会使人违反革命纪律，造成不良社会影响。例如1937年10月发生在延安的曾轰动一时的“黄克功事件”。[1] 时任抗大三期六大队队长的黄克功，因被陕北公学女学生刘茜拒绝恋爱请求，竟一时冲动气愤，将刘茜枪杀，最后根据边区法律，黄克功被处以死刑。这件因恋爱问题导致的两个革命青年的无端丧命，无疑给本来就不很赞成青年恋爱的延安敲响了警钟。时任中共中央总书记的洛甫在案件审判结束后代表党中央说道：“在这民族存亡绝续的关头，希望我们的青年们不要把精力浪费在恋爱的纠葛上面。不谈恋爱自然是最好。否则，如果恋爱的事情不能避免，就应该循着正确的观念去发展。”[2] 从这段话中可以看出共产党人对爱情的看法，在当今时局下，凡事以革命为重，“不谈恋爱自然是最好”，但洛甫也知道，爱情作为一种原发性、原始性的情感力量，是青年男女在这个阶段很难避免的事情，强制干预也许会适得其反，因此强调青年应以革命为重，当下尽量不要恋爱。同时洛甫也看到了爱情所具有的疯狂性与不可控制性，“黄克功事件”就是一个很好的例证，因此，青年要恋爱也可以，但必须有一个正确的爱情观和婚姻观对爱情的疯狂性加以控制，以免妨碍革命，

1. 具体可参阅朱鸿召：《延安赢天下》，陕西人民出版社2018年版，此书第二章第三节对该事件有史料的梳理和系统的分析。
2. 舒湮：《战斗中的陕北（边区实录）》，上海每日译报图书部1939年版，第41页。

甚至危及生命，而这是前文所提到的倡导唯物恋爱观的必要性。

延安时期爱情具有的第二大特征是阶级性。这一特征在当下社会，已经逐渐褪去了色彩，我们现在提起爱情以及爱情所具有的特征时，很难再将其与阶级性相连，但正如马克思和恩格斯在《共产党宣言》中所说："至今所有一切社会的历史都是阶级斗争的历史。"[1] 尤其在一个强调阶级斗争意识形态的年代，爱情就不免会被打上阶级的烙印。"在阶级社会中，恋爱婚姻也是带有阶级性的；除了相互爱慕以外再也没有别的动机的婚姻只有在消灭了资本主义生产和它造成的财产关系以后，才能普遍实现。"[2] 因此，这里所说的爱情的阶级性主要是指当时特定的历史语境下爱情所具有的特征，它内在地包含阶级性的爱情这一概念，比如小资产阶级的爱情、工人阶级的爱情等。在 20 世纪 30 年代，左翼时期就有过对阶级性的争论，争论发生在左联与新月派之间，只不过争论的核心问题是"文学有没有阶级性"，新月派的代表人物梁实秋站在人性的角度认为文学是没有阶级性的，"左联"的领袖鲁迅则是站在当时的革命

1. ［德］马克思、恩格斯：《共产党宣言》，载中共中央马克思恩格斯列宁斯大林著作编译局译：《马克思恩格斯全集》（第四卷），人民出版社 1958 年版，第 465 页。
2. 中国社会科学院哲学所历史唯物主义研究室、中国历史唯物主义研究会选编：《马克思恩格斯列宁斯大林论人性、异化、人道主义》，清华大学出版社 1983 年版，第 83 页。

现实角度认为文学是有阶级性的，这一论争持续了八年的时间，虽然没有论及爱情阶级性的问题，但爱情作为文学书写的重要主题，已经内在地包含在了文学阶级性的论争之内。在延安时期的整风运动和《在延安文艺座谈会上的讲话》中，阶级更是成为一个频繁出现的词汇。

毛泽东在《讲话》中曾对“爱”有过这样的表述：“就说爱吧，在阶级社会里，也只有阶级的爱，但是这些同志却要追求什么超阶级的爱，抽象的爱，以及抽象的自由，抽象的真理，抽象的人性等等。这是表明这些同志是受了资产阶级很深的影响。”[1] 这里的“爱”是对人类一切情感的总括，不单单指爱情，但爱情作为“爱”之一种，自然也具有鲜明的阶级性。而且，毛泽东对“爱”的阶级性的强调，背后所蕴含的是对“爱”的主体，即人的阶级性的强调。1939 年 12 月，毛泽东在《中国革命和中国共产党》一文中，就已经对中国社会的各阶级进行了具体的分析。中国社会存在不同的阶级，主要有地主阶级、农民阶级、资产阶级、无产阶级等，其中农民阶级，尤其是贫农，“是中国革命的最广大的动力，是无产阶级的天然的和最可靠的同盟者，是中国革命队伍的主力军”。[2] 而资产阶

1. 毛泽东：《在延安文艺座谈会上的讲话》，《解放日报》1943 年 10 月 19 日。
2. 毛泽东：《中国革命和中国共产党》，载《毛泽东选集》（第二卷），人民出版社 2007 年版，第 643 页。

级内部也有不同，买办性的大资产阶级不仅不是革命的动力，而且还是“中国革命的对象”。[1]民族资产阶级具有两面性，既有革命的一面，也有反革命的一面，因此需要慎重对待。而“农民以外的小资产阶级，包括广大的知识分子、小商人、手工业者和自由职业者”。[2]他们同样也是“革命动力之一，是无产阶级的可靠的同盟者。这些小资产阶级也只有在无产阶级领导下，才能得到解放”。[3]从毛泽东对不同阶级的分析和划分中可以看出，不同的阶级对革命的作用是不同的，因为作用不同，那么自然在文学作品中他们的爱情对象的阶级、爱情资源的分配、爱情的结局、爱情与革命的关系等也是不同的。工人阶级，也就是无产阶级，作为革命的主力军，他们的爱情自然是文学作品表现的中心；而买办性的大资产阶级，作为革命的对象，他们的爱情自然很少在文学作品中得到表现。同时，爱情的阶级性也框定了爱情的流动范围，通常是在同阶级阵营间流动，无产阶级爱情和婚姻的对象必然也是无产阶级，例如葛文的《新娘》，女主人公刘二妮自由恋爱的对象就是一个无产阶级，“男人是自家找的，工厂的工人，抗日七年啦，是个无产阶级”。[4]再比如曾

1. 毛泽东：《中国革命和中国共产党》，载《毛泽东选集》（第二卷），人民出版社 2007 年版，第 639 页。
2. 同上书，第 640 页。
3. 同上书，第 641 页。
4. 葛文：《新娘》，载康濯主编：《中国解放区文学书系 · 小说编》（四），重庆出版社 1992 年版，第 2550 页。

克的《战地婚宴》，男主人公任成柱是一个贫农出身的解放军战士，他对爱情和婚姻对象的要求是“地主的女儿，坚决不要”，[1] 从中可以看出，阶级成分是爱情选择的重要条件之一。但也存在一种较为特殊的情况，比如小资产阶级知识分子具有“革命的一面”，也就有转化成为无产阶级知识分子的可能，因此，他们的爱情对象既有可能是无产阶级，也有可能是小资产阶级，这取决于他们自身阶级属性的确立与对革命的影响和作用。

2. 爱情两个向度的一致性

延安时期，爱情在社会现实与文学叙事两个向度具有一致性，且是单声调的吟唱，即爱情依附革命。延安最早公开谈及两性问题的文章则是《中国青年》1939 年第 1 卷第 6 期刊载的冯文彬的《论两性问题》。文章首先承认恋爱问题是青年的切身问题，但对于有的青年对恋爱问题抱事不关己的态度与一部分青年又将恋爱看作至高无上、不可侵犯，冯文彬都是反对的，他认为：“两性关系应该是自由的，真实的，否则就会造成痛苦和悲剧。所以我们反对一切强迫、买卖、包办、欺骗，也反对一切势力、金钱、地位、装饰的诱惑。只要在双方自愿的原则之下，直接结合或经过适当的介绍而结合都是正当的。”[2] 从这段文字中，我们可以感受到五四时

1. 曾克：《战地婚宴》，载康濯主编：《中国解放区文学书系 · 小说编》(四)，重庆出版社 1992 年版，第 2625 页。
2. 冯文彬：《论两性问题》，《中国青年》1939 年第 1 卷第 6 期。

期爱情反封建与反对旧道德旧传统的内涵在延安时期得到了继承和发展。买卖婚姻、包办婚姻、强迫婚姻等在农村屡见不鲜，是一种封建糟粕。树立正确的爱情观，反对强迫、买卖等婚姻，自然也是革命，或者说是妇女解放的重要内容之一，这也是延安文学爱情书写的重要内涵之一。

例如赵树理的《邪不压正》，小说讲述下河村大财主刘锡元强迫贫农王聚财的女儿软英嫁给自己的儿子刘忠，虽然王聚财和软英都极不情愿，但碍于刘锡元的财力和势力，又没有反抗的余地，因此只能勉强答应。在这之前软英和青年小宝互相喜欢，但被王聚财一口回绝，原因是小宝虽然“又精干又漂亮，不过也不怨大姐夫挑眼儿，家里也就是没甚”。[1]对于软英来说，她并不在意小宝是贫穷还是富有，但父母是她和小宝之间最直接的阻碍。同时冯文彬也指出：“我们要真正消灭两性关系中的不合理，要真正享受人生的庄严和欢快，就只有参加革命的工作。”[2]革命是恋爱的前提和保证，恋爱应服从革命，而不是革命服从恋爱，“严正的政治立场必然要求严正的恋爱观，而事实上也只有严正的政治立场才能够产生真正严正的恋爱观。……今天中国的革命青年正负着空前伟大的历史使命，如果在两性

1. 赵树理：《邪不压正》，载康濯主编：《中国解放区文学书系·小说编》(三)，重庆出版社 1992 年版，第 1653 页。
2. 冯文彬：《论两性问题》，《中国青年》1939 年第 1 卷第 6 期。

关系上不能有充分严肃的态度，就将为群众所轻鄙，就将为敌人所乘虚而入，就将使革命受到种种的危害。如果相反的，我们每个青年都能把工作的利益看到高于一切，那么抗战就必能得到最后胜利，理想的社会就必能最后实现，而两性问题也就必能有最后解决的一天”。[1] 爱情的最终实现和完成需要建立在革命取得胜利的基础上，也只有革命取得胜利，两性才能达到社会地位、爱情婚姻中的平等。《邪不压正》中小宝和软英的爱情起伏始终伴随着对地主、财主及反动势力的革命斗争，当刘锡元、刘忠、小旦、小昌等人被斗倒，革命取得胜利的时候，小宝和软英的爱情才得到了圆满的解决：“区长说：‘……我代表政权答复你：你跟小宝的关系是合法的。你们什么时候想订婚，到区上登记一下就对了，别人都干涉不着。’”[2] 革命是有情人终成眷属的前提和保障，并将爱情引向一个光明的未来，这也是延安文学不同于五四爱情书写的地方。

时任中共中央妇委书记的邓颖超在《中国青年》杂志社所召开的两性问题座谈会上所作的发言中对恋爱与婚姻诸问题的看法，很大程度上也是中共对爱情与婚姻的看法，同样对文学中的爱情书写有着不可忽视的影响：“我们既不

1. 冯文彬：《论两性问题》，《中国青年》1939 年第 1 卷第 6 期。
2. 赵树理：《邪不压正》，载康濯主编：《中国解放区文学书系·小说编》（三），重庆出版社 1992 年版，第 1685 页。

是恋爱至上主义者，又不愿马马虎虎的结合，那么就必须从政治方面出发，并求不妨碍工作和学习。青年人在恋爱时期应该提出工作竞赛来互相鼓励，互相进步。”[1]恋爱的首要条件是恋爱双发需要有共同的政治认识，即共同的理想和价值追求，并在恋爱的过程中相互促进，而不是因恋爱而阻碍了革命和自身的进步与发展。对于婚姻问题，邓颖超表达了与可人《恋爱与生活：什么叫做恋爱？恋爱与结婚，恋爱与事业，我的恋爱观》中看待爱情与婚姻相似的观点，即认为婚姻既不是恋爱的坟墓，也不会妨碍双方事业、政治的进步，“我以为结婚应该是恋爱的最高发展”。[2]但两人婚姻应遵循两点，“第一，就必须知道帮助对方前进，必须有一个坚定的立场；第二，就必须在思想上相同，和从革命的原则出发”。[3]没有爱情的婚姻注定无法长久，但爱情的获得又并非来自生理的愉悦，更多是一种精神、思想上的契合，这一契合的关键联结点是革命，是两人有着共同的政治理念和革命追求，并将这一具有相对稳定性和长久性的“信仰”带入婚姻领域，婚姻才能长久，这也对当时提倡妇女解放、婚姻自主等政策后，离婚盛行的风气有一定的遏制作用。

1. 邓颖超：《恋爱与结婚》，《中国青年》1939 年第 2 卷第 1 期。
2. 同上。
3. 同上。

例如刊登在《解放日报》1941年7月2日至4日的庄启东的小说《夫妇》，男主人公是一名农民出身的革命军人，他的妻子是童养媳，两人婚前婚后都没有爱情，他常常打骂他的妻子，"他对待老婆真是像对待奴隶一样，到了延安以后还是如此。……他对老婆，却是除了命令和谩骂以外，是很少说话的"。[1]最令人悲哀的是，他的妻子对此习以为常，"她像过惯了这种生活，她觉得生活就应该这样过法的"。[2]庄启东在这里塑造了一个典型的中国农村妇女形象：没有文化知识，一副贤妻良母的作派，脏活累活独自承担，还任劳任怨，不会反抗，也无法反抗。我们不禁要问：何为爱情？何来爱情？在偏僻而贫穷的农村，在一切还呈混沌而与"现代"相距甚远的环境下，爱情是奢侈而远离日常的海市蜃楼，偶尔闪现于现实有限的裂缝与灵感式的想象之中，也许还未待有一定"慧眼"的青年男女瞥见，就已经消失不见。如果企图在婚姻中寻找爱情的踪影，便会发现，也只能是徒劳，所谓婚姻，也不过是传宗接代的必要形式之一，那基于一定条件的契约关系，随时都可能终止。况且，早婚、逼婚、买卖婚姻等在农村屡见不鲜，农村妇女，这一社会的弱势群体，生存已经耗尽了她们大部分的时间和精力，生活更是将她们一再磨损与压

1. 庄启东：《夫妇》，《解放日报》1941年7月2日。
2. 同上。

制，柴米油盐、生儿育女几乎就是她们的全世界，她们是失去声音与失去关注的底层受压迫者，更是没有品尝过爱情滋味的孤独者。夫妻之间没有言语的沟通，也没有心灵的交汇，更没有灵魂的契合，归根结底这是一种没有爱情的婚姻，也是缺少激情和浪漫的婚姻，更是没有共同语言和共同追求的婚姻，注定无法长久。而故事的男主人公就厌倦了这种没有爱情的婚姻，于是向他的妻子提出离婚，即使妻子此时正怀有身孕，也并没能让他打消这个念头，但是基于当时延安的婚姻政策，离婚须经双方同意，男主人公才没有像古代一样一纸休书休了妻子，而是写了一封信（虽然并没有太大区别）表达他要离婚，这是女主人公第一次收到丈夫的信件，她把这封信看作一封“情书”，于是她怀着兴奋的心情给她的丈夫回复了一封信表达她不愿离婚，正是这一来一往的信件，两人之间的沟通和交流增多了，一种从未有过的感觉在两人心间流过，两人如同新婚一样甜蜜，这时男主人公说出了那句简单却又蕴含哲理的话：“有爱情的确比没有爱情有意思。”[1] 这就是邓颖超所倡导的爱情和婚姻，婚姻是建立在爱情的基础之上，爱情又是两人有着共同的追求和信仰，并能促使双方进步的，这种爱情观是不会随时间或物质等诱惑而动摇和改变的，

1. 庄启东：《夫妇》，《解放日报》1941 年 7 月 4 日。

因此，婚姻也就是坚固的。

史容在《论新女性的恋爱观（关于共产主义道德问题之一）》一文中站在女性、革命、党员等多重视角与身份对恋爱问题进行了更为具体而全面的论述，她指出："我们首先要认识清楚革命的利益是高于一切，我们个人的利益必须服从革命的利益，我们今天对于自己的恋爱问题也应该这样来处理。"[1] 一个真正的革命者，必然有着正确的恋爱观，知道如何处理恋爱与革命工作之间的关系，作为时代的新女性，或是革命队伍中的一员，既不需要对恋爱问题，或是"性本能"等问题讳莫如深，也不需要刻意渲染，以正确的态度面对和处理，也是检验一个革命者是否是"健全的革命者"的重要准则。史容也为我们解答了作为个人私密性的情感如何与革命和妇女解放等重大社会问题相关联："我们历史唯物论者的回答，认为恋爱问题是社会问题的一部分，绝不是超社会经济的。……真正的恋爱只有在无产阶级革命成功了的社会主义社会中才能实现。……假如我们要能真正得到恋爱的自由，只有起来革命，在革命队伍中才能解除了封建的束缚和其他恶劣的影响，只有当旧社会彻底被我们推翻了的时候才能最后完全达到目的。这就是说为什么恋爱虽然是私事而与革命和妇

1. 史容：《论新女性的恋爱观（关于共产主义道德问题之一）》，《中国妇女》1940 年第 2 卷第 5 期。

女解放有着密切关系的缘故。”[1] 封建社会的女性是没有爱情的，或很少能掌控自己的爱情，因为，她们与男性处于不平等的地位，无论是在经济能力还是社会地位等方面都处于弱势，因此，个人爱情的实现必须建立在革命成功的基础上。而是否具有正确的恋爱观，在史容看来，也是关乎共产主义道德的重要准则之一。中国共产党自成立之日起，就确立了全心全意为人民服务的宗旨，中国共产党是站在民族、国家大义上对爱情问题进行思索的，只有社会解放，革命取得胜利，女性才有机会实现真正的爱情，因此，爱情只有依附革命，“服务”于革命，才能求得自身的发展。

第二节　革命话语规约下的爱情表述

革命话语作为革命时期具有统摄性和主导性的话语形态，对其他话语具有塑形、改造和规约的重要作用，其他话语需要在符合革命话语的规范下进行言说。爱情作为一种个人性的私密话语，自“革命”出现之日起，就经由“革命之手”，将其从个人日常领域纳入社会公共空间，

1. 史容:《论新女性的恋爱观（关于共产主义道德问题之一）》,《中国妇女》1940 年第 2 卷第 5 期。

如蔡翔在《革命·叙述：中国社会主义文学：文化想象：1949—1966》一书中所说："从一开始，现代的爱情叙述就不曾是'纯粹'的爱情本身，而是被纳入社会/政治的意义象征系统。同时，在中国现代的历史语境中，个人从一开始就指向国家，因此，作为社会象征符号的爱情也同时包含了国家的意味。"[1]或者也可以说："革命话语中的爱情叙事，其实质是通过文学谋求增加更多的符号权力以换取政治资本的一种策略。"[2]正是在此种层面，延安文学中的爱情书写是经由革命过滤和拣选之后的话语表述，是深受革命话语管控的爱情表述，主要体现在爱情书写中"性"（主要指性行为、性意识等）的有意压制与遮蔽、爱情主体身份的置换、光明的爱情结局三个方面。

一、"性"的压制与遮蔽

性与爱情有着密不可分的关联，爱情激情浪漫一面的呈现常常是与性爱力比多的驱使和缠绕是分不开的，性既是爱情升温的催化剂，也是爱情成熟的最终指归，更是两具肉体达到某种情感凝结点的自然融合，但"在中国人的性观念中，性是不登大雅的苟且之事，是只可以做不可以

1. 蔡翔：《革命·叙述：中国社会主义文学—文化想象（1949—1966）》，北京大学出版社2010年版，第145页。
2. 姜辉：《革命想象与叙事传统："红色经典"的模式化叙事研究》，人民出版社2012年版，第208页。

说的”。[1]因此，在五四时期，文学作品中对青年男女之间性行为和性关系的大胆描写，不仅“说”，而且还写，并将之曝光于公众的视野之中，相比于青年男女之间的两情相悦、自由恋爱等对封建道统的冲击来说，性在对封建传统礼教和道德的破坏性和革命性上更往前推进了一步。例如郁达夫的小说《沉沦》中对男主人公的自慰和意淫等行为的描写常常令封建卫道士感到惶恐不安。“性爱渴望肉体，而如果肉体是可耻的，那憧憬性爱的人也必定是可耻的。”[2]20世纪30年代兴盛的海派文学，尤其是新感觉派，更是将对性的描写推向了高潮，不仅宣示着肉体的日常性乃至崇高性，而且也表达着性的合理性，爱情似乎只是性欲萌生与爆发的外壳与契机，那赤裸裸的性才是个人主体性最值得期待的部分。

但即使是最值得期待的个人主体性的凸显，我们发现，在革命战争时期，也自觉或自发地融入/被融入集体和民族的构建，“革命的主题之下，性不再是单纯的繁殖，性欲不再是某种必须克制的生理骚动；性是一个寓含了内在紧张的社会事件”。[3]“个人”是集体中的个人，爱情自然被深深地打上革命的印记，性虽然没有完全失去它所代表

1. 李银河：《李银河说性》，北方文艺出版社2006年版，第13页。
2. ［英］霭理士：《性与社会》，潘光旦、胡寿文译，商务印书馆2016年版，第178页。
3. 南帆：《文学、革命与性》，《文艺争鸣》2000年第5期。

的反封建道统的意义，但已慢慢在革命话语中收缩和淡化自己，因为它需要避免由性冲动和性行为而可能给革命带来的危害，正如德国共产党创始人之一，也是无产阶级妇女运动领袖的蔡特金在《列宁印象记》中所说："共产主义不会产生禁欲主义，只有生活的快乐、生活的力量，而这些都是从得到满足的恋爱生活产生出来的。但据我看来，目前在性的问题上普遍的亢进，不是给予而是剥夺了生活的快乐和力量。在革命时代，这是有害的，非常有害的。"[1]由性行为所带来的感官欢愉，会对革命的严肃性造成一定的冲击，更严重者，会对革命造成阻碍，乃至危害到革命的进程与发展，"这种性解放中始终包含着某种危险性，它对革命的功用不是完全有利的"。[2]而且，"在革命和清教主义之间存在着一种持久的亲密关系。我想不出有哪一个成熟的组织完备的革命运动或革命政权没有表现出显著的清教主义的趋势"。[3]南帆在《文学、革命与性》一文中更是明确指出："围绕性所缔结的情侣具有一种非凡的、甚至是无视功利的坚固联系，这种私人空间可能对于

1. [德] 克·蔡特金：《列宁印象记》，马清槐译，生活·读书·新知三联书店1954年版，第70页。
2. 黄晓华：《身体的解放与规训——中国现代文学身体意识论》，武汉大学博士学位论文2005年。
3. [英] 艾瑞克·霍布斯鲍姆：《非凡的小人物：反抗、造反及爵士乐》，王翔译，新华出版社2001年版，第346页。

政治纲领的长驱直入形成障碍。于是，这时还可以说，禁欲是清理和纯洁革命组织的一个有力措施。”[1]但性所蕴含的巨大能量和潜力，又是革命所需要的部分，以至于“有许多人想方设法要在欲和爱之间划一条清楚的界限，拒绝前者而采纳后者，以便调节偏见与理性在性的估价问题上的分歧”。[2]这显然是无法达到的，在王斑看来，“私人爱恋也可以成为集体凝聚力的一部分，无意识可以推动社会变革，力比多能量亦可转化为政治热情和集体行为”。[3]也正是因为如此，在文学书写层面，延安文学中对爱情与性的描写并未完全消失，而是在革命话语的规范下，有所淡化和遮蔽。

例如丁玲的《夜》，这是丁玲于1941年间所创作的作品，刊载于1941年6月10日、11日的《解放日报》。“夜”本身就是一个象征意蕴丰富的词，黑暗会在这里滋长与放大，光明也会在不久后出现，内在的、外在的、有形的、无形的、困惑的、明朗的都会纠缠交织在一起，如同一张布满网格的网，将人的方方面面都予以完整呈现，尤其是那些白日压抑在心中的情感会得到凸显。村干部

1. 南帆：《文学、革命与性》，《文艺争鸣》2000年第5期。
2. ［英］霭理士：《性与社会》，潘光旦、胡寿文译，商务印书馆2016年版，第192页。
3. ［美］王斑：《革命热情与政治：丁玲作品精神分析解读》，曹晓华译，《文艺理论研究》2015年第5期。

何华明在外开完会后已是深夜，在回家的路上他看见倚在门口发育得很好的姑娘清子，“一个很奇异的感觉，来到他心上”，[1] 这种很奇异的感觉，作者未言明具体是指什么，但这种感觉“把他适才在会议上弄得很糊涂了的许多问题全赶走了。他似乎很高兴，跨着轻快的步子，吹起口哨来”；[2] 从后文作者交代何华明的妻子是一个年老色衰的女人，何华明对她并不满意，可以看出，这种感觉是一种性欲的萌生和冲动，但这一性欲的萌生和冲动被何华明抑制和中止了，“然而却又忽然停住，……这妇女就是落后，连一个多月的冬学都动员不去的，他妈的，他赵培基有钱，把女儿当宝贝养到这样大还不嫁人……”[3] 这近乎有些阿Q式的心理让他不再对清子抱有性幻想，而清子的不求上进、不积极革命又是他强行中止自己性幻想的台阶和理由，“忽然停住”也说明了革命意识对他行为和思想的规约作用。如果说清子的不积极革命和不求上进是何华明中止自己性幻想和性冲动的主要原因，那么在面对和他一样同是革命干部，而且又是妇联会委员的侯桂英三番五次积极主动示爱时，何华明为什么再次抑制住自己内心的性冲动呢？

1. 丁玲：《夜》，《解放日报》1941年6月10日。
2. 同上。
3. 同上。

其实，在面对侯桂英的时候，何华明内心的性冲动更为强烈："有时就恨不得抓过来把她撕开，把她压碎。"[1]但这种性冲动只萌发于何华明的头脑中，从未产生真正的行动，"他感到一个可怕的东西在自己身上生长出来了，他几乎要去做一件吓人的事，他可以什么都不怕的，但忽然另一个东西压住了他"。[2]毫无疑问，这"另一个东西"与之前对清子性冲动幻想的突然停止，是同一种东西，那就是革命伦理对个人情感的抑制和规范。何华明正值血气方刚的年纪，妻子却已年老色衰，无法满足他对性和爱情的期待，当他有多次机会使自己旺盛的性欲力比多得到释放时，却又一再抑制，这不禁使人想到精神分析学派创始人弗洛伊德在《性学与爱情心理学》一书中所说的："如果一个人性本能十分强烈，然而却是颠倒的，那就会导致两种可能的后果。第一种十分明显，勿需多说，这种人会无视当前社会文化中流行的道德准则，即使受到制止，其性颠倒也会一直坚持到底；第二种就有趣得多了，由于教育和社会要求造成的压制力，这种颠倒的性冲动的确受到压制，但这种压制并非真正的压制；因此，我们最好还是称其为一种流了产的压制。在这里，抑制后的性冲动不再直接呈现——单就这一点，抑制还是成功的——却以其他方

1. 丁玲：《夜》，《解放日报》1941 年 6 月 11 日。
2. 同上。

式来表达。”[1] 何华明属于弗洛伊德所说的第二种情况，由于革命意识和革命伦理的规范与要求，他的性冲动受到压制，但这种压制却并未使何华明感觉沮丧和失落，而是“像经过了一件大事后那样有着应有的镇静，像想着别人的事件似的想着适才的事，他觉得很满意”。[2] 相比于革命事业，个人欲望的解决并没有那么重要，而且，受压制的性爱力比多也找到了自己的出口，那就是将其转化为革命力比多，服务于革命事业，“现在他做了乡指导员，他明天还要报告开会意义”。[3]

然而，在某一瞬间，或在有限的范围中，性是自由的，不受控制的，可是性并没有办法和能力突破这一层薄弱和狭小的边界，一旦性有触碰边界的可能，尤其是使性意识和性冲动付诸实践时，便立刻会被巨大、辽阔的革命话语阻截和压制，因此，在某种层面来说，一方面是革命话语管控下对性的压制与遮蔽，但另一方面来说，性也营构了革命与爱情之间流动的张力与空间，并有转化为革命的可能。当然，延安时期有关爱情的描写中也涉及“性”的描写，只不过与性行为和性细节相关的人物都是革命的反动阶级或落后阶级，如《韩花舌子和小白鹅》中地主的女儿

1. ［奥］西格蒙德·弗洛伊德：《性学与爱情心理学》，罗生译，百花洲文艺出版社 1996 年版，第 202 页。
2. 丁玲：《夜》，《解放日报》1941 年 6 月 11 日。
3. 同上。

小白鹅和革命的落后分子韩花舌子的性行为；《血尸案》（袁静、孔厥）中大地主钱康仁与兄弟媳妇之间的乱伦行为等，“‘反动阶级’享有性描写的特权”，[1] 而革命者在身体和心灵上都是纯洁的，不应沾染“性”这一污秽的字眼，在共和国60年代中叶到70年代中叶的文学中，这一点表现得更为强烈和鲜明。

同时，革命话语有时对性会有所遮蔽。例如李古北的《未婚夫妻》，东风村的村支书，也是共产党员的张来水，有一个远近闻名的非常漂亮的未婚妻，名字叫艾艾。艾艾的父亲被日本人杀害，家里就只剩艾艾和母亲相依为命，而且生活也很艰辛，常向亲朋好友和邻居家借米借面，以此艰难为生。来水由于在村里忙于革命的工作，很少抽出时间来看艾艾，两人一年到头也见不了几次面。有一天晚上，艾艾偷偷溜出家门去来水家找来水，想和来水说说话，因为日本人在村里安插了据点，艾艾担心自己会被日本人侵害，希望在来水这里找到一些安慰和安全感，也希望来水能常常看她，照顾她。当她把自己的担心和心事告诉来水，来水却说：“实在我腾不开手去顾你，我天天半夜回来，半夜走。日本贼要对你怎么样，你就咬死他。”[2] 对于

1. 黄子平：《“灰阑”中的叙述》，上海文艺出版社2001年版，第65页。
2. 李古北：《未婚夫妻》，载康濯主编：《中国解放区文学书系·小说编》（二），重庆出版社1992年版，第957页。

艾艾这样一个弱女子来说，且不说当她真的遇到日本人侵害时，能否将其咬死，而来水在面对艾艾的担心和忧虑时，不仅没有安慰，还强调自己的工作有多忙，满心都是革命工作。两人的谈话因汉奸的到来而中断，于是来水让艾艾今晚在塔子根等他，再细细诉说。两人见面时的对话更能反映出革命话语对爱情话语的渗透与规范：

> 她蹚开草，往这边来。嘴里说："可把我等死啦！怎么等也不来。我当是你有事走啦！"
>
> "咱们快谈谈吧，时间非常宝贵！来！"
>
> 艾艾过来，来水问她：
>
> "半夜三更的，草里怕不怕，一个人？"
>
> "爬在这里比在家放心多了。我不怕。"
>
> 来水把她叫到一块玉米地边。躲开大路。两个人坐在草上，来水问她：
>
> "今黑夜你怎么还对我说那话？"
>
> "什么话？"
>
> "说杀鬼子，还害怕，还说在世上等着我。"
>
> 艾艾的脸一红，羞得低下头，没说话。他又说："这年景说这话，不怕人家笑话？"
>
> 艾艾抬起头，脸通红，说："我今黑夜是对着谁说呀！"

来水说："不管对着谁，这话不好，往后可不要这么想了。"

艾艾答应了："嗯！再不这么想了。"[1]

艾艾怀着兴奋、激动、期待的心情等待来水的到来，希望能将许久的思念说给来水听，但来水并没有顺着艾艾个人性的情感话语往下说，"对于革命者而言，情爱不能撼动伟大理想和坚强意志，这是不能怀疑和亵渎的革命纪律"。[2]因此，来水用革命话语打断了艾艾的柔情，并对艾艾的柔情话语进行了责备和纠正。这本该是两人互诉思念和柔情的时刻，但肩负革命重任的来水却没有心思放在儿女情长上面。革命话语已经漫及个人日常生活空间，并将个人性的情感空间予以遮蔽，乃至占领，"新的价值正在斗争中慢慢地具体化起来。在人与人之间的、男女之间的关系上，感情和思想正在逐步革命化"。[3]而五四以来一直建构和追求的爱情乌托邦已经在对性的遮蔽和淡化中逐渐转换为革命乌托邦了。

1. 李古北：《未婚夫妻》，载康濯主编：《中国解放区文学书系·小说编》(二)，重庆出版社1992年版，第959页。
2. 王鹏程：《劳动观念主导下的爱情伦理——农业合作化小说爱情话语分析》，《中国现代文学论丛》2019年第1期。
3. [德]克·蔡特金：《列宁印象记》，马清槐译，生活·读书·新知三联书店1954年版，第67页。

二、爱情主体身份的置换：以《我在霞村的时候》为例

毛泽东在《青年运动的方向》中指明："革命是什么人去干呢？革命的主体是什么呢？就是中国的老百姓。革命的动力，有无产阶级，有农民阶级，还有其他阶级中一切愿意反帝反封建的人，他们都是反帝反封建的革命力量。但是这许多人中间，什么人是根本的力量，是革命的骨干呢？就是占全国人口百分之九十的工人农民。"[1] 现代革命使工人、农民的地位与意义得到前所未有的凸显，作为革命的主体力量，他们不仅应是革命舞台上的活跃因子，同时更应该是文艺作品中的光环主角。但事实却并非如此，五四和"左联"时期，在有关爱情书写的文学作品中，男女主人公要么是小资产阶级的学生青年，要么是地主阶级的豪绅贵族，以无产阶级工农作为爱情主体的作品可谓寥寥无几。例如，五四时期著名女作家庐隐的短篇小说《一个著作家》，男女主人公都是学生青年；被称为是"革命加恋爱"主题创作代表的蒋光慈，他爱情作品中的主人公仍然以小资产阶级为主，例如《丽莎的哀怨》中的女主人公丽莎是一位白俄罗斯贵族女子；《冲出云围的月亮》的女主

1. 毛泽东：《青年运动的方向》，载《毛泽东选集》（第二卷），人民出版社2007年版，第562页。

人公是一个青年学生；茅盾的《虹》中的女主人公梅行素出身中产阶级家庭，也是一名知识青年；丁玲《梦珂》中的女主人公梦珂是一名知识青年等。从这些作品中可以看出，虽然无产阶级是革命的主体力量，但在文学作品中，尤其是描写爱情的作品中，他们却是陪衬，乃至成为边缘人物，这就很难引起无产阶级的阅读兴趣和情感共鸣，因此，在这一时期的文艺作品，并没有深深抓住工农群体，更没有使文艺起到很好地团结和鼓舞无产阶级参与到革命中的作用。而这一情况在党中央所在的延安彻底改变了，在革命话语的规约下，无产阶级真正成为文学作品中的爱情主体。

例如丁玲《我在霞村的时候》，这篇小说最初发表于1941年第3卷第1期《中国文化》，主要讲述了“我”因病在霞村暂时休养时的所见所闻。这篇小说的创作素材来源于作者所听到的故事，萧军在日记中记载了这个故事的基本内容：“一个在河北被日本掳去的中年女人，她是个共产党员，日本兵奸污她，把她掳到太原，她与八路军取得联络，做了很多的有利工作，后来不能待了，逃出来，党把她接到延安来养病——淋病。”[1] 通过对比可以发现，丁玲利用自己富有洞察力的思考在基本符合原故事的前提下，

1. 萧耘、王建中、萧玉：《萧军日记（1940年8月）》，《现代中文学刊》2012年第1期。

融入了自己的创造，这一创造最大的亮点，也是原故事所没有的内容，那就是对爱情的书写，虽然爱情并不是这篇小说的主要内容，但却是一条非常重要而且是必不可少的线索，对于我们理解作品中人物的情感、思想与革命之间的某种关联和互动，乃至理解作者本身对于革命与爱情、革命与知识分子等的思考都有着非同寻常的意义和价值。

故事中的男女主人公夏大宝和贞贞，他们的身份和阶级已经完全不同于五四和“左联”时期爱情作品中男女主人公的身份，也与丁玲20世纪二三十年代作品中的爱情主体有了很大的不同。例如丁玲的成名作《莎菲女士的日记》，女主人公莎菲是一个知识女青年，男主人公凌吉士是一个资产阶级的纨绔子弟；再比如刊载于1930年第21卷第9期的作品《一九三〇年春上海（之一）》，男女主人公子彬和美琳都是小资产阶级的知识青年，而《我在霞村的时候》中女主人公贞贞是一个出身于贫农家庭的乡村少女，男主人公夏大宝是霞村一个磨坊里的小伙计，由于爱情主体身份的不同，《我在霞村的时候》与丁玲前期的其他爱情书写的作品的内容、结局等也有了很大的不同。而对爱情主体身份的置换又折射出丁玲延安前后思想的动态变化以及对革命、革命的主体——无产阶级、革命与爱情的看法和认识。

丁玲于1936年11月10日到达陕北保安，作为第一个抵达苏区的作家，丁玲受到毛泽东、周恩来、张闻天等人的热情欢迎。1937 年 1 月丁玲又奉命陪美国记者史沫特莱回到延安，也正式开启了自己崭新的生活和创作，但这种创作并非是与过去的割裂，而是有着延续和发展，正如贺桂梅所说："进入延安对丁玲来说，并非由非左翼转向左翼，而是在革命的诉求和激情的促动下，进入具体的革命组织和革命秩序之中。她与革命的关系，就不再简单地停留于在批判现实的基础上想想革命的层面，而涉及作为一个个体、作家、女性与组织化的革命秩序之间的复杂关系。"[1] 而且，从丁玲来到延安至毛泽东《讲话》发表期间的作品中依然可以捕捉到五四以来的启蒙思想和批判意识，例如小说《在医院中》、杂文《"三八节"有感》等，尤其是那些对爱情有所描写的作品，更加深化了这种"复杂关系"所涵盖的革命伦理与情感意蕴。

《我在霞村的时候》中贞贞与同村的夏大宝相爱，因为夏大宝家里贫穷，导致了贞贞父母的反对，这是当时农村中常见的一种情况，即父母对儿媳或女婿的选择标准是家中是否有钱，正是因为如此，贞贞无法与夏大宝相爱，并且贞贞的父母私自给贞贞安排好了亲事，这也是导致贞贞

1. 贺桂梅：《转折的时代——40 ～ 50 年代作家研究》，山东教育出版社 2003 年版，第 224 页。

跑到教堂出家以坚守自己爱情行为的发生，这才有了在出家那天赶上日本侵略者侵占霞村，来不及逃跑的贞贞在天主堂被日本人掳走并被强奸，从这一层面来说，贞贞被掳走和侵犯，也与贞贞父母阻碍她和夏大宝相爱有直接的联系，从中也可以隐约感知到作者对贞贞父母行为的谴责。之后，贞贞也偷跑回来过，但为了革命的任务，又继续回到日本人那里做慰安妇，等贞贞再回到霞村的时候，“都把我当一个外路人，也有亲热我的，也有逃避我的。再说家里几个人吧，还不是一样，谁都爱偷偷的瞧我，没有人把我当原来的贞贞看了”。[1] 由于贞贞的身体变化了，变得不再干净和失去贞洁了，因此，村里的人都看不起贞贞，“尤其那一些妇女们，因为有了她才发生对自己的崇敬，才看出自己的圣洁来，因为自己没有被人强奸而骄傲了”。[2] 作者在这篇小说中虽然是一个旁观者的角度，对霞村的人和事保持一种有距离的观照，但在文本的字里行间，我们依然能强烈地感受到作者本人的思想与情感，如贺桂梅所指出的：“置身于乡村民众之中的丁玲并未能自发地感受到作为革命主体的民众的革命性，相反，她所受的知识教育和感受世界的情感结构使她可以轻易地看出民众和粗糙的革命组织本身的问题，从而下意识地进行着自我 / 他者的区

1. 丁玲：《我在霞村的时候》，《中国文化》1941 年第 3 卷第 1 期。
2. 同上。

分。”[1]但从爱情主体的角度来看，丁玲并未因村民的愚昧和传统而丧失对革命的信心以及对青年男女的期望，在爱情主体，即贞贞和夏大宝身上，她看到了革命光明的前景与革命话语的渗透下爱情所被赋予的新的内涵与价值，这在贞贞与夏大宝之间的爱情描写上有着清晰的呈现。

贞贞和夏大宝之间的爱情属于典型的爱而不得，两人都深爱着彼此，夏大宝在贞贞被日本人抓走后，经常来照看贞贞的父母，当贞贞回来后，“尤其当现在的贞贞被很多人糟蹋过，染上了不名誉的、难医的病症的时候，他还能耐心的来看视她，向她的父母提出要求，他不嫌弃她，不怕别人笑骂”。[2]可是贞贞不能，这种不能中包含一个女性太多的辛酸与无奈，是更为深沉的、炽热的爱，贞贞可以不在乎同村的人怎么看，怎么说，但她不能不为夏大宝考虑，当贞贞失去自己的贞洁时，当她的身体不再清白时，她就已经知道自己将会面对什么，将要失去什么，而村中的人认为贞贞是“这种破铜烂铁，还搭臭架子”等之类的言语伤害和说三道四只是坚定了贞贞要和夏大宝分开的决心。虽然这时贞贞的父母已经改变了之前的想法，同意夏大宝迎娶贞贞的请求（主要原因是贞贞失去了贞洁，有着

1. 贺桂梅:《知识分子、女性与革命——从丁玲个案看延安另类实践中的身份政治》,《当代作家评论》2004 年第 3 期。
2. 丁玲:《我在霞村的时候》,《中国文化》1941 年第 3 卷第 1 期。

不光彩的经历），但贞贞坚决地拒绝，因为她明白，她和夏大宝不可能生活在真空里，当革命没有取得完全的胜利，当人们的思想还处在封建传统的桎梏中，当女性不能掌握自己的命运的时候，真正的爱情和幸福也不会到来，所以，无论她有怎样的不舍和难过，她还是坚决地同夏大宝分开。同时作者也为两人的爱情结局留了一个开放性的空间和想象，贞贞最后选择去延安治疗自己身体的疾病，"我还可以再重新作一个人，人也不一定就只是爹娘的，或自己的"。[1] 贞贞的思想已经发生了很大的转变，她之前还在恨夏大宝没能带她私奔，如果带她私奔，就不会有后面发生的这些事，但现在她已经将自己的身体看作革命的一部分，它既不属于自己，也不属于父母，而是属于革命，所以作者说："我觉得非常惊诧，新的东西又在她身上表现出来了。"[2] 当个人融入集体，成为革命的一部分，爱情也就不再是个人情感领域的构成，而是集体意识建构的一个组成部分，同时也就意味着爱情主体完全转换成为革命主体。

但爱情主体身份的置换，并不是知识分子进入延安之后，一蹴而就改变的，而是有一个逐渐置换的过程，尤以毛泽东《讲话》发表后呈现出较为显著的改变。毛泽东在《讲话》中指出："有许多同志，因为他们自己是从小资

1. 丁玲：《我在霞村的时候》，《中国文化》1941 年第 3 卷第 1 期。
2. 同上。

产阶级出身，自己是知识分子，于是就只在知识分子的队伍中找朋友，把自己的注意力放在研究与描写知识分子上面。这种研究与描写如果是站在无产阶级立场上的，那是应该的。但他们并不是，或者不完全是。他们是站在小资产阶级立场，他们把自己的作品当作小资产阶级的自我表现来创作的，我们是在相当多的文学艺术作品中看见这种东西。”[1] 毛泽东一针见血地指出了知识分子在文艺创作上所存在的不足和缺陷：以小资产阶级的立场描写小资产阶级知识分子的生活与情感，主体是小资产阶级，内容也是关于小资产阶级，这既与党的文艺政策和革命立场相左，也无法使文艺真正起到团结占人口绝大多数无产阶级的作用。因此，爱情主体的置换就显得尤为迫切和重要，因为，主体的置换，就意味着书写内容的变换，也意味着书写立场的改变，也意味着文学受众的变化，更意味着书写主体思想的转变，反之亦然。

三、光明的爱情结局：以《小二黑结婚》为例

五四时期描写爱情的文学作品中的爱情结局大多以悲剧结尾，例如《伤逝》中涓生与子君的爱情最终以悲剧收尾，子君离开涓生，回到家庭之后不久抑郁而终；《一个著

1. 毛泽东：《在延安文艺座谈会上的讲话》，《解放日报》1943 年 10 月 19 日。

作家》中沁芬与邵浮尘不仅没有因相爱而在一起，反而先后病逝，留下巨大的遗憾与悲剧；《命命鸟》中敏明和加陵为了能够在一起而携手跳河自杀。爱情作为五四时期彰显个人个性，反抗旧道德、旧传统的一面鲜明旗帜，本应有着披荆斩棘、前途光明的浩然之势，可在这些文学作品中，我们却发现它所面对的重重困难与经历的曲折命运。“左联”时期描写爱情的作品同样如此，例如蒋光慈《野祭》中的陈季侠与淑君，当陈季侠在革命现实面前看清自己内心真正喜爱的女孩是淑君，并打算与她再续情缘的时候，淑君已被反动派秘密杀害，徒留陈季侠在淑君的墓碑前感伤和祭奠；《丽莎的哀怨》中主人公丽莎因爱情和生活的磨难，最终也以投海结束了自己的生命。造成爱情悲剧的原因是复杂和深刻的，不仅是作品中的人物在寻找爱情的出路与归宿，更是作家通过描写人物的爱情遭遇和悲剧结局，在面对较为复杂多元的社会、经济等因素对爱情的影响与渗透时的思考。

爱情虽然是个人化的行为，但它往往是与整个社会大环境，妇女是否真正获得解放，是否拥有独立的人格和经济等多种因素密切相关的，不是拥有了自由反抗的思想，爱情就能走向一个美满的结局，《伤逝》中的子君便是一个很好的例证。当社会大环境没有发生质的改变，当女性还在为柴米油盐等物质、经济所困扰，当女性不能将命运掌握在自己手中，爱情乌托邦就只能存在于构想之中，只有将爱情放置于整个社会、民族的构建中，爱情乌托邦才有实现的可能，也正是在这一层面上来说，由爱情乌托邦走向革命乌托邦是必然，而且这不仅仅是概念的置换，更是实现爱情乌托邦的唯一路径和手段。这一置换与指归在 20 世纪 20 年代末盛行的“革命加恋爱”创作模式的左翼时期就已经开始，但真正完成与实现则是在延安时期。延安汇集了革命乌托邦所应该具备的所有元素，当这些元素交融在一起的时候，革命的最终指向呈现出光明的态势，爱情也在这一总态势下显出光明与希望。

例如赵树理的《小二黑结婚》，这部小说初版于 1943 年 9 月，一经出版就在当时引起了热烈的轰动，并一版再版，而且还被翻译成外文和翻拍为电影、歌剧等，受到广泛的传播，由此可见这部小说在解放区小说中所具有的地位和价值。因此，本节以这部具有典型意义的小说为个案，来深入探析延安文学光明的爱情结局所产生的原因、意义与影响。《小二黑结婚》虽然对男女主人公小二黑和小芹的爱情描写着墨不多，但二人的爱情却贯穿了故事的发展始终，成为故事起伏涨落的重要线索。小芹年轻漂亮，村里的青年们有事没事总想接近小芹，跟她说话聊天，尤其是村中一霸——金旺两兄弟，还对小芹动手动脚，怀有非分之想。但小芹与她的母亲三仙姑不同，她是一个恪守妇道的姑娘，只喜欢与自己自由恋爱的小二黑。小二黑有着帅气的外表，而且“有一次‘反扫荡’打死过两个敌人，曾得到特等射手的奖励”。[1] 外貌的匹配再加上小二黑身上的革命荣誉，这些都是其他青年所无法比拟的，但两人的爱情婚姻之路却充满坎坷，故事也正是以此展开叙事。

小二黑与小芹爱情婚姻的阻碍有三：首先是小二黑的父亲二诸葛的反对，虽然有媒人从中撮合小芹和小二黑，但二诸葛认为两人命相不和，加之小芹母亲的声誉不好，故而反对，他还为小二黑收养了一个八九岁的小姑娘做童养媳；其次是小芹的母亲三仙姑的阻碍，出于自己的私心，她没经过小芹同意就托人为小芹订下了一桩婚事；再者是金旺兄弟为了报复小芹对他俩的拒绝与冷淡，对小芹和小二黑趁机报复，肆意污蔑。无论是哪一种阻碍，都有可能导致小二黑和小芹爱情婚姻的悲剧，但在革命话语的规约下，这三种阻碍都有其不可能实现的理由。其一，二诸葛的阻碍主要是他自身的封建思想，再加之为小二黑收养童养媳，这都是革命所要“革”的对象，自然是立不住脚的；其二，且不说三仙姑私自为小芹找婆家的行为不符合当时解放区推行的自由恋爱、婚姻自主的政策，单就其为小芹找的对象的身份，也不符合革命语境下爱情阶级的归属，

1. 赵树理：《小二黑结婚》，《人民文艺》1946 年第 1 卷第 6 期。

对方“是在阎锡山部下当过旅长的退职军官，家里很富，才死了老婆”；[1] 其三，金旺与兴旺的阻挠和破坏，也会因上级政权的干预而失效。因此，小芹和小二黑爱情的结局必定是光明的。

除此之外，小芹与小二黑光明的爱情结局也与作者本人处理故事素材的目的有很大关系。赵树理在谈到材料和创作的关系时这样说道：“材料与写作，最理想的关系应该象百货公司进货、销货的关系——进的时候是广为搜罗，销出的时候是配搭成套。”[2] 也就是说，素材的搜集过程可以广泛，但制作为成品往外销出的时候，应站在接受者的角度考虑到它的社会功用和实际效用，而不仅仅只是制作完成即可。当然，这也与赵树理将自己的小说称作“问题小说”有关，他曾谈到自己的创作原则时说道：“我的作品，我自己常常叫它是问题小说。为什么叫这个名字，就是我写的小说，都是我下乡工作在工作中所碰到的问题，感到那个问题不解决会妨碍我们工作的进展，应该把它提出来。”[3] 其实，也就是将遇到的问题和矛盾在小说中得到解决，使坏人受到惩罚，好人得到好报，真心相爱的人能够在一起，这是符合广大普通民众期待的结局，赵树

1. 赵树理：《小二黑结婚》，《人民文艺》1946 年第 1 卷第 6 期。
2. 赵树理：《和青年作者谈创作》，载黄修己编：《赵树理研究资料》，北岳文艺出版社 1985 年版，第 113 页。
3. 戴光中：《赵树理传》，北京十月文艺出版社 1987 年版，第 348 页。

理的小说虽然有很强的政治政策性，但他能够站在普通民众的角度进行创作，一定程度上写出了广大读者的想法和感受，因此，赵树理的小说在边区受到工农青年的普遍喜爱。《小二黑结婚》是一部根据真实案例改编的小说，与赵树理一起在北方局调查研究室工作过的杨献珍曾对此回忆道："这是他到辽县（现今左权县）搞农村调查，了解到一桩农村干部迫害争取婚姻自由的青年农民岳冬至致死的案件，他就以此为直接素材，运用了他长期在农村生活的积累写作而成的。"[1] 原故事中的男主人公并没能像《小二黑结婚》中的小二黑收获美满的爱情和婚姻，反而因为爱情而丢了性命，而这种事实是让人难以接受的，也无法给予那些像小芹和小二黑一样遭受诸多挫折和坎坷的青年男女以勇气和信心去反抗封建礼教与封建势力的阻挠，正如董均伦在回忆赵树理的时候说道："原故事的结局，赵树理觉得太悲惨了，他认为既然写反封建的东西，就应该给正面人物找下出路，照那个原来的结局，正面人物是被封建习惯吃了的，写出来不能指导青年和封建习惯作斗争的方向。……所以才由区长、村长主持着弄了个大团圆。"[2]

1. 杨献珍：《从太行文化人座谈会到赵树理的〈小二黑结婚〉出版》，《新文学史料》1982 年第 3 期。
2. 董均伦：《赵树理怎样处理〈小二黑结婚〉的材料》，载黄修己编：《赵树理研究资料》，北岳文艺出版社 1985 年版，第 212 页。

相较于原故事，赵树理对素材做了较大的修改，《小二黑结婚》中反动的农村干部兴旺和金旺被判处15年徒刑，受到了应有的惩罚，小二黑和小芹也幸福地结了婚。而小芹和小二黑光明的爱情结局也达到了赵树理所说的“配搭成套”，“小说以大众化、通俗性的艺术表现形式，来反映解放区新一代农民的反封建性和他们大胆、坚定地追求自由的婚姻，并且以大团圆的美好结局，表达了那个时期广大劳动人民真实的心理愿望”。[1] 曾经与赵树理一起工作学习过的苗培时在谈到《小二黑结婚》的影响时，以自己亲耳听到和亲眼看到的两个故事证实了《小二黑结婚》光明的爱情结局产生的现实意义和价值，第一个故事是：“我曾亲眼看到，当时涉县河南店村的一个姓熊的姑娘和一个部队的干部恋爱，遭到了她父亲和村中一切落后势力的讽刺和压迫”，[2] 但当《小二黑结婚》的故事传到太行山，“在‘小二黑’的感召和鼓励下，终于走了‘小二黑’的道路，冲破了封建的枷锁，跟她父亲包办的婆家离了婚，然后又跟她真正心爱的对象结了婚”。[3] 第二个故事是：“我曾经的房东收养了一个父母双亡的小姑娘，预备给自己的儿子做

1. 王建舜：《赵树理小说的美学风格》，《学术论坛》2008年第4期。
2. 苗培时：《〈小二黑结婚〉在太行山》，载黄修己编：《赵树理研究资料》，北岳文艺出版社1985年版，第221—222页。
3. 同上书，第222页。

童养媳"，但这位小姑娘却与一个小裁缝相爱，虽然也遭到封建势力的威胁和阻碍，"可是这时候太行山有了'小二黑'，于是小裁缝的腰杆挺直了，他没怕砸断腿，反而和好闺女两人暗地一商量，趁着动员人民参军的机会，双双地报名参加了八路军。……他们所以这样大胆，是因为有了'小二黑'在前边走，他们在后头跟着，胆子就大啦"。[1] 由此可以看出光明的爱情结局所带来的革命效用。

同时，光明的结局、"大团圆"的结局或"皆大欢喜"的结局，也映照着中国普通民众的生活理想、情感诉求和审美心理。中国传统民间文艺中一直不乏"大团圆"的结局，它与人们心理诉求，即"善有善报，恶有恶报"的善恶观等是紧密相连的，正如朱光潜所说："我感到我们中国民族的喜剧感向来很强，而悲剧感却比较薄弱。其原因之一是我们的'诗的正义感'很强，爱好大团圆的结局。"[2] 作为农民出身的赵树理自然更能体会和熟悉民间文艺中所寄寓的普通民众的心理与情感诉求，自然也会将这一传统的艺术手法运用在自己的文学创作中。并且这种"大团圆"的结局在陕北民间文艺中尤为突出，特别是在陕北说书中。

1. 苗培时：《〈小二黑结婚〉在太行山》，载黄修己编：《赵树理研究资料》，北岳文艺出版社 1985 年版，第 222 页。
2. 朱光潜：《谈美书简》，载《朱光潜全集》（第五卷），安徽教育出版社 1989 年版，第 332 页。

曹柏植在谈到陕北说书中的“大团圆”结局时说道：“陕北说书没有悲剧，这在其他姊妹艺术中几乎是独有的。……善恶有报的直接产物就是大团圆式的喜剧结局。”[1]而且“大团圆”的结局模式不仅在赵树理的其他作品中也有充分的体现，例如《登记》中艾艾和小晚的自由恋爱一开始也受到各种阻碍，但最后两人成功在一起；《邪不压正》中小宝和软英经过了多种曲折，最后也成功在一起。而且这也构成了延安文学爱情书写的重要表征之一，凡是涉及爱情描写的作品，其男女主人公的爱情结局总是光明和幸福的，例如丁玲的长篇小说《太阳照在桑干河上》，虽然是一篇着重描写土改运动的小说，爱情在其中占据很小的比例，但它依然有着重要而不可忽视的作用，它既能使残酷的斗争运动中显露出一些人情，又能强化和突出小说的主题，并且最终小说呈现了一个光明的结局，虽然文中黑妮与程仁的爱情遭遇了诸多挫折和磨难，但最终两人也走在了一起。

中国共产党所领导的无产阶级革命作为现代中国革命的主流，它所昭示的不仅是革命最终胜利的结果，而且也彰显了现代中国在革命进程中所显示的新变化与新内涵。而且这种新变化与新内涵又在文学层面得到最直接的呈现。因此，光明的爱情结局，不仅显示出与革命最终胜利的结

1. 曹柏植：《陕北说书概论》，陕西人民出版社 2010 年版，第 42—43 页。

果的同步，而且也是革命话语的规约下确立的自身的书写范式与话语表述方式。

第三节　革命信仰下的爱情书写主体

延安文学，或者更广泛意义上的延安文艺之所以能够焕发出文学和审美的创造性，与延安文人所具有的革命信仰是密切相关的。而爱情书写作为延安文学审美创造性的有机组成部分，其所呈现的情感镜像与革命轮廓也与延安文人所具有的革命信仰分不开。“来到延安的知识分子不少本身就是共产党员，他们所具有的革命信仰是非常明确的，后来经过党的教育和战火洗礼，尤其是在新民主主义社会的熏陶下，他们也都具有了一种倾向革命和拥护共产党及其领袖的信仰情怀。”[1] 袁盛勇在《抗战与延安文学现代性》一书的《引论：直面与重写延安文学复杂性》中认为延安文学“是一种具有鲜明阶级—民族色彩的党的文学，是一种具有自身规定性的现代性文学，是一种基于信仰和趋于信仰的文学”。[2] 信仰性作为延安文学极为重要的特征之一，

1. 袁盛勇、邱跃强：《延安文艺歌词创作的历史与审美特征——以〈解放日报〉所刊歌曲为中心》，《当代文坛》2021 年第 5 期。
2. 袁盛勇：《抗战与延安文学现代性》，中国社会科学出版社 2019 年版，第 8 页。

不仅是延安文学丰富性、独特性的重要体现，某种程度上更是我们打开延安文学的一把钥匙，延安文学中无论是何种主题的书写都与信仰性有着千丝万缕的联系，爱情书写自然也不例外，如果没有这层信仰，爱情书写也就失去了它丰富的内涵与所承载的意义。

因此，本节主要从延安时期中共中央的知识分子政策、革命队伍里实行的物质生活供给制、毛泽东《在延安文艺座谈会上的讲话》三个方面[1]对革命信仰下的爱情书写主体，即延安文人的思想分裂性与复杂性、生存面相与心理变迁等进行细致的分析与研究，其实质依然是对爱情书写进行更进一步的深入探究，因为延安文学爱情书写样貌的最终呈现，最关键也是最重要的一步，还是需要借文人之手诉诸笔端，化成文字，献于读者面前。而奔赴延安而来的知识分子本身就有着对革命的信仰，也就是说，延安文人就如同革命与爱情之间的一个中介，既需要将革命、政治等宏大的叙事意图传递给爱情，又需要将爱情细腻的修

1. 这三个方面不仅对延安文学产生了重要影响和作用，而且对共和国文学有着不容忽视的意义和影响，例如延安革命队伍里实行的物质生活供给制，彻底改变了中国现代知识分子的生存状态，从而带来延安文艺生产方式与文化消费模式的根本改变。这是现代中国文学艺术和文化发展的重大历史拐点。在此历史背景下，经过延安整风运动，共产党所制定执行的知识分子政策，直接影响了现代中国文学艺术和文化的发展，决定了延安知识分子的命运浮沉。因此，须以这三个方面为基点，对延安文学爱情书写进行更为深入的探究。

辞与理想予以传达，同时，这一中介并非是没有感情的机器，而是有着自己思想和思考的知识分子，是具有一定能动性和阐释力的文人，既不是完全服从和照搬革命所下的命令与指示，也不是任由爱情肆无忌惮地生长，他们需要在革命与爱情之间寻找一个平衡点，这一平衡点既能保证革命的诉求得到满足，又能在符合革命期待和规范的情况下，使爱情显出自身的光芒与特色，更为重要的是，又能体现一个知识分子，一个文人在革命年代借由爱情书写所展现的革命信仰与文人情感。这是一个既有创造性，又有挑战性的工作。可以说，延安文学爱情书写的复杂性和独特性，或者可以说延安文学的丰富性和独特性与文学创作主体，即延安文人在革命年代所处的位置和作用等有着紧密联系，也只有对延安文人内在思想的复杂性、生存面相、心理变迁等作全面细致的分析与梳理，才能对革命与爱情的深层互动关系有一个清楚的认知，也才能真正抵达延安文学爱情书写的本质内核。

一、延安知识分子政策

全民族抗战的爆发，带给中国知识分子的是多重生存面相与心理情感的变迁与体验。“只想在革命中实现自己幻想的人是不幸的，无论这些理想多么高尚和美好。革命就如同龙卷风，如同暴风雪，……它轻而易举地使尊贵的人葬身于它的漩涡激流之中。”[1] 革命的洪流使任何人都无法置身事外，对于具有敏感神经的知识分子更是如此，“战争将所有作家的注意力集中到国家的危亡上。为艺术而艺术的实验立即成为不合时宜了。文学完全瞄准生活现实——不再是个人经历的片段，而是全民族的集体经历”。[2] 一方面革命作为真实意义上的流血牺牲，他们在五四时期竭力启蒙的对象——工农大众，如今已成为革命战场上冒着枪林弹雨奋勇杀敌的主力军，而他们却在舒适的“亭子间”做着温柔的“白日梦”，于是社会上“文学无用论”“文学家无用论”的声音不绝如缕，例如：“文学是不适宜于当成一把刀，或一把斧，去削除我们这个民族一切的进步阻碍的。”[3] “文学家似乎对于任何事物的创造，都没有一些功劳，文学家只能咏哦‘风花雪月’，谈：‘我的胡子’之类，对于自己，社会，国家，一点贡献都没有！”[4] 就连文学家自身，也对文学与自身于抗战的作用和意义产生了质疑：“我有怕文学是‘空头’的，在抗战建国中须要的是理科人材——许多人都这样的对我说，我也有这个意思。”[5] 革

1. ［俄］亚·勃洛克：《知识分子与革命》，林精华等译，东方出版社 2000 年版，第 161 页。
2. ［美］费正清、费维恺编：《剑桥中华民国史（1912—1949）（下）》，杨品泉等译，中国社会科学出版社 1994 年版，第 536 页。
3. 甲辰：《文学无用论》，《国立青岛大学周刊》1931 年第 1 期。
4. 行四：《文学家足无用的吗？》，《浙大月刊》1944 年第 3 期。
5. 张玖白：《文学绝非无用》，《译报周刊》1938 年第 1 卷第 10 期。

命在逐渐打破知识分子自命不凡的清高形象，使他们从幻想的艺术王国步入现实的土壤，引发他们对文学价值与意义的思考以及自身何去何从的追问。同时，身处国统区或沦陷区的知识分子，不稳定的生活状态与国民党不积极抗日的革命态度也对他们的心灵造成了巨大的冲击。另一方面，1935年10月19日，中共中央与中央红军到达陕北吴起镇，长征结束，尤其是1937年1月13日中共党中央进驻延安，在“抢夺知识分子就是抢夺天下”[1]的观念指导下，中国共产党制定并实施有关知识分子政策，如“大量吸收知识分子”“尊重知识分子”，并给予知识分子安定的创作环境和物质生活上的优待与奖励等，吸引了大批知识分子不辞辛苦、不远万里地奔赴延安，“当时有大批的知识分子从全国各地涌到边区，特别是在双十二事变以后，一直到‘七七’事变以前，已经陆陆续续地到达边区。……每天都有百八十人到达延安”。[2]知识分子的大量到来，不仅使延安文学的爱情书写呈现出与20世纪二三十年代

1. 延安时期，曾任中央组织部部长陈云的秘书兼中央青委干事的刘家栋在所著《陈云在延安》一书中记录陈云的看法：“抢夺知识分子是抗战中的一个大的斗争，谁抢到了知识分子，谁就抢到了胜利，谁就可能有天下。”（参阅刘家栋：《陈云在延安》，中国方正出版社2005年版，第88页。）这也是当时中共党中央对知识分子重要性的普遍认识。
2. 杨作材：《自然科学院建院初期的情况》，载《延安自然科学院史料》编辑委员会编：《延安自然科学院史料》，中共党史资料出版社、北京工业学院出版社1986年版，第384页。

“革命加恋爱”创作模式的不同，而且也带来了现代中国文学艺术和文化发展的重大转变。

本书对延安知识分子政策的研究，除了对政策实施的原因和内容进行梳理之外，更偏重于知识分子政策对知识分子在思想与精神方面的作用和影响，以及这种影响与爱情书写之间的互动和作用。因为知识分子政策的实施不仅使大批的知识分子跋山涉水、不辞艰辛来到延安，形成以共产党为中心的知识分子群体，而且也带来了知识分子在现实与精神双重层面上的生存面相的巨大改变，并内在地作用与影响着他们在文学创作上的变化，尤其是对爱情这一私密化的个人体验与革命宏大叙事之间的互动与书写有显著的体现。

自 1935 年 10 月长征胜利，红军到达陕北，中共中央就对知识分子问题十分关切。知识分子的专业技能与战斗主力、经济支持、武器装备等一样，也是抗战不可缺少的一部分，对知识分子的重视，也就是对知识的重视。尤其是 1936 年 10 月，红军三大主力会师陕北，开启了中共中央革命的新阶段与新征程，党中央对知识分子更为重视。1936 年 11 月 22 日，“中国文艺协会”在陕北保安成立，在成立大会上，毛泽东发表了振奋人心的讲话：“现在我们不但要武的，我们也要文的了，我们要文武双全。”[1] 从这段

1.《毛主席讲演略词》,《红色中华》1936 年 11 月 30 日。

话中可以看出毛泽东对文艺的重视，他将文艺放置于革命武装同等重要的位置，这对于来到延安之前处于思想矛盾与自我怀疑之中的知识分子来说，无疑是备受鼓舞的，他们不再需要放弃自己熟悉与擅长的“笔”，而冲上前线拿起自己陌生而难以驾驭的“枪”，他们依然可以相信和依赖手中的笔，创作出符合时代与革命的文艺，在思想和精神上团结与鼓动更多的民众参与到革命中来，这同样是为革命贡献自己力量的一种路径。

但值得注意的是，中共中央对知识分子的重视和吸收是同对知识分子的引导与改造同步进行的，或者说在延安整风运动之前，更为强调的是前者，即突出对知识分子的重视和优待，但在延安整风运动之后则强调的是后者，即对知识分子进行思想的改造和引导。前后政策的变化与强调的重心不同，也对知识分子的心理变迁与内在思想的复杂性，乃至分裂性，产生着重要的影响，继而在文学创作层面打下了较为深刻的印记。例如 1939 年 6 月 25 日的《总政治部关于大量吸收知识分子和培养新干部问题的训令》中既指出吸收知识分子的重要性：“由于工作开展，老干部不足，吸收革命知识分子参加军队工作，成为目前干部政策上一个重要任务”；[1] 但同时也表明改造他们

1. 中央档案馆编：《中共中央文件选编　第十二册（一九三九——一九四〇）》，中共中央党校出版社 1991 年版，第 134 页。

思想的必要性，如：“经常考查留心他们思想的动向，及时引导他们向健康的道路上前进”。[1]从这份训令中可以看出，目前军队工作急需更多的知识分子参与，对知识分子实行大量吸收的政策，但这是一种有条件、有原则的吸收，首先吸收的知识分子必须具有革命性；其次，当知识分子进入革命队伍，需要对他们的思想等进行考查，也需要增强他们的革命纪律性和组织性，使他们能真正融入革命队伍。萧向荣在《八路军与知识分子》一文中说：“我们应该大量吸收革命的知识分子与半知识分子，加入我们的队伍，来开展八路军中的文化运动，提高部队的文化知识，以至提高部队的政治理论水平。”[2]但同时也指出：“八路军干部还必须学会领导知识分子的方式与方法，巩固新老干部问题……并带领知识分子在长期斗争中，逐渐克服他们的弱点，使之革命化与群众化，使之造就成为八路军的优秀干部，这是当前政治工作的重要任务之一。”[3]之所以需要对知识分子进行思想的引导与改造也是有其历史原因的，1927年大革命失败，由于当时对革命失败认识不足，党在分析和总结失败的原因时，将其归结为领导者是知识分子：“中国共产党组织上的主要缺点之一，有很大

1. 中央档案馆编：《中共中央文件选编　第十二册（一九三九——一九四〇）》，中共中央党校出版社1991年版，第134页。
2. 萧向荣：《八路军与知识分子》，《八路军军政杂志》1940年第2卷第2期。
3. 同上。

的政治意义的，就是本党领导干部并非工人，甚至于非贫农而是小资产阶级智识份子的代表。”[1]这种对知识分子的不信任，乃至反对的氛围在20世纪30年代的苏区继续存在着，例如多次的“肃反运动”，主要的对象依然是知识分子，因为“他们（知识分子）和农民在思维方式、思想感情、生活方式乃至卫生习惯上都有很大的差别，即使是‘工农化’了的知识分子干部，这种差别的存在也是明显的。知识分子要和农民、士兵融为一体，取得他们的信任，是件长期而艰难的事。”[2]同时，党是一个寻求进步和勇于反思的党，善于在失败中汲取历史经验与教训，总体来说，在延安整风运动之前，党对知识分子是热烈欢迎和非常尊重的。

我们可以从知识分子自身的经历中深切地体会到这一点。茅盾曾对此回忆道：“恩来又问我们今后有何打算？我们说想去延安。恩来当即表示欢迎，说，你们不论是去参观还是去工作，我们都欢迎。”[3]由此可以看出党对知识分子的尊重和欢迎，政策也是非常开放和自由的，无论是去参观，还是工作，都热烈欢迎。事实证明，党对知识分子的尊重和重视，延安自由轻松的氛围，常常使知识分子对

1.《最近组织问题的重要任务议决案》，《国闻周报》1928年第5卷第3期。
2. 冯建辉：《命运与使命：中国知识分子问题世纪回眸》，华文出版社2006年版，第102页。
3. 茅盾：《延安行——回忆录（二十六）》，《新文学史料》1985年第1期。

延安有一种精神上的向往和留恋。“第二天晚上，延安各界又在中央大礼堂开欢迎晚会，毛泽东同志也来了。……闻天也在第二天到交际处来看望我们。……过了两天，周扬来看我，请我搬到鲁艺去。……周扬在桥儿沟东山脚下为我准备了两孔窑洞。……周扬派来一个‘小鬼’帮助我们打水、打饭。我们吃的是小灶，伙房就在附近。鲁艺对我的照顾很周到，我住在那里很安静也很舒适，有事进城，还给我派马。”[1] 中共领导人对知识分子的礼贤下士、平易近人，无微不至的关心与照顾，这在当时的国统区和沦陷区是绝无仅有的，因此，前后的对比与落差自然会使知识分子的心理感受产生很大的变化，如茅盾所说：“在这样的环境中长期作客，却不‘报答’主人的款待，实在说不过去。”[2] 这是发自肺腑的真心话，也是当时来延安许多知识分子内心的真实写照。陈明在回忆丁玲从国统区来延安时所受的待遇时说道：“丁玲是较早从国民党统治区的大城市进到陕北苏区党中央所在地保安（今志丹）的。一九三六年她逃脱国民党的囚禁，十一月到达保安。她是经过党中央的同意和安排奔赴保安的，因此一路得到党组织的照顾和接待；一到保安就受到党中央的亲切欢迎，还受到毛主席的赠词，称赞她‘纤笔一支谁与似，三千毛瑟

1. 茅盾：《延安行——回忆录（二十六）》，《新文学史料》1985 年第 1 期。
2. 同上。

精兵’。”[1]面对中国共产党无微不至的关心和照顾，所提供的稳定的创作环境与自由宽松的政策，加之来到延安本身就是抱有对革命的信仰和出于知识分子的责任心与爱国之心，因此，对于知识分子来说，回报党与革命的最好方式便是通过文学作品来予以表达和体现，而通过对那些因爱情和婚姻而走上革命道路的人和事的描写来鼓舞和团结更多的人民群众参与到革命事业中来，是一种更有效也更普遍，更容易引起读者共鸣的书写方式。

例如《大众文艺》1940年第1卷第1期刊登柳风的小说《妻的条件》，小说中的妻子是一位具有反抗意识的新女性，“我们不同以前的女人了”；“我不是奴才了”。[2]她不愿再忍受丈夫的打骂和丈夫抽大烟的行为，于是，她勇于说出自己的诉求，要和丈夫离婚，但丈夫认为自己已经不抽大烟了，也没有再打骂她，所以不同意离婚，于是妻子到市政府，希望政府工作人员能主持正义，同意她和丈夫离婚，政府工作人员本着家庭和睦、劝和不劝分的原则，苦口婆心地劝解妻子，让她和丈夫好好过日子，从大局考虑，“在这抗战期间，大家要共同努力打日本！”[3]一提到抗战，妻子的委屈反而更强了，她认为丈夫胆小怕事，没有

1. 陈明：《丁玲在延安——她不是主张暴露黑暗派的代表人物》，《新文学史料》1993年第2期。
2. 柳风：《妻的条件》，《大众文艺》1940年第1卷第1期。
3. 同上。

勇气抗日，“不当汉奸就是好的！”[1]只要丈夫肯参加革命，积极抗日，她就不和他离婚，就在家里等他抗日回来，这时裁判员也对妻子的这个条件表示认可和赞同，认为“这个条件又英勇，又不受离婚”。[2]让丈夫好好考虑，从这里我们可以看出，妻子之前要离婚的决心是那么强烈，现在只要丈夫去抗日，她就答应不离婚，而且市政府的裁判员作为权力的化身与代表，此时也是站在妻子这一方的，由此可以看出这篇小说所要真正表达的主题内涵，“恋爱不再是两个人之间的事情，而是上升到政治、军事、组织高度，担当起革命、献身等重大使命”。[3]

《解放日报》1943年3月30、31日连载孔厥的小说《一个女人翻身的故事》，童养媳折聚英的丈夫，比起《妻的条件》中的丈夫品行更恶劣，“一满不务正，又带嗜好，简直是个流氓烟杆子，无论要赌博，嫖女人，什么坏事他都干！”[4]而且折聚英在这个家里更像个奴隶一般，挨冻受饿，挨打受骂，不仅丈夫对她拳打脚踢，就是公公婆婆“也对她没好声气”。[5]因此，折聚英离婚的诉求以及脱离家

1. 柳风：《妻的条件》，《大众文艺》1940年第1卷第1期。
2. 同上。
3. 刘忠：《〈在延安文艺座谈会上的讲话〉研究》，人民文学出版社2009年版，第33页。
4. 孔厥：《一个女人翻身的故事》，《解放日报》1943年3月30日。
5. 同上。

庭的愿望应更为强烈，当她在革命同志的鼓舞下，向她的丈夫提出解除婚约的决定时，她的丈夫表示反对，“咱可偏不让，不让你离婚！咱就要去当兵！就要当红军！”[1]虽然丈夫去参军的目的是出于私心，为了不让折聚英离婚，但折聚英并不在乎，只要他去参军，那么就可以和他结婚，“好极啦！你当红军，咱就是红军的婆姨！”[2]折聚英并没有站在个人幸福与否的角度去看待丈夫参军的行为，只要丈夫肯去参军，她宁愿牺牲自己个人的幸福。从以上作品中可以发现，是否参与抗日和革命成为一段爱情和婚姻的决定性因素，个人的情感与欲望早已被革命的宏大叙事所遮蔽，从中也可以看出爱情书写主体，即知识分子在革命与爱情之间明显的倾向性，正是这种鲜明的倾向性表达，透露出爱情书写主体对中共中央的知识分子政策的一种回馈与报答，而毛泽东也对知识分子为革命做出的贡献予以了肯定：“在八年抗战中，广大革命知识分子对于中国人民解放事业所起的作用，是很大的。”[3]

二、供给制下的文人生存面相与爱情生产

“人们首先必须吃、喝、住、穿，然后才能从事政治、

1. 孔厥：《一个女人翻身的故事》，《解放日报》1943 年 3 月 31 日。
2. 同上。
3. 毛泽东：《论联合政府》，《解放日报》1945 年 5 月 2 日。

科学、艺术、宗教等。”[1]恩格斯揭示了一切艺术，包括文学生产，只有在满足人们基本生存的条件下，人才能有更高的精神追求与创造。且先不论文学书写层面的爱情，现实中爱情的产生、发展等，都是以人有了基本生存保障为前提。文学书写层面的爱情更是如此，作为一种文学创作，只有作家或文人有了基本的生存条件和一定的生活保障，他才有能力或“闲心”去进行文学生产，才有书写爱情的可能，这是其一。

其二，延安文学爱情书写的创作主体，是从不同方向奔赴延安、集聚延安的文化人和本地成长起来的文化人，是普遍具有爱国抗日热情的中国现代知识分子。在特定革命背景和现实环境下，延安革命队伍里实行物质生活供给制，它保障了战时特殊环境下革命队伍的生存与发展，并为从不同城市和方向来到延安的知识分子提供了他们自五四以来所奋力追求与建构的生存空间与理想世界，它彻底改变了中国现代知识分子的生存状态，从而不仅保证了爱情书写得以继续，而且也带来了爱情书写范式与内涵的重大改变。

中国现代知识分子从科举制度废除后的飘荡的自由人，转变为革命队伍里的公家人，他们的身份发生了变化，生

1. 马克思、恩格斯：《马克思恩格斯选集（第三卷）》，中共中央马克思恩格斯列宁斯大林著作编译局编译，人民出版社 1995 年版，第 41 页。

活方式和生产方式也随之发生了变化。延安知识分子无论是救亡者、逃亡者、爱国主义者、理想追求者，进入革命队伍后都成为供给制下的公家人。新环境、新体制、新身份必然带来新使命、新任务、新要求。正如钱理群所说："他们（创作主体）不再是以'写作'换取生活资料的自由职业者，而都成了'公家人'，即国家干部，直接隶属于一个国家部门，一方面得到全面的保障，另一面则对所在单位形成了某种依附关系。"[1] 正是供给制下生活的无忧，孕育了知识分子在战争年代的独特生存面相与精神状貌，正如吴敏在《延安文人研究》一书中所说："物质生活水平当然不能与文学成就、学术水平构成正比例或反比例关系，但却可能直接影响人们的政治心态和文化情感。"[2] 同时，"陕公文娱活动很活跃，经常举办晚会，每天早、晚站队都唱歌。"[3] "那时的文化生活真是丰富多彩，除了遍地歌声外，还演出各种各样的戏，更不用说办墙报、写文章了。"[4] 集体式的生活、多姿多彩的文艺活动、充满青春朝气与理想的晚会与歌声等，不仅为爱情书写提供了很好的创作素材，而且自由轻松的氛围、充满朝气与理想的生活本就是爱情

1. 钱理群：《1948：天地玄黄》，山东教育出版社 1998 年版，第 198 页。
2. 吴敏：《延安文人研究》，香港文汇出版社 2010 年版，第 20 页。
3. 毛晓平整理：《毛星延安时期回忆录》，《新文学史料》2016 年第 1 期。
4. 何方口述、邢小群整理：《整风前的延安生活面面观》，《新文学史料》2006 年第 2 期。

容易滋生与发酵的场所。

草明回忆在延安生活的岁月时说道："初到延安，什么都是新鲜的。……在招待所的第二天，领来一套灰布棉袄、裤，一双棉鞋。……听工作人员说这些都不用给钱，是公家发的，而且每年发一套单的一套棉的。还有每月发五元钱边区纸币，可以自己买牙膏、肥皂用。从此，'公家'两个字印入我的脑海。我们过着供给制的生活，衣、食、住都不用自己筹划。没有工资，只有五元津贴费。大家穿一样的衣服，吃一样的饭，倒也很省心。"[1]虽然供给制下的生活水平并不算高，"这里的生活则是简单到无法再简单。个人的私产几乎不存在，物质需要缩减到了最低限度。粮食、衣服和棉被一条由国家发给，住处由当地人民提供——这就是当时的情况"，[2]但在对比中，延安的生活更显出一种舒适与优越，"可是我国沿海、沿铁路线还在炮火连天，每时每刻都有同胞死在敌寇手里；躲在西南的蒋介石不认真抗日，却念念不忘地捕杀共产党人和进步人士。请看看我们延安，人们夜以继日地一心为革命，为抗日前线工作。两者不是天壤之别吗？我心中思前想后，感叹激动不已，拈起笔来，恭敬地给毛主席写信表达我此刻

1. 草明：《只把春来报——一位女作家的自述》，《新文学史料》1996 年第 3 期。
2. ［美］尼姆·威尔斯：《续西行漫记》，陶宜、徐复译，生活·读书·新知三联书店 1991 年版，第 74 页。

对延安、对党中央的感激之情”。[1]对于知识分子来说，安定自由的环境比物质生活的铺张与奢华远重要得多，“尽管大多数文人的生活水平可能很低，但衣食无忧、稳定的生存状态在战时环境却显得特别重要，它关涉到延安文人对政权机构的心理感受和文化认识”。[2]萧军的妻子王德芬回忆在延安的那段岁月时说道：“生活虽然艰苦，物质虽然缺乏，却冻不着饿不着，睡觉也踏实，不再像国民党统治区那样担惊受怕了。”[3]安定自由的生活，这是当时在战争环境下的知识分子最为渴求的，而在延安，中国共产党则为他们提供了身心得以安栖之地，这不仅使他们对革命、对中国共产党的信仰得以进一步的确立与巩固，而且也进一步将延安更加理想化与浪漫化。正如阮久盼在《萧三传略》中所描述的：“1939 年春，萧三回到延安，踏上故土的那一刻，他就莫名地激动着，好像延安要赋予他新的生命似的。……革命信仰鞭策着他，他似乎不是自己的，他仿佛肩负着一切歌颂光明、抨击黑暗的使命，尤其是延安，这片红色的沃土，他怎么能不激动呢？”[4]著名画家胡蛮在《抗战八年来解放区的美术运动》中也说道：“我们从外边

1. 草明：《只把春来报——一位女作家的自述》，《新文学史料》1996 年第 3 期。
2. 吴敏：《延安文人研究》，香港文汇出版社 2010 年版，第 17 页。
3. 王德芬：《我和萧军五十年》，中国工人出版社 2008 年版，第 72 页。
4. 阮久盼：《萧三传略》，载丁亚平主编：《延安文艺档案 · 延安文论（第 37 册）延安文论家 1》，太白文艺出版社 2015 年版，第 53 页。

来到边区，正似回到家乡，以建立家务的心情来建设边区艺术。物质生活上的供给，有民主政府保障，创作是自由的，精神生活是真正解放的。”[1] 而最为引人注目的，也是带给知识分子感受最深的则是他们的精神状态，“延安的物质生活虽然艰苦，但精神生活还是健康愉快的。……那时的延安，到处洋溢着一种自由、活泼、生动、欢乐的气氛，真是生龙活虎，劲头十足。自由的空气，和平民主的精神，也许是我们这些青年学子到延安后最重要的感受”。[2] 从国统区历经艰辛来到延安的曾志也说道：“总之，在延安，不但有安全感，而且精神生活乃至物质生活都是很富足的。”[3] 徐懋庸是“为了弄清一九三六年上海文艺界关于抗日民族统一战线中两个口号的那场论争，到延安去的”，[4] 延安给他的第一印象是“我观察在延安的那些上海的熟人，绝大部分在精神面貌方面也有不同程度的变化，至少都是很愉快的”。[5] 精神方面的愉快与自由，常常带来创作上的自由与无所禁忌，比如当时延安的《解放日报》刊登了许多暴露延安现实问题的文章，如丁玲的《我们需要杂文》

1. 胡蛮：《抗战八年来解放区的美术运动》，《解放日报》1946 年 6 月 19 日。
2. 何方口述、邢小群整理：《整风前的延安生活面面观》，《新文学史料》2006 年第 2 期。
3. 曾克：《一个革命的幸存者：曾克回忆录》，四川人民出版社 2020 年版，第 289 页。
4. 徐懋庸：《回忆录（四）》，《新文学史料》1981 年第 1 期。
5. 同上。

《“三八节”有感》，王实味的《野百合花》等，由此掀起了“暴露黑暗”与“歌颂光明”之争，而利用文学作品对延安现实生活中女性的爱情婚姻等问题进行揭露，也是延安整风运动与《讲话》发表之前较为普遍的现象。

1941年10月1日，《文艺月报》第10期刊登韦君宜的小说《结婚》，这篇小说对当时延安现实中存在的革命干部与女学生之间的爱情与婚姻问题进行了揭露。小说的男主人公罗忠平是一位老革命者，35岁的他最近总觉得“自己的生活里缺少一点什么东西了”。[1] 这导致他吃饭没有味道，做事没有精神，生活单调且乏味，当他把这种情绪和状态告诉其他人，经他人一点拨，才恍然大悟，觉得自己是缺一个老婆，到了该结婚的时候了，可是，“找老婆一定要讲恋爱。这对他，就是一个难题。他说：‘我学不会资产阶级的文明，不去找那资产阶级的麻烦。我不会向女学生下跪，买水果、糖给她吃，好去舔她的嘴唇。那决不行！’”[2] 在罗忠平的眼里，恋爱是资产阶级的作风，他需要的是一个陪他过日子的女人，而不是需要他花费时间和精力去和她谈恋爱，只为了去亲吻她，这对罗忠平来说是一个巨大的难题，朋友帮他介绍了很多姑娘，但那些姑娘都需要先恋爱，再结婚，这既符合延安当时的社会潮流，

1. 韦君宜：《结婚》，《文艺月报》1941年第10期。
2. 同上。

也是新女性的重要特征之一。但对于罗忠平这样一个工农出身的老革命家，这些新兴的、时尚的恋爱方式，他一时是很难接受的。其实，罗忠平对于对象的要求和条件很少，最重要的是政治上没问题，这也是出于革命队伍纯洁性的考量，而这也是延安时期，男女恋爱与结婚的首要条件。丁玲在其文章《“三八节”有感》中也提到了这一问题：“大抵在结婚的时候，有三个条件是必须注意到的。一、政治上纯洁不纯洁；……”[1]政治原则是结婚的首要条件，“我没有和女人打过交道，反正是延安的女同志，政治上总没有大问题。除这以外，我只要她是个人，女人，并且是个活的女人。就要得了”。[2]从这段话中我们也可以读出作者的情感态度，仿佛罗忠平找的不是一个结婚对象，而仅仅是一个能满足其生理和生活的物品而已，只要政治方面没问题，是个女的，其他无所谓，由此也可以看出女性在社会和家庭中所处的地位。“最后老刘同志就替他找到了一个。她是先听见老刘讲过罗忠平的革命史而倾心佩服，自己愿意了的。”[3]这些女学生都是怀着对党和革命崇高的信仰来到延安，她们对恋爱与结婚的对象既没有金钱的要求，也没有外貌、年龄的要求，常常是单纯倾慕那些为革命做

1. 丁玲：《“三八节”有感》，《解放日报》1942 年 3 月 9 日。
2. 韦君宜：《结婚》，《文艺月报》1941 年第 10 期。
3. 同上。

出巨大贡献的男性。三天之后，两人结了婚，但婚前两人没有经过恋爱的阶段，对彼此都不了解也不熟悉，在新婚洞房那天，彼此都陷入沉默和尴尬，最后是女人先打破了沉默，问了一个无关紧要的问题，也正是这一个问题，导致了两人刚结婚又离了婚，制造了一场婚姻闹剧。她问男人："这眼镜仿单上画的一个人为什么一只眼在睡觉?"他回答说："那不是一只眼在睡觉，那一只眼是假的，那是一个独眼龙。"[1] 如果罗忠平的回答到这就结束了，也许还不会有后面离婚的事发生，但是罗忠平好不容易抓到了一个话题，这个话题又是他所熟悉和了解的，他想这个女人应该也会感兴趣，于是他补充说道："我们同事有个老婆就是个独眼龙，那样丑婆娘也有人要……"[2] 当他说完这句话，女人已经泣不成声，在他还没来得及追问是怎么回事的时候，女人已经夺门而出，两人刚结了婚还不到一天又离了。从女人的反应来看，她就是离过一次婚的"独眼龙"，她是因为罗忠平的革命伟绩才选择跟他没有恋爱就直接结婚的，而罗忠平的话却深深刺痛了她的心，一段刚建立起的婚姻也瞬间坍塌。

但同时我们也应看到，在现实生活中，也有因"革命""政治阶级"等一致而先结婚后产生爱情的。例如，

1. 韦君宜:《结婚》,《文艺月报》1941 年第 10 期。
2. 同上。

“延安五老”之一的谢觉哉与王定国的婚姻爱情。王定国是贫农出身，在未参加革命之前，过着悲惨凄苦的生活，虽然谢觉哉年龄大她22岁，两人之前也并未见过面，但“1937年，组织上找到王定国，说谢觉哉同志身肩重任，工作很忙，身边又没人照顾，‘希望你能过去，同谢老一起生活，主要任务就是照顾好谢老的身体。’组织上谈的是任务，是不是爱情，自己找感觉去”。[1] 当组织把“任务”交给王定国时，身为共产党员的她，没有丝毫犹豫，“王定国是共产党救出来的苦娃子，只要是共产党交待的事情，没二话。她爽快地答应了”。[2] 两人没过多久就结为夫妻，多年之后，提起这段往事的时候，“王定国笑着同我们说，她是先结婚后恋爱，开始当‘任务’做，后来就变成爱情了”。[3] 由此也可以看出，在革命战争年代，爱情是较为纯粹的，只要两人有着共同的革命信仰和理想追求，最终还是会幸福地在一起。而韦君宜在《结婚》中对这场没有经过恋爱，彼此没有共同语言和话题的婚姻闹剧进行讽刺，也是对延安时期现实生活中真实存在的爱情与婚姻问题进行了揭露。而这种揭露，是在供给制下延安自由稳定的生活氛围与知识分子精神愉悦与创作自由的多重因素影响下

1. 蒋巍、雪扬：《延安女性风景》，作家出版社1996年版，第171页。
2. 同上。
3. 同上。

产生的，但在延安整风运动正式开始以及《讲话》发表以后，文学作品中已经很难看到工农出身的革命干部与知识分子之间的爱情与婚姻，而且更少看到对工农出身的革命干部的爱情与婚姻等有批判和讽刺的作品了。

三、《讲话》发表后的文人心理变迁

1942年《在延安文艺座谈会上的讲话》的发表，不仅为文艺的发展指明了前进的方向，而且对延安文人的心理、情感等产生了显著和直观的影响（主要体现在《讲话》前后对知识分子的政策和态度等都有了明显的不同，一定程度上造成了他们的心理落差），进而直接影响着他们的文艺创作，尤其是爱情书写中民间话语资源的凸显，既是延安文学爱情书写的独特性所在，也是《讲话》发表后知识分子心路历程的某种表征与变迁。

《讲话》发表后，中共中央对知识分子的政策和态度与之前相比有了明显的不同（中共中央在延安时期对知识分子的政策在上文已有详细阐释，在这里不再作过多赘述）。《讲话》发表之前，对小资产阶级知识分子是非常欢迎和宽容的，强调的是小资产阶级知识分子对革命的重要性，“在长期与残酷的民族解放战争中，在建立新中国的伟大斗争中，共产党必须善于吸收知识分子，才能组织伟大的抗战力量，组织千百万农民群众，发展革命的文化运动和发展革命的统一战线。没有知识分子的参加，革命胜利是不可能的”。[1]《讲话》发表之后，着重强调的是小资产阶级知识分子思想的转变和改造等问题，“知识分子之所以需要改造，是因为知识分子本身存在有或可能存在有许多缺点。这些缺点是知识分子前进的障碍，是知识分子走向革命或实践革命任务的羁绊”。[2]《讲话》前后态度的不同，必然造成知识分子心理上的落差感，而且《讲话》发表之后，小资产阶级的内涵、指称范围也在不断地扩展，“浪漫主义”“感伤主义”“个人主义”“自由主义”等都被看作小资产阶级意识的独有表现，正如吴敏所说：“文人不仅是‘失重’，而且几乎可以说是精神的窘迫、紧张、惨痛。作家被认定的先天的、无所例外的‘小资’出身、‘小资’思想感情及其与无产阶级势不两立的状况，成为作家的‘原罪’。”[3]因此，小资产阶级知识分子如何在这种矛盾、纠结乃至分裂的思想状态中既能赎清自己身上的“原罪”，又能在爱情书写中彰显自身独特的思考而不被看作小资产阶级情调，毛泽东在《讲话》中给出了答案和方向。

毛泽东在《讲话》中指出：“我们知识分子出身的文艺

1.《中央关于吸收知识分子的决定——一九三九年十二月一日》，《共产党人》1939年第3期。

2. 毛迅：《论知识分子的改造》，《共产党人》1940年第7期。

3. 吴敏：《延安文人研究》，香港文汇出版社2010年版，第277页。

工作者，要使自己的作品为群众所欢迎，就得把自己的思想感情来一个变化，来一番改造。没有这个变化，没有这个改造，什么事情都是做不好的，都是格格不入的。”[1]具体如何改造，毛泽东在《讲话》中也为知识分子指明了方向：“人民生活中本来存在着文学艺术的典藏，……，它们是一切加工形态的文学艺术的取之不尽、用之不竭的唯一的源泉。”[2]因为思想改造属于内在精神层面的转变，对于知识分子来说，最终改造的效果与结果需要经过可见的文学作品得以呈现，因此，活跃于农民群众中的民间文艺就成为知识分子的主要学习对象，但毛泽东同时指出：“他们（指小资产阶级知识分子）在某些方面也爱工农兵，也爱工农兵出身的干部，但有些时候不爱，有些地方不爱，不爱他们的感情，不爱他们的姿态，不爱他们的萌芽状态的文艺（墙报，壁画，民歌，民间故事，民间语言等）。”[3]《讲话》强调和凸显了民间文艺的重要性及知识分子思想改造的必要性，但如果只是将民间文艺原封不动地予以真实呈现，那么，这也与《讲话》所阐释的真正内涵是相背离的，《讲话》所要建构的是一种符合党的利益，即人民利益的，对革命有发展促进作用的文艺观，而民间文艺中也有许多

1. 毛泽东：《在延安文艺座谈会上的讲话》，《解放日报》1943 年 10 月 19 日。
2. 同上。
3. 同上。

糟粕和不适于革命和时代的地方，比如，其中包含的迷信、封建、色情等，“民间文化具有藏污纳垢的特点，不象知识分子的文化那样单纯”，[1] 艾思奇在《谈谈边区的文化》中指出：“民众中间现在还保存着许多有地方特色的，然而为俗流低级的趣味所腐蚀了的文化生活，在年节的关头还在做着男女调情之类的空洞无意义的舞蹈的表演，文化工作者应该走到他们中间去给以指导，教育，改善一些低级的东西，发扬他们的特色，加入抗战的内容。”[2] 毛泽东在《讲话》中说道：“因为虽然两者都是美，但是加工后的文艺却比自然形态上的文艺更有组织性，更有集中性，更典型，更理想，因此就更带有普遍性。”[3] 毛泽东这段话中其实蕴含了一层非常重要的信息，对民间文艺进行加工和改造，或利用和汲取，这一切需要靠的是知识分子或文艺工作者完成，知识分子也只有通过最终呈现的文学作品来证明自身改造的完成，这其实赋予了知识分子有限的能动性，也正是这一有限的能动性书写，为爱情的“新生”提供了可能。

爱情本身就是民间文艺中重要的书写母题之一，有着悠久的传统与广大的受众，正如周扬在谈到秧歌剧时所指出的：“恋爱是旧的秧歌剧最普遍的主题，调情几乎是它本

1. 陈思和：《民间的还原——文革后文学史某种走向的解释》，《文艺争鸣》1994 年第 1 期。
2. 艾思奇：《谈谈边区的文化》，《新中华报》1938 年 3 月 5 日。
3. 毛泽东：《在延安文艺座谈会上的讲话》，《解放日报》1943 年 10 月 19 日。

质的特色。”[1]爱情同时也是知识分子的精英文艺中不可或缺的重大主题，两种不同的文艺类型却有着相同的情感母题，对于知识分子来说，汲取民间文艺中的“爱情母题”作为创作的重要素材并赋予爱情以新的时代内涵，这既是一种“偷懒”与“偷工减料”，能够较短时间内显示出改造的诚心与效果，同时也能够看出作为一个知识分子仅存的，还未被完全“集体化”的坚守。但不管是一种策略，还是一种知识分子的某种坚守，《讲话》发表之后，爱情书写呈现出与五四和“左联”时期不同的面貌，显示出一种“新”变化。比如爱情书写的形式更为丰富，且多从民间文艺中汲取灵感。《王贵与李香香》“是用民歌‘顺天游’的形式写的三边民间革命和爱情的历史故事。用‘顺天游’的形式描述如此丰富内容的作品，无论是口传的或文字记载的，我还是第一次看到”。[2]利用普通民众喜闻乐见的民间形式去描写革命与爱情，既是出于对文学受众的考虑，也是对民间文艺形式的汲取，更是知识分子思想转变在文学层面的体现。

在新的政治意识形态的统摄下，爱情的内涵发生了变化，爱情的成分逐渐窄化（性关系与性行为的流失与遮蔽），“革命与爱情的紧张关系开始了，作家们不得不在毛

1. 周扬：《表现新的群众的时代》，山东新华书店1949年版，第27页。
2. 解清：《从〈王贵与李香香〉谈起》，《解放日报》1946年9月22日。

泽东著名的延安讲话的压力下小心翼翼地处理对这一主题的描述。毛泽东鼓励革命浪漫主义，但浪漫精神只能将个人的性行为升华为政治文化的更高目标”。[1]爱情与革命早已处于不对等的地位，爱情成为点缀，革命渐趋凸显，并成为知识分子小资情调的解决方案，知识分子在文学接受上接二连三的挫败，迫使他们反思，并在《讲话》的指引下，积极寻求一场思想上的突围与改造，于是，那曾被大多数知识分子有意忽视的，以农民为主体的民间文艺反而成了他们创作上的救命稻草，事实证明，这是一场成功的自救，既没有因为改变启蒙姿态而丢掉感觉的描写，也没有因为延续“革命加恋爱”的创作模式而宣告思想改造的失败，当民间文艺成为延安文艺建构的重要组成部分，民间文艺的爱情书写也自然具有了革命与民间的双重意味。袁盛勇有见解地指出：“延安文学形成和发展的历史在一定程度上正是延安文人不断被予以意识形态化形塑的历史，进言之，后期延安文学中某些审美形态的形成其实包括了一部延安文人的心态变迁史。”[2]对延安时期知识分子爱情书写原因的深层追问，其实质也就是对延安文人心态变迁史的情感认领，更是对延安知识分子群体在革命的宏大叙

1. ［美］刘剑梅：《革命与情爱》，郭冰茹译，上海三联书店 2008 年版，第 34 页。
2. 袁盛勇：《延安文人视域中的“民间艺人”——从一个侧面理解延安时期的“民间”》，《文艺理论研究》2006 年第 4 期。

事与强烈政治意识形态的社会现实下，在由“我”向“我们”、由小资产阶级知识分子到无产阶级知识分子转变的复杂心路历程中，他们作为一定时期知识分子所共有的坚守与妥协，挣扎与顺从，也是可以从中见出一些的。

第二章

劳动与爱情的交响乐

马克思曾这样说道："全部人的活动迄今为止都是劳动。"[1]劳动是具有丰富社会意义与文化文学内蕴的集成体，同革命一样，劳动不仅是延安文学爱情书写的基本前提与重要构成背景，而且也贯穿了延安时期党和人民生产与生活的方方面面。同时，劳动与革命也息息相关，劳动保障了革命主体的生存与温饱，维系着革命不断推进与发展，是为革命提供动力的能量系统，而积极参加劳动本身也被看作革命进步的一种体现，因此，在"劳动加爱情"的创作模式中，也常常隐含着革命的作用与影响。但劳动也有其自身相对独立的一面，尤其是在1940—1942年间自然灾害的现实情境下，温饱成为切身和急需解决的问题时，革命暂时退居于较为次要的位置，劳动成为问题的主导方面，也正是在这一情境下产生了不同于"革命加爱情"创作模式的延安文学爱情书写的另一典型范式——"劳动加

1.［德］马克思：《1844年经济学哲学手稿》，中共中央马克思恩格斯列宁斯大林著作编译局译，人民出版社2000年版，第92页。

爱情”，这一时期劳动场域的转换、劳动观念的转变、劳动伦理的更新等不仅为爱情的产生、发展等提供了新的契机与场域，而且对爱情主体，尤其是农村妇女地位的改变以及爱情方式和爱情观念的变化等都有着深刻的影响，从而带来延安时期爱情书写的又一独特面貌，并深深影响着共和国50—70年代爱情书写的样态。

第一节　爱情叙事生成的劳动场域

爱情的产生和发展需要依附于一定的场域，场域的性质、特点与最大程度上所呈现的空间形态与逻辑架构，会影响乃至决定场域内事或人的生成模式与存在体验。而劳动作为贯穿延安时期党和人民生产与生活不可规避的重要方式，不仅在时间上显示出恒久与普遍，而且在空间上也体现着广阔与典型，从而为延安文学爱情叙事的生成提供了流动而开放的场域。而指明爱情叙事生成的劳动场域是较为容易的，但若想深入感知爱情叙事在劳动场域中的内涵、意义和作用，以及劳动场域对爱情书写的作用和影响等，则首先需要对劳动场域形成的原因、背景等进行一定程度的追问和探讨。

一、劳动场域的形成

延安时期劳动场域的形成与延安及陕甘宁独特的自然地理环境有着密切联系。以中共中央所在的延安而言，“延安市位于陕北黄土高原中部，……境内山峦纵横，唯大川道较开阔平坦。全境大部分被50米至150米厚的黄土覆盖。……气候属半干旱大陆性季风型气候”。[1] 瑞士作家瓦尔太·巴斯哈特访问延安时这样说道：“延安是在陕西省的北部。这是中国西北地方最边鄙，最交通不便的一个所在。”[2] 独特的地形、地势与气候决定了它主要的生产与生活方式是农业和手工业，“边区主要经济是农业”，[3] 这就使劳动，尤其是体力劳动成为一种自然、日常且普遍的生存手段与行为习惯。而且山峦纵横的地形地貌，不仅给人们的出行交通带来不便，而且也使得延安处于较为封闭的环境之中，外界的新思想与新文化很难传入，“特殊的地形、地貌构成了一个相对封闭的独立地理环境。几千年来，除战争、戍边、移民外，外界人很少进入这一区

1. 延安市志编纂委员会编：《延安市志》，陕西人民出版社1994年版，第1页。
2. [瑞士]瓦尔太·巴斯哈特：《延安视察记》，哲非译，载孙照海选编：《陕甘宁边区见闻史料汇编》，国家图书馆出版社2010年版，第9页。
3. 陕甘宁边区财政经济史编写组、陕西省档案馆编：《抗日战争时期陕甘宁边区财政经济史料摘编（第二编）》，陕西人民出版社1981年版，第4页。

域。区域内部交通不便，社会交往缺乏，……女人们则更少出门”。[1]马克·赛尔登在《革命中的中国：延安道路》一书中对陕西独特的地理环境所造就的封闭性这样说道：“陕西像中国西北其他省份一样，实际上与新思想隔绝。”[2]更为重要的是，相比于上海、广州、北京等极具现代性色彩的都市，“延安虽然是一个城市，但性质上还是农村环境，社会活动比较少，大家忙于生产，生活很紧张，但也单纯，没有什么复杂曲折的生活”。[3]这就使得延安在很多方面仍然延续着传统小农经济的生产与生活方式，同时决定了延安农村环境下的爱情的产生、发展、形态等是与五四时期或“左联”时期上海、广州、北京等现代都市环境下的爱情有着巨大的差别，而且爱情书写所涵盖的意义与内涵也是同都市环境下的爱情是有所区别的，因为延安及陕甘宁地区的爱情主体，也是劳动主体的农民在中共中央进驻延安之前还受着封建势力残酷的剥削和压迫，“陕西农民悲惨命运之最可哀者，则为在军阀，贪污，土劣，地主之残酷剥削下，又遇数年来的普遍之灾荒，而在此严重之灾荒中，军阀，贪污，土劣，地主更加紧其剥削。由剥削而摧毁农村，而陷于

1. 吕静：《陕北文化研究》，学林出版社 2004 年版，第 45 页。
2. ［美］马克·赛尔登：《革命中的中国：延安道路》，魏晓明、冯崇义译，社会科学文献出版社 2002 年版，第 27 页。
3. 艾克恩编纂：《延安文艺运动纪盛》，文化艺术出版社 1987 年版，第 632 页。

无法救济之灾荒中，又因灾荒而更施行野蛮之剥削手段”。[1]也就是说当劳动主体无法获得真正的自由和平等时，他们也就无法成为爱情主体，更无法拥有真正自由和幸福的爱情，因此，劳动场域中的爱情叙事是随着劳动主体身份的获得而发展变化的，同时，爱情与劳动的结合也蕴涵着反对封建势力的压迫和剥削的要求。

例如赵树理的《邪不压正》，彼此喜欢的小宝和软英都是务农的庄稼人，软英家本来是有几亩田地的贫苦人家，但软英的爹为了娶媳妇借了地主刘锡元十来块钱，结果年年利滚利，最后不仅将自己家的五亩地赔给了刘锡元，而且自己的儿子金生还给刘锡元干了几年苦力，才慢慢将这笔账还清；而小宝也在地主刘锡元家务农打杂，并受着刘锡元的剥削和压迫，始终无法富裕起来。因此，虽然小宝和软英彼此相爱，小宝的娘对软英也非常满意，特意找人做媒，向软英家提亲，仍被软英的爹刘聚财回绝，原因是小宝家穷。正是因为封建势力对贫苦农民的压迫和剥削，小宝和软英的爱情始终无法圆满，并且在地主刘锡元的逼迫之下，刘聚财虽然极不情愿但还是答应了刘锡元儿子刘忠和自己闺女软英的婚事。而小宝和软英的爱情之路所遭遇的坎坷和阻碍，又是在中国农村中较为普遍和

1. 何挺杰：《陕西农村之破产及趋势》，《中国经济（南京）》1933 年第 1 卷第 4、5 期合刊。

典型的，当压在农民身上的封建势力一直存在，农民就无法获得独立的经济能力和人身自由，也就无法拥有属于自己幸福的爱情和婚姻，因此，虽然地主刘锡元在中共中央领导的土地革命中成为被斗争和批判的对象，但小宝和软英还是没能在一起，因为压在他们身上的封建势力仍然存在——小昌趁机成了农会主任，利用自己手中的职权，继续对普通民众进行剥削和压迫，还威逼利诱妄图让软英嫁给自己年仅14岁的儿子小贵，直到中共工作团来到下河村，召开了整党会，对党内一些违规违纪的人员如小昌等进行了处分，并使农民在经济上真正翻身，扳倒了压在农民身上的封建势力的剥削，小宝和软英的爱情才真正得以实现。

而且，从小宝和软英曲折的爱情经历中，我们还能捕捉到另一个重要的讯息：爱情的阶级属性在劳动场域中显得尤为明晰和突出，或者可以说劳动主体的阶级属性决定了爱情的最终归属。工农阶级爱情和婚姻的对象也必定是工农阶级，绝不会是买办地主阶级，当然，这也是就不同阶级对于革命的作用而言的。《邪不压正》中作为地主阶级的刘锡元，利用自己的权势和财势逼得贫农刘聚财的女儿软英嫁给自己的儿子刘忠，故事也以软英和地主刘锡元的儿子刘忠的订婚开始，27天后软英和刘忠就要正式举行婚礼，当我们以为这场婚姻无法避免的时候，“不料就在九月初头，八路军就把下河解放了。后来听说实行减租清债，把刘家也清算了，刘锡元也死了”。[1] 这一看似偶然其实却是必然的事件，不偏不倚地发生在软英即将和刘忠成婚之时，使得这场分属于革命不同阵营、不同阶级的婚姻没能成功。但如果说幸福的爱情和婚姻只属于同阶级阵营，或者说在文学书写层面，只发生在工农阶级阵营，那么在软英和刘忠之后，和小宝、软英一样贫农出身，并且现在还是下河村农会主任兼党员的小昌想让软英嫁给自己的儿子小贵也没能成功的原因就值得进一步探究。也许是小贵的年纪太小，才 14 岁，不符合晋鲁豫当时党所颁布的婚姻法，“男人十七岁以上才能定婚（晋鲁豫当时的规定），小昌是干部，一定不敢叫他那十四岁孩子到区上登记去”，[2] 但这不是本质原因，因为即使不到法定结婚年纪，早婚的现象在传统农村大量存在，况且软英也可以答应下这门婚事，等到小贵满 17 岁时再结婚也可以。最为本质的原因，是小昌由革命的中坚力量转变成了革命的对立面，他利用自己的职权，压迫和剥削普通民众，走上了同地主刘锡元一样的道路，已经从一个工农无产阶级堕落为官僚地主阶级，因此，软英和他儿子小贵的婚事必然不能成功，最终在中

1. 赵树理：《邪不压正》，载康濯主编：《中国解放区文学书系 · 小说编》（三），重庆出版社 1992 年版，第 1659 页。
2. 同上书，第 1676 页。

共党组织的介入下，小昌受到了党的处分，小宝和软英终于幸福地在一起。

再比如丁玲《太阳照在桑干河上》中程仁和黑妮的爱情经历也是如此。黑妮出身贫农家庭，父亲在她5岁时去世，母亲改嫁，本想把黑妮也带走，但在黑妮二伯父钱文贵的坚持下，黑妮便留了下来跟着钱文贵一家生活。钱文贵是一个地主，将黑妮留在自己家里，是指望着将来将黑妮嫁给一个有钱人家，从中赚一笔钱，黑妮在这样的家庭里受苦受累，但"她很富有同情心，爱劳动，心地纯洁"。[1] 这里的"爱劳动"其实质是再次点明了黑妮的贫农身份，表明她虽然生活在地主家庭里，但却和地主阶级有着本质的区别，而这也是程仁爱上她的重要原因。程仁也是贫农出身，是在钱文贵家当长工的时候和黑妮相识并逐渐产生爱意，但钱文贵却嫌弃程仁贫穷，拆散了他和黑妮，这就为程仁和黑妮的爱情增添了曲折和阻碍。而中国共产党解放了这个村子后，程仁当上了农会主任，此时地主钱文贵对黑妮和程仁爱情的态度也有所转变，但二人还是没能顺利地在一起，此时的阻碍来自程仁自身，他过不去自己心里的坎，那就是黑妮是地主钱文贵的侄女，阶级成为程仁爱情选择的重要标准。最终，随着黑妮的身份得以重

1. 丁玲:《太阳照在桑干河上》，人民文学出版社2004年版，第15页。

新认定，她和程仁的爱情也迎来光明，二人幸福地在一起。从中我们可以强烈地感受到阶级成分对于爱情的重要影响，只有当劳动主体成为革命主体时，劳动主体才能真正拥有和收获爱情。

除了自然地理环境的原因之外，劳动场域的形成与党中央来到延安之后实行的努力开荒、发展生产等经济政策也相关。延安及陕甘宁地区虽然是农村环境，以发展农业为主，但这里地势陡峭，土壤较为贫瘠，荒地较多，适宜耕种的土地较少，正如美国记者埃德加·斯诺在《西行漫记》一书中所描述的："陕北是我在中国见到的最贫困的区域之一……那里并不真正缺少土地，而是在许多地方严重缺少真正的土地——至少缺少真正的耕地。"[1]陕北地区因此经济基础薄弱，人民生活贫困。1939年1月21—30日国民党五届五中全会制定"溶共、防共、限共、反共"的方针，不断制造反共摩擦，加强对陕甘宁边区的军事侵略和经济封锁。前有日本侵略者的扫荡，后有国民党的围剿，再加上干旱、冰雹、虫灾等严重的自然灾害，这些不利因素更加剧了延安及陕甘宁地区党和人民生活的困难。而要生存和发展，就必须生产和劳动，只有生产和劳动，才能解决现实而急切的生存问题。作为党的领袖的毛

1.［美］埃德加·斯诺：《西行漫记》，董乐山译，生活·读书·新知三联书店1979年版，第54页。

泽东对此有着清晰而深刻的认识。1938年12月8日在后方军事系统干部会上毛泽东针对面临的困境时说道："要想到有一天没有钱、没有饭吃，那该怎么办？无非有三种办法，第一饿死；第二解散；第三不饿死也不解散，就得要生产。"[1] 1939年2月，李富春在延安举行的生产动员大会上这样说道："克服困难，首先要依靠我们自己的力量，换句话说，就是要我们自力更生，要我们自己参加劳动，用我们自己的劳动力，发展我们边区的农业工业各种生产和商业贸易，保证我们后方和前方在财政经济物质上的供给，不受战争破坏的影响而能自给自足。"[2] 由此轰轰烈烈的大生产运动得以全面展开，黄炎培等人在访问完延安之后，对延安最深的感想和印象是："第一、看不到一块荒废的土地，第二、看不到一个游手好闲的人民。"[3] 如果从1939年2月中共中央在延安召开生产动员大会算起，到1947年3月中共中央撤离延安转战陕北，大生产运动持续了八年时间，在这八年时间中，上至党的领袖，下至普通民众，都身体力行地参与到生产劳动之中，劳动不仅是党和人民生产生活不可或缺的构成部分，而且对劳动和劳动主体的尊重和弘扬，更是形成了一种社会风气和审美风

1. 中共中央文献研究室编：《毛泽东年谱1893—1949》（中卷），中央文献出版社2002年版，第98页。
2. 李富春：《加紧生产，坚持抗战》，《解放》1939年第65卷第8期。
3. 宗眉：《褚辅成黄炎培等访问延安》，《常识》1945年第19、20期合刊。

尚，劳动为爱情的产生和发展提供了新的土壤与场域，许多爱情就是在劳动的过程中发生，并经由劳动得以继续发展和深入。而劳动本身也成为文学书写的重要主题和叙事方式。

例如郑笃的小说《情书》，竹香和丈夫根云是一对恩爱的夫妻，两人的爱情便是在共同的劳动中产生，竹香和根云同在一个村，“有时村上开会，或是上地，她和他男人，就碰上啦”。[1] 两人在共同的劳动中互生情意，但“谁也不敢和谁说话”，而劳动在这里又充当了相互了解彼此的媒介和“语言”，通过劳动可以判断一个人是否进步、是否革命，也打破了村里一些老人对妇女上地的偏见。劳动，尤其是集体性的劳动为爱情的产生提供了契机与场域，而且也成为两人爱情选择的重要标准。通过劳动，竹香也更加了解和熟悉了根云，在竹香眼里，“她的男人，有一副强壮的身骨，进步、忠实、能团结人，干起营生来，青年伙里，谁也赶不上他。她觉得他很够‘条件’，这是她热爱他的主要原因”。[2] 在婚后，根云去前线当了排长，两人只能以写信表情达意，信件的内容并非两人的甜言蜜语，而是具有革命倾向和政治意味的公共话语，根云在信中“希望

1. 郑笃：《情书》，载康濯主编：《中国解放区文学书系·小说编》（三），重庆出版社 1992 年版，第 1553 页。
2. 同上书，第 1552 页。

她在家求进步，学纺花织布，并要帮助家里生产，起模范作用”。[1] 竹香是否进步和劳动成为在革命前线的根云最为关切的问题，也成为两人爱情和婚姻能否继续发展和延续的关键。洪林的小说《李秀兰》中的李秀兰便因为婚后不积极劳动和生产，不仅婆媳关系不和，而且还和丈夫吵架分居，导致了夫妻关系的破裂。李秀兰是李寡妇的二女儿，年轻活泼，喜欢演戏和扭秧歌，不喜欢劳动和生产，李寡妇就央求从区上来到自己家里暂住的刘同志劝说李秀兰，让其投入生产与劳动，刘同志就去找刘秀兰谈话，“告诉她，怎样加强劳动观念，怎样要帮助家里干活”，[2] 可是李秀兰不仅没有改变自己的劳动观念，反而和丈夫产生了隔阂，家庭关系一度接近破裂，直到最后李秀兰改变了自己的劳动观念，积极参与劳动和生产，夫妻关系和家庭关系才逐渐变得和谐。

延安时期劳动场域的形成是多方面因素共同作用的结果，既有客观的自然地理环境等因素，也有中共中央的政治政策等原因，由此形成一个广阔但有边界的场域，爱情正是在这一场域中获得自身的内涵与意义，一旦越过场域的边界，爱情便会走向破裂和毁灭，但劳动场域并非是一

1. 郑笃：《情书》，载康濯主编：《中国解放区文学书系・小说编》(三)，重庆出版社 1992 年版，第 1554 页。
2. 洪林：《李秀兰》，载康濯主编：《中国解放区文学书系・小说编》(三)，重庆出版社 1992 年版，第 1935 页。

成不变的，即使是在劳动主体内部，也会发生不同程度的位移，而场域的位移也直接影响着爱情的走向。

二、妇女劳动场域的位移

女性（农村妇女）的家庭地位、社会处境、爱情历程等远比男性复杂和艰难得多，而且“妇女占人口的半数，劳动妇女在经济上的地位和她们特别受压迫的状况，不但证明妇女对革命的迫切需要，而且是决定革命胜败的一个力量”。[1] 因此，本节主要以女性为焦点，分析和探究劳动场域的位移对她们爱情的影响。

延安时期的农村妇女不同于之前任何一个时期的农村妇女，其最显著的变化是她们的劳动场域发生了位移。“在‘男主外、女主内’的传统分工模式下，女性的劳动场域被局限于家庭之内”，[2] 而延安时期在中共中央有关政治政策的作用下，妇女逐渐由家庭劳动走向社会劳动，这一劳动场域的位移，不仅意味着她们由私人领域开始走向公共领域，象征着她们身份和地位的翻升与跨越，而且也代表着她们现代主体身份的确认与明晰，爱情正是在现代主体身份的确认与明晰中，获得自身存在和言说的契机与

1. 新华通讯社编：《毛泽东论新闻宣传》，新华出版社 2000 年版，第 59 页。
2. 葛孝忆、陈岭：《学业与志业：近代中国族谱叙事中的新女性》，载丁钢主编：《中国教育：研究与评论 · 第 23 辑》，教育科学出版社 2019 年版，第 102 页。

可能。同时农村妇女劳动场域的位移，也是多重因素综合作用下的结果，它既与党中央来到延安之后所实施的妇女解放政策相关，也与特定形势下的生存现状、经济发展等相联系，因此，农村妇女劳动场域的位移包含着政治、经济、文化等多重意蕴，这也决定了爱情书写不单单是一种关涉革命的修辞方式，而是在与劳动更为直接和亲密的交涉与融合中，将劳动所蕴含的多重意蕴印刻和附加于自身，从而带来超越个人情感性的表达与更符合社会秩序的话语表述。

在中国封建社会，女性处于社会、政治、经济等的边缘，是最易被忽视的一个群体，没有人去在乎和考虑她们的感受与处境，偶尔在历史长河中也会翻滚起几朵微小的浪花，但随即被更大的波涛所淹没，反抗是徒劳的，顺从与习以为常早已深深占据她们的思想，“几千年来，在封建势力的压迫下，我们妇女总是受着无限的痛苦，不许我们踏出大门一步，要我们‘三从四德’，一辈子在炕头上灶火根滚转，到老到死，穷得要命”。[1]她们无法掌控自己的命运，更无法选择自己的爱情，甚至不知爱情为何物，生存与生活的狭小空间早已使爱情之门紧闭，她

1.《晋察冀边区各种模范妇女大会宣言》，载《晋察冀边区阜平县红色档案丛书》编委会编：《晋察冀日报文摘》(第一卷)，中共党史出版社 2017 年版，第 353 页。

们必须听从“父母之命，媒妁之言”，或是被买卖，成为别人的童养媳和三妻四妾，爱情既没有发展的空间，更没有产生的契机，而且经济上的不独立，常常使她们需要依附于男性而存在，“封建宗法制度是以男性为中心的制度，妇女不占有生产资料，经济上必须依附于男子，于是产生了政治法律上、文化教育上、社会地位上、伦理道德上、婚姻家庭上以及风俗习惯上一系列男尊女卑的现象，封建礼教的束缚和摧残又使这一现象加剧”。[1]这种情况在偏僻封闭的农村则更为严重，“在农村，劳动农民的家庭，……有的地方妇女也参加田间劳动，但在观念上仍把男子看成一家之主，女子被男子养活。……妇女被排除在社会生产劳动之外，失去生产资料所有权，经济上失去独立性，便是妇女受压迫的根本原因”。[2]当都市知识女性振臂高呼“男女平等”“爱情自由”等口号时，“20世纪初，陕北社会生活方式男主外女主内的传统分工格局，使妇女在经济上处于依附男子的地位，它决定了乡村妇女以嫁人为谋生的唯一出路。延续祖宗香火，并提供后备的劳动人手，乃是男性家庭供养女性的主要理由”。[3]

1. 中华全国妇女联合会编：《中国妇女运动史（新民主主义时期）》，春秋出版社 1989 年版，第 2 页。
2. 同上书，第 4 页。
3. 秦燕、岳珑：《走出封闭——陕北妇女的婚姻与生育（1900—1949 年）》，陕西人民出版社 1997 年版，第 12 页。

远在闭塞偏僻农村中的妇女还在家庭这一封闭狭小的空间里操心着柴米油盐，生存已耗尽了她们全部的心血，有限的劳动范围，更阻碍了她们思想的进步，虽然关于妇女解放的声音一直存在，“在个性主义思想、自由平等等观念深入人心的背景下，作为家庭婚姻制度中最不幸的人——妇女的解放问题引起了社会的极大关注，一批进步的思想家以前所未有的姿态，广泛深刻地揭露批判封建专制主义者罩在妇女身上的清规戒律和道德规范，对妇女解放的途径做了进一步的探讨”。[1]但正如马克·赛尔登所说：“陕西像中国西北其他省份一样，实际上与新思想隔绝。”[2]只有内部自身的变革才能真正激起她们情感的涟漪，对于农村妇女而言，她们连自己的命运都很难掌握，又何谈爱情，因此，我们可以发现文学作品中的妇女，尤其是农村妇女，她们大多是没有品尝过爱情的滋味而直接进入婚姻殿堂的，她们或是由于家贫不得已被买卖为童养媳，或是由于“父母之命，媒妁之言”而直接成婚的，例如孔厥《一个女人翻身的故事》中的折聚英因为家贫，不得已被母亲卖掉换了两斤粗谷子，9岁就做了童养媳，生活在

1. 朱汉国等：《20世纪的中国——走向现代化的历程（社会生活卷1900—1949）》，人民出版社2010年版，第332页。
2. ［美］马克·赛尔登：《革命中的中国：延安道路》，魏晓明、冯崇义译，社会科学文献出版社2002年版，第27页。

水深火热之中；赵树理《邪不压正》中的软英被迫嫁给地主刘锡元的儿子刘忠；洪林《李秀兰》中的女主人公李秀兰也是被迫遵从父母之命嫁给了王家岭的王从文，“这事使得秀兰心里老大不痛快，可是也没有办法”。[1]类似的作品还有很多。所以延安时期有大量的文章倡导要先有爱情再有婚姻，婚姻应是爱情的进一步升华，例如史容在《论新女性的恋爱观》中所倡导的新的爱情观：“我们新女性坚决反对一切包办的婚姻和丑恶的‘恋爱’，我们革命的女性的恋爱观是根据今天抗战利益与革命利益所决定，使我们个人幸福与革命利益一致，这就是我们恋爱观的基本原则，行动的方向。”[2]“我们的恋爱最后是与结婚一致的。结婚是恋爱的继续。”[3]中国妇女运动的先驱邓颖超认为：“结婚应该是恋爱的最高发展。”[4]新的爱情观的提出，蕴含有强烈的反封建意蕴，但这仅仅是一种思想和观念上的启发和鼓动，无法真正改变妇女生存的现状。爱情只眷恋那些走出家庭，在社会的大潮中劳动和历练的女性，虽然“五四”时期革命和知识女性的爱情常常以失败告终，但起码她们品尝过爱情的滋味。而要真正获得和拥

1. 洪林：《李秀兰》，载康濯主编：《中国解放区文学书系·小说编》(三)，重庆出版社 1992 年版，第 1934 页。
2. 史容：《论新女性的恋爱观（续）》，《中国妇女》1940 年第 2 卷第 6 期。
3. 同上。
4. 邓颖超：《恋爱与结婚》，《中国青年》1939 年第 2 卷第 1 期。

有爱情则需要女性经济独立，敢于走出家庭的限制，奔赴广阔的社会，“只要妇女仍然被排除于社会的生产劳动之外而只限于从事家庭的私人劳动，那么妇女的解放，妇女同男子的平等，现在和将来都是不可能的”。[1]党中央来到延安，“一个大的变化维度，就是将妇女解放运动的重心，确定为对农村女性的动员；而在此前，左翼的劳工阶级妇女运动和都市的资产阶级化的‘新女性’之间，是彼此割裂的”。[2]农村女性在女性群体中占有较大的比重，争取和动员农村女性，是党政治建设与经济建设的重要组成部分。列宁曾说过：“要吸引劳苦群众参加政治，如果除开了妇女，是不可能的。”[3]妇女在革命与生产运动中占据重要位置，而要吸引和鼓动妇女参与到革命活动与政治建设中，就必须要改变她们的处境与地位，将她们从家庭、夫权等束缚中解放出来，“突破敌人的封锁，争取生存以及抗战胜利，必须发展生产，努力动员和挖掘广大农村妇女的潜在力量是克服根据地困难，坚持长期抗战的关键一步”。[4]而党在延安时期所提出的大生产运动，不仅是在现实生存

1. [德]恩格斯：《家庭、私有制和国家的起源》，中共中央马克思恩格斯列宁斯大林著作编译局译，人民出版社1972年版，第159页。
2. 贺桂梅：《女性文学与性别政治的变迁》，北京大学出版社2014年版，第12页。
3.《列宁论国际劳动妇女节》，吴平译，《中国妇女》1940年第1卷第9期。
4. 周蕾、刘宁元：《抗战时期中国妇女运动研究（1931—1945）》，首都经济贸易大学出版社2016年版，第5页。

面前的必然选择，也是一个将妇女从家庭、夫权等压迫与束缚中解放出来的具体实践方式，而这也同时是打开农村妇女爱情之门的一把钥匙，劳动使农村妇女由幕后走向台前，由家庭走向社会，由不知爱情滋味到品尝爱情甜蜜的重要契机与变革。如董丽敏所说："劳动实践特别是走出家门的集体劳动实践，为农村妇女建构和确认自己的主体性提供了必要的前提和资源。"[1]劳动在很大程度上改变了女性对自我的认识，逐渐打开了她们封闭的思想，社会集体劳动对于她们而言，代表着一种希望，一种路径，一种可能，带给她们的是脚踏实地、心满意足、触手可及的，并可以由自己掌控的信念与信仰感，爱情也正是在这一广阔而开放的劳动场域中有了得以产生的契机与发展的空间。

但同时应该注意的是农村妇女劳动场域的位移作为妇女解放事业最为显著的一部分，又是与中国民族解放事业密切相关的，正如时任中共中央南方局委员兼妇委书记的邓颖超1939年9月在延安中国女子大学开学典礼上所作的报告《抗日民族统一战线中的妇女运动》中所说："妇女运动是人类解放的一部分，而不能把它孤立起来，不能把它与整个人类的解放的事业分开。在今天民族的观念上去看，又是民族解放的一部分，又是与民族解放互相关联而

1. 董丽敏：《"劳动"：妇女解放及其限度——以赵树理小说为个案的考察》，《中国现代文学研究丛刊》2010年第3期。

不能分开的。”[1] 妇女最终权利与地位的获得，包括个人爱情和婚姻的产生与归属等必定需要以整个民族的解放为前提，“没有民族解放，妇女解放是不可能的，妇女解放与民族解放是不可分的，……民族解放战争，没有占人口半数的妇女参加，要取得民族解放的胜利是不可能的，要争取民族解放就必须把占人口半数的妇女动员起来，参加民族解放战争”。[2] 毛泽东在 1939 年 3 月 8 日的妇女大会上说道：“在一切斗争中，要是说男子的力量很大，那么，女子的力量也是很大的。世界上的任何事情，要是没有女子参加，就做不成气。我们打日本，没有女子参加，就打不成；生产运动，没有女子参加，也不行。无论什么事情，没有女子，都绝不能成功。”[3] 妇女的力量和作用是巨大的，劳动对于妇女来说又是极为重要的，“必须使妇女充分认识劳动的重要，把劳动看成是光荣的事业，而积极地去参加在体力上可以胜任的各种劳动生产工作，成为家庭和社会上财富的创造者。只有妇女积极起来劳动，逐渐做到在经济上

1. 邓颖超：《抗日民族统一战线中的妇女运动》，载中华全国妇女联合会妇女运动历史研究室编：《中国妇女运动历史资料（1937—1945）》，中国妇女出版社 1991 年版，第 164 页。
2. 陈若克：《山东妇女运动的新任务——1940 年 8 月 15 日陈若克在联合大会上的报告》，载山东省妇联宣传部编印：《山东妇运资料选》，1983 年，第 93—94 页。
3. 毛泽东：《妇女们团结起来》，载《延安市妇女运动志》编纂委员会编：《延安市妇女运动志》，陕西人民出版社 2001 年版，第 285 页。

能够独立并不依靠别人，才会被公婆丈夫和社会上所敬重，才会更增加家庭的和睦与团结，才会更容易提高和巩固妇女们在社会上和政治上的地位，也才会使男女平等的各项法律有充分实现的强固基础”。[1] 尤其是社会性的集体劳动，不仅与妇女自身利益相关，而且又和民族抗战紧密相连，“只有组织妇女生产，才能使妇女切身利益与抗日斗争利益密切地统一起来”。[2] 当妇女由家庭劳动走向社会性的集体劳动，既意味着妇女现代性主体身份的获得，同时也意味着妇女在经济上逐渐取得独立地位。

陈伯达在《新妇女的人生观》一文中曾对封建社会妇女生活的特点作了这样的概括：“把妇女限制在家庭里面，这是旧封建社会妇女生活的特点。……旧封建社会的妇女所过的生活是两重的奴隶生活：一方面是社会的奴隶，另一方面是家庭的奴隶。”[3] 但妇女走出家庭只是妇女解放的第一步，关键是走出家庭之后做什么，才是涉及“解放”的核心点，比如，鲁迅《伤逝》中的子君也走出了家庭，但走出家庭之后的她并没有收获自己想要

1.《中国共产党中央委员会关于目前解放区农村妇女工作的决定》，载中国妇女管理干部学院编：《中国妇女运动文献资料汇编　第一册（1918—1949）》，中国妇女出版社 1987 年版，第 466 页。

2.《边区妇女工作的新认识》，载《晋察冀边区阜平县红色档案丛书》编委会编：《晋察冀日报文摘》，中共党史出版社 2017 年版，第 544 页。

3. 伯达：《新妇女的人生观》，《中国妇女》1941 年第 2 卷第 8 期。

的幸福爱情，最终迫于生活的压力，还是回到了原本封建的家庭，对于子君而言，她只是从一个家庭步入了另一个家庭，她的地位、经济等并没有本质的改变。但在延安时期，在革命的号角之下，“抗战的洪流把成千成万的女学生、女教员、女职员……女知识青年们解放出来了。烽火，离乱，流亡，使她们离开了家庭，走出了学校，与旧日一切生活秩序告别”。[1]走出家庭的女性，在新的时代语境中，又会碰到新的问题：“新娜拉们走后，生活的圈子比从前日渐扩大，更新。所接触的，见到的，多是从前不曾经过的事。她们勇往直前，披荆斩棘，在新的条件下努力创造自己的道路。新条件下，碰到了许多新的问题，这些问题叫无数新娜拉困扰，思索，然后越过。——现在还有许多人在这些东西里面兜着圈子。笔者自己，其实也是新娜拉们中间的一个。”[2]越来越多的妇女走出家庭，获得“新”的认证，陕北的农村妇女也是如此，“这荒凉的陕北，这闭塞穷陋的山村，过去甚至是老死不相往来，谁会想到有今天？她们过去不久还是生活在原始的山村，而现在竟走出厨房，离开儿女，挺身起来做一个独立的人”。[3]与“娜拉”走出家庭所不同的是，中国

1. 韦君宜：《新娜拉们走后怎样》，《中国青年》1940年第2卷第5期。
2. 同上。
3. 丁亘：《解放了的妇女》，载《红色档案——延安时期文献档案汇编》编委会编纂：《五月的延安》，陕西人民出版社2013年版，第134页。

共产党为走出私人领域，迈向更为广阔的公共空间的“新娜拉们”指明了前进的方向，那就是积极劳动和生产，“边区妇女在生产上，过去已经做了很多事情，但是因为中国的经济落后，与妇女的特殊条件：生小孩、抱娃娃、干家庭杂活，所以在经济上还没能像男子一样取得独立地位。因此，边区妇女应该努力生产，在经济上争取彻底解放”。[1] 只有获得独立的经济地位，才能摆脱封建势力的压迫。

《中共中央关于各抗日根据地目前妇女工作方针的决定》，不仅为妇女走出家庭，步入社会之后的前进道路指明了方向，而且赋予了妇女生产劳动极为重要的意义：“广大妇女的努力生产，与壮丁上前线同样是战斗的光荣的任务。而提高妇女的政治地位、文化水平，改善生活，以达到解放的道路，亦须从经济丰裕与经济独立入手。多生产、多积蓄，妇女及其家庭的生活都过得好，这不仅对根据地的经济建设起重大的作用，而且依此物质条件，她们也就能逐渐挣脱封建的压迫了。”[2] 妇女参加劳动生产与男性前线作战具有同等重要的意义，对于妇女自身而言，既可以提高其经济能力，又可以为抗战作出自己的贡献，如陕甘宁边

---

1. 宋劭文：《在边区三八节纪念大会上的讲话》，《晋察冀日报》1944 年 3 月 19 日。
2.《中共中央关于各抗日根据地目前妇女工作方针的决定》，《晋察冀日报》1943 年 3 月 2 日。

区政府妇女部部长蔡畅所说："经济工作正是今天妇女对抗战贡献最大与最适宜的工作。应该看到广大妇女的努力生产，与壮丁上前线同样是战斗的光荣的任务。"[1]劳动，尤其是走出家庭的社会性的集体劳动，对于妇女来说是极为重要的，蔡畅认为："她们拿自己的劳动来改善自己的经济地位，因之家庭地位也随之提高。"[2]蔡畅同时也指出："我们认为妇女解放主要的内容，就是要在经济上翻身，所以我号召妇女起来分土地，分房子，生产。我们对劳动生产是看成最高贵，最有价值，最荣誉的事情，希望妇女能劳动致富，从经济上翻过身来。"[3]党中央这一时期对劳动的强调和突出以及对劳动主体的凸显，既具有经济方面的意义，也具有政治层面的价值："凡是妇女积极参加了劳动生产，视劳动为光荣，……妇女们的地位显得与过去是完全不相同。……而且必须认识：妇女参加劳动，不仅是妇女解放的基本关键；无论为着今天的支援战争，为着新民主主义的经济建设，以及为着将来社会主义的胜利，妇女劳动都是极端需要而不能缺少的。"[4]没有民族解放，就没有妇

1. 蔡畅：《迎接妇女工作的新方向》，《晋察冀日报》1943年3月17日。
2. 蔡畅：《一个女人能干什么？》，载邓颖超编：《妇女运动的先驱——蔡畅》，中国妇女出版社1984年版，第159页。
3. 同上书，第160页。
4.《中国共产党中央委员会关于目前解放区农村妇女工作的决定》，载中国妇女管理干部学院编：《中国妇女运动文献资料汇编　第一册（1918—1949）》，中国妇女出版社1987年版，第466页。

女的真正解放，妇女若不积极生产与劳动，也就无法摆脱封建势力的压迫从而取得独立的经济地位，也就无法真正实现男女平等，更无法拥有和获得甜蜜的爱情与幸福的婚姻，也就是说，劳动（特指社会性的集体劳动）、解放、爱情与婚姻之间是环环相扣、紧密相连的，其中劳动是妇女解放和获得爱情的主要路径和手段，“集体劳动的方式不仅为爱情的发生提供了更多的选择与机遇，更重要的是，赋予了青年人选择爱情，自主婚姻的资本”。[1] 妇女解放是劳动的目的与结果，虽然爱情只是妇女在由劳动走向解放过程中的附加物，它从来不是一种主要奋斗的目标和核心要素，但它却是劳动主体在获得现代性主体身份时的重要表征，或者说它本身就意味着“解放”的一种形态，因此，爱情虽不是这场“战役”的中心，但它也绝不是无关紧要的多余物，“在生产战线上，开荒、造林、养猪养鸡、纺纱、织布、发展家庭副业。无论在农村家庭生活上，无论在边区经济建设上，都尽了很大的力量。因此，她们的社会地位提高了，她们的生活得到改善了，婚姻得以自由自主了”。[2] 而且，从爱情中，我们也可以清晰地感知到既是

1. 卞秋华：《试论 20 世纪 50—70 年代文学中“劳动 + 恋爱”的爱情模式》，载陆建华等：《在场者的言说：评论合集（下）》，凤凰出版社 2017 年版，第 147 页。
2.《边区妇女工作的新认识》，载《晋察冀边区阜平县红色档案丛书》编委会编：《晋察冀日报文摘》，中共党史出版社 2017 年版，第 543 页。

劳动主体，又是爱情主体的妇女们的身份认同与情感轨迹。

例如西戎的《喜事》，小说一开始就交代了小秀与海娃是同一个互助组的，虽然作者并没有对两人劳动和恋爱的场景进行细致的描述，但我们依然能清晰地捕捉到集体性的劳动使小秀在思想和观念上都与从前的妇女有了很大的区别。在小秀和海娃结婚办喜事之前，小秀也遭遇了从前大部分农村妇女都经历过的“父母之命，媒妁之言”的婚姻模式，“东土村有一家，差了两个媒人来说媒，她妈答应下了”，[1] 但小秀坚决不同意，提出抗议：“旧社会把妇女当牲口卖，这阵新社会不能啦，没有经我同意，就是不成！”[2] 以“双方没感情，我不爱！”[3] 反驳了她妈说的好人家，并自己挑选了结婚对象，那就是同一个互助组的海娃，最终小秀和海娃顺利成婚，办了“喜事”。从这里可以看出，劳动场域的位移，即小秀由家庭劳动走向社会性的集体劳动，为其自由爱情和婚姻的产生提供了契机与可能，正是因为小秀走出了家门，投入集体性的劳动，她才有了自由选择的对象，而且在两人劳动和工作的过程中有了更多的沟通和交流，彼此更为熟悉和了解，这在女子“大门不出，

1. 西戎：《喜事》，载康濯主编：《中国解放区文学书系·小说编》(一)，重庆出版社 1992 年版，第 642—643 页。
2. 同上书，第 643 页。
3. 同上。

二门不迈”的时代绝不可能发生的，所以“小秀的喜事，村里谁都说和往日不同了。小秀从前也见过村里女子们出嫁，前两天就饭不吃，门不出，坐在炕角里哭鼻子，想像（象）着未来的生活，和没有见过一次面的陌生的丈夫，心里感到恐惧和不安。这种心情，小秀是半点也没有的”。[1] 小秀的身上还处处透露出“新农村妇女”的形象，两人结婚抛去了很多封建传统习俗，比如，“没有请先生，也不测八字”。婚礼上司仪说向父母行礼时，“海娃拉开腿，正准备磕头，小秀一把拉住了他”。[2] 两人以鞠躬代替了磕头。从恋爱到婚姻，小秀全方面地展现了一个新农村妇女的爱情观。而且，“劳动”贯穿了小秀和海娃从恋爱到婚姻的始终，婚礼当天海娃家门口贴的大红对联是“男人耕种做模范，妇女纺织当英雄”[3]，这一具有象征意义的符号系统，不仅显示了幸福生活和婚姻的来源，更为那些参加婚礼的人们，尤其是未婚的青年男女，树立了典范和努力的方向。而村主任在婚礼上的讲话，更为这场由劳动结缘，又会因劳动而拥有更加幸福的未来提供了生动的注脚：“在场的青年团、妇联会、婆姨女子少先队，今天海娃和小秀，是自

1. 西戎：《喜事》，载康濯主编：《中国解放区文学书系・小说编》（一），重庆出版社 1992 年版，第 642 页。
2. 同上书，第 644 页。
3. 同上。

由结婚，这就是咱新社会的结婚。……你们可不要上媒人的当，长大了自己好好‘自由’个好对象！”[1]村主任作为权力的象征和代表，他在婚礼上的讲话，就具有了一种政治意义和内涵，他并没有在讲话中对小秀和海娃的婚姻表示祝贺，也没有对两人婚后的生活进行展望和祝福，而是将小秀和海娃的自由婚姻作为一种典范，号召更多的青年男女学习和模仿。而文章结尾以两个老人对这场“喜事”的感慨和羡慕来强化新社会下青年男女自由恋爱与婚姻的榜样作用，从而使这场个人“喜事”上升至社会民族的层面，其中所具有的政治倾向性也是不言自明的。当个体的劳动汇入与转换为集体劳动，劳动就具有革命与解放的双重含义，个体的爱情自然也伴随着劳动意义的转变而走向公共领域，不再单单是个人情欲的表现与满足。

第二节　劳动观念转变下的爱情观

劳动观承载与体现着一个时代的文明程度与精神风貌，更是劳动主体情感身份与价值尺度的有力显现。不同时期人们的劳动观也有所差异，但从没有哪一个时代如延

1. 西戎：《喜事》，载康濯主编：《中国解放区文学书系・小说编》(一)，重庆出版社 1992 年版，第 645 页。

安时期这样将劳动观与爱情观联系得如此紧密，某种程度上，劳动观就是爱情观，爱情观中亦体现着劳动观。劳动不仅是爱情发生的场域，也是爱情选择的标准，一个人是否“劳动”，决定其能否拥有“爱情”，劳动的积极性越高，劳动的价值越大，或者劳动者获得国家政治层面的认可，成为“劳动英雄”或“劳动模范”，那么他/她就越能赢得爱情，收获爱情。而人们对劳动的态度和观念也经历了复杂的变迁过程。

一、劳动观念的变迁

在古希腊时期，劳动常被看作卑贱的，只有奴隶才从事劳动，“在古代社会中，由于市民社会，即从事生产劳动的人是奴隶而不是‘人民’，劳动仅仅是奴隶的事情”。[1] 而从事劳动的人，尤其是体力劳动的从事者，常被置于和动物一样的地位，古希腊著名思想家亚里士多德曾这样评价从事体力劳动的人：“奴隶和动物们不能共享幸福的生活，也不能自由地选择[也就是说不能谋求优良的生活]。”[2] 从事劳动的人，不仅处于社会的底层，而且也无法通过劳动

1. 张全新：《塑造论哲学之政治学哲学论证》，山东人民出版社2005年版，第371页。
2. [古希腊]亚里士多德：《政治学》，高书文译，九州出版社2007年版，第271页。

改变自己的现状，更无法获得个人的幸福。虽然这一时期所指称的劳动与现代意义上的劳动存在概念的差别，但对劳动和劳动主体的看法与观念却呈现出相似性，即都轻视劳动和劳动者。更为重要的是，这不单单是某个人的看法，而是形成了一种普遍的社会层面的价值观念，因此劳动和从事劳动的人自然很难进入文学叙事的层面，古希腊的神话、史诗等文学作品大都以神仙、英雄等为主要人物并以此展开故事，很少涉及对从事体力劳动的普通人物的叙事，这与他们对待劳动和从事劳动的人的观念和看法是有直接关系的。

中国在不同历史时期对待劳动和劳动者的观念有所不同，其中也存在轻视劳动和劳动者的社会风气，但“中国社会是乡土性的”，[1]“我们中国是一个农国，大多数的劳工阶级就是那些农民”，[2]以土地为本，靠体力劳动谋得生计的农民在整个劳动体系中占据相当大的比例，因此，对劳动（体力劳动）和劳动者（农民）的描写在文学作品并未中断过，只不过不同时期的劳动观不同，文学作品对其表现也会有所侧重和选择，而且人们的劳动观念常常呈现为一种复杂交织的状态，即使是同一时期，人们对待劳动和劳动

1. 费孝通：《乡土中国》，生活·读书·新知三联书店 1985 年版，第 1 页。
2. 李大钊：《青年与农村》，载《李大钊全集》编委会编：《李大钊全集·第三卷》，河北教育出版社 1999 年版，第 180 页。

者的看法也会有所不同，这就造成了文学作品中劳动叙事的多元性。例如先秦时期的墨子对劳动和劳动者是一种赞扬和肯定的态度，“下强从事，则财用足矣”，[1] 只有努力生产和劳动，才能有所收获，因此，他反对“不与其劳获其实，以非其所有取之故”[2] 的行为，其中也隐含着对统治阶层“不劳而获”的批判。而同时期的孟子则倡导“劳心者治人，劳力者治于人；治于人者食人，治人者食于人，天下之通义也”。[3] 孟子将劳动分为两类，一类是“劳心”，主要以从事脑力劳动为主；一类是“劳力”，以从事体力劳动为主。从事脑力劳动的人占统治地位，而从事体力劳动的人处于被统治阶级，孟子将其视为一种正常和必然的秩序，一种“通义”，这种观点深深影响着中国人民的劳动观，尤其是在等级秩序鲜明的封建社会，“劳心者治人，劳力者治于人”的劳动观更为突出，或者说这种劳动观本身就包含一种等级秩序的划分，并确立和巩固了统治阶级“劳心者”的合理性，而“劳力者”不仅耗费更多的体力和心血，还得不到尊重，被人统治和剥削，生存艰难。他们没有能力，或许也不想改变社会现存秩序，但他们可以通过努力改变自己的命运，使自己由“劳力者”向“劳心者”转变，而

1. 吴毓江：《墨子校注》，中华书局 1993 年版，第 303 页。
2. 同上书，第 322 页。
3.《孟子》，上海古籍出版社 2016 年版，第 92 页。

走上仕途、考取功名便是一条身份转变的捷径。因此，在文学作品中我们可以看到许多设法走上“劳心者”位置的人物，例如，清代吴敬梓《儒林外史》中的范进，虽然吴敬梓主要是通过对这一人物的塑造，包括他中举前后世态百味的变化等来讽刺和批判科举制度对人们思想的毒害，但从中我们依然可以清晰地感知与捕捉到当时人们的劳动观，如范进进学回到家中，他的老丈人胡屠户一改往日态度，提着酒肉前来祝贺，并这样对范进说道：“若是家门口这些做田的，扒粪的，不过是平头百姓，你若同他拱手作揖，平起平坐，这就是坏了学校规矩，连我脸上都无光了。”[1]胡屠户也只是一个靠出卖体力为生的劳动者，却瞧不起那些和他一样出卖体力的农民。

因此，我们不难发现，从孟子“劳心者治人，劳力者治于人”的劳动观念开始，劳动观就不单单是人们对劳动的观念和看法，也体现着一个人的价值观、道德观等，一个时代的劳动观也常常决定着一个时代的社会风气，对劳动和劳动主体的轻蔑势必会对社会伦理和个人道德标准产生不利的影响，“所以或者渐渐的也要想去干那不劳力而直接获得金钱的可耻的方法，以致游民一天比一天的增加，国家的生产力一天比一天的减少，社会的经济状况也一天

1.〔清〕吴敬梓：《儒林外史》，华文出版社2018年版，第24页。

比一天的危急，长此以往，势必至社会破产，引起那极可怕，极不堪设想的事情来”。[1] 这是一种客观事实，对劳动和劳动主体的轻蔑，尤其是对占劳动人口比例最大的体力劳动者的轻视，必然会对社会风气、人们的道德观念带来不良影响，甚至影响社会国家的进步与发展。

而且，由于“劳力者”与“劳心者”的区分体现的等级秩序的明晰和确立，也侧面反映着一个时期或时代的爱情、婚姻观。例如中国古代“门当户对”观念的深入人心，爱情和婚姻是讲求经济能力、政治地位等的匹配，由于门第的差异而对爱情和婚姻造成的阻碍数不胜数。比如唐代蒋防所作的《霍小玉传》，李益在与名妓霍小玉相恋时，还只是一介书生，但当他考取功名利禄，中了进士时，便对霍小玉始乱终弃，另觅新欢，看上了与自己身份相符的富家女，而霍小玉也深知自己的身份已和李益现在的地位不相符，不会有美满幸福的爱情结局，因此提出两人再热恋一回，之后自己便遁入空门，但李益并没满足霍小玉的要求，霍小玉也一病不起，导致了爱情的悲剧。再比如元代王实甫创作的杂剧《西厢记》，崔莺莺出身名门贵族，而张生在和崔莺莺相恋时，与李益一样，只是一个普通书生，崔母以门第为由，给两个相爱的人制造了巨大的阻碍，张

1. 周勤学：《劳工神圣》，《辟才杂志》1924 年第 3 期。

生不得已赴京赶考。

鸦片战争以后，随着外敌的入侵，中国传统的经济方式逐渐被打破，民族资本主义得到一定程度的发展，“劳力者”的范围进一步扩大，不仅包含以土地为生的农民，也涵盖从事工业生产的工人，“1919 年全国劳工人数约三百万。劳动处境得到社会各界的关注，劳工的自我意识开始觉醒，向资方提出改善劳工生活、保障劳工权益等诸多要求”。[1]1918 年 11 月 16 日蔡元培在庆祝第一次世界大战胜利所作的“劳工神圣”的著名演讲则标志着中国现代意义上的“劳动”概念的确立与凸显，不仅在很大程度上扭转了社会对从事体力劳动者的轻蔑的观念，而且更为重要的是它肃清了社会的不良风气，对重塑人们的劳动观和重建社会道德等都有着重要的价值和意义。蔡元培在演讲中明确提出：“此后的世界，全是劳工的世界呵！我说的劳工不但是金工、木工等等，凡用自己的劳力作成有益他人的事业，不管他用的是体力、是脑力，都是劳工。……我们都是劳工，我们要自己认识劳工的价值。劳工神圣！”[2]从这段文字中可以看出，蔡元培不仅将劳工的范围进行了扩大，只要使用体力或脑力的人都是劳工，基本可以说人

1. 张丽军：《乡土中国现代性的文学想象：现代作家的农民观与农民形象嬗变研究》，上海三联书店 2009 年版，第 8—9 页。
2. 蔡元培：《劳工神圣》，《每周评论》1918 年 12 月 22 日。

人都是劳工，并且都是平等的，都应受到尊重，而且更为重要的是赋予了劳动主体全新的价值与意义，并对成为劳工的条件进行了条件限制，即只有自己劳动、对他人和社会有益、有贡献的人才是劳工，所以蔡元培认为："我们不要羡慕那凭借遗产的纨绔儿，不要羡慕那卖国营私的官吏，不要羡慕那克扣军饷的军官，不要羡慕那操纵票价的商人，……他们虽然奢侈点，但是良心上不及我们的平安多了，我们要认清我们的价值。劳工神圣！"[1]相比于真切地流过汗水、付出过艰辛的体力，从而达到自我身心的一种平衡和满足，而且又对整个社会有益的劳工，那些仅为一己之私、投机取巧，既不付出辛勤的汗水，也不利于他人和社会的纨绔子弟、贪官污吏等不值得羡慕，他们应该反过来羡慕劳工。蔡元培"劳工神圣"观念的提出，无疑对整个社会风气与伦理价值等产生着重要的影响，"幸而那劳工神圣的呼声，渐渐的一天天的张大起来，使那些梦寐未醒的人们，从此才知道由那些错误的方法，换来的金钱，更足以增加他们的耻辱，除非用那神圣的劳力获得的代价，才足珍贵"。[2]劳动者从劳动中获得个人价值的实现与尊严的满足，"劳工神圣"的观念深入人心，劳动与文学的结合也更为紧密，尤其是底层劳动者的情感生活在文学层面愈

1. 蔡元培：《劳工神圣》，《每周评论》1918 年 12 月 22 日。
2. 周勤学：《劳工神圣》，《辟才杂志》1924 年第 3 期。

加得到丰富的表现。而中国早期的马克思主义者在学习和汲取马克思主义劳动观的基础上，对劳动有了更深刻和更形而上的思考，并将“劳工神圣”的观念有了更为深入的发展。

李大钊在告诫青年时说道：“一切乐境，都可由劳动得来，一切苦境，都可由劳动解脱。……至于精神的方面，一切苦恼，也可以拿劳动去排除他，解脱他。”[1] 劳动不仅可以创造物质财富，带来物质上的满足，而且更能解决精神上的困境，带来精神上的愉悦。同时李大钊指出有些青年之所以堕落，是因为“不知道尊重劳动，不知道劳动中有无限的快乐，所以才误入迷途了”。[2] 当然，这里所指称的劳动，依然较为偏重于体力劳动，如李大钊在《青年与农村》中所说：“非把知识阶级与劳工阶级打成一气不可。”[3] 知识阶级与劳工阶级分属于不同的阵营，一个以从事脑力劳动为主，一个以从事体力劳动为主，从事脑力劳动的人通常瞧不起从事体力劳动的人，这在中国历史上并不少见，李大钊在这里已经显示出将“劳心者”置于同“劳力者”一样的位置，并且显露出将“劳心者”转化为“劳力者”

1. 李大钊：《现代青年活动的方向》，载《李大钊全集》编委会编：《李大钊全集·第三卷》，河北教育出版社 1999 年版，第 196 页。
2. 同上。
3. 李大钊：《青年与农村》，载《李大钊全集》编委会编：《李大钊全集·第三卷》，河北教育出版社 1999 年版，第 179 页。

的一种趋向。而且随着“劳工神圣”的劳动观逐渐普及，对“劳力者”的关注也逐渐增多，描写“劳力者”的作品也逐渐增加，例如茅盾的《春蚕》《子夜》、叶紫的《丰收》《山村一夜》等作品，体现了对劳动人民生存现状的关注，也逐渐看到了劳动主体身上具备的“革命潜质”，这是与五四时期主要将农民看作启蒙的对象有所区别的。

在这些革命家的倡导下，“劳力者”的社会地位逐渐提高，人们的劳动观念逐渐改变，但从文学作品中我们仍可以发现“门当户对”爱情观的存在，“劳心者”通常爱情和婚姻的对象都是与自己身份和地位相匹配的，而“劳力者”很难与“劳心者”有一个美好幸福的爱情结局。例如曹禺的戏剧《雷雨》，出身于封建大家庭的周朴园与女佣梅妈的女儿侍萍相爱，而且两人还育有两个儿子，但周家逼得侍萍和刚出生的二儿子大海跳河自尽，并为周朴园娶了一个门当户对的小姐。周朴园与侍萍的爱情经历和结局在当时的历史时期是具有典型和普遍意义的，其中既有封建传统和礼教对于爱情的束缚和扼杀，也有长久以来的劳动观念对爱情的影响和作用。而在延安时期，随着人们的劳动观念开始由“劳工神圣”到“劳动光荣”的转变，劳动主体更是实现了由“普通劳工”到“劳动英雄”和“劳动模范”的身份转型，从而带来“劳力者”爱情书写的新篇章，在这种新的劳动观念的倡导和作用下，爱情书写，尤其是其中所体现出的“劳动加爱情”的创作主题中，不乏对封建传统和礼教的批判和革新，且又在新的历史语境中，产生新的内涵与意义。

二、延安时期的劳动观

马克思认为：“整个所谓世界历史不外是人通过人的劳动而诞生的过程，是自然界对人来说的生成过程。”[1]恩格斯在《自然辩证法》中也强调了劳动的意义和价值：“劳动是人类生活的第一个根本条件。我们甚至可以在某一种意义上说：劳动创造了人类自己。”[2]有人存在的地方就会有劳动产生，世界历史就是人类劳动的成果，虽说在20世纪初，李大钊等马克思主义者已经大力提倡和宣传唯物主义的劳动观，但真正使唯物主义劳动观念得以系统化和理论化，在社会实践层面全面展开，则要归功于中共领导人毛泽东。对于“只会片面地引用马克思、恩格斯、列宁、斯大林的个别词句，而不会运用他们的立场、观点和方法，来具体地研究中国的现状和中国的历史，具体地分析中国革命问题和解决中国革命问题”，[3]毛泽东是持批评意见的，因此，

1. ［德］马克思：《1844年经济学哲学手稿》，中共中央马克思恩格斯列宁斯大林著作编译局译，人民出版社2000年版，第98页。
2. ［德］恩格斯：《自然辩证法》，郑易里译，生活·读书·新知三联书店1950年版，第189页。
3. 毛泽东：《改造我们的学习》，载《毛泽东选集》（第三卷），人民出版社1991年版，第797页。

毛泽东是在立足于中国社会现实的基础上，对马克思恩格斯等人的劳动思想进行创造性的汲取和利用，是符合革命语境的劳动观，也是满足工农阶级期待的劳动观。

1939年9月25日，毛泽东在陕甘宁边区机关、学校、部队秋收动员大会的讲话中说道："看不起劳动是不对的。世界上最有学问的人第一是工人农民，'万般皆下品，唯有读书高'的观点是不对的，应当改为'万般皆下品，唯有劳动高'。一切学问，一切科学，都是以生产为基础，阶级斗争的基础也是生产。"[1] 毛泽东的这段讲话，不仅一定程度上肃清了当时社会上瞧不起劳动和农民工人的风气，也奠定了延安时期，乃至新中国成立之后的劳动基调，即劳动是无上光荣的，劳动能够创造一切。毛泽东在强调劳动的意义和价值的同时，将工农阶级的地位进行了前所未有的提高，而"劳动"对"读书"的话语置换，也可以看出延安时期对体力劳动的重视，这与毛泽东在对马克思恩格斯等人的劳动观的汲取和利用的基础上，融入了自己对中国无产阶级和中国命运的独特思考有关。

毛泽东所倡导的劳动观最为独特之处在于他将劳动与革命紧密联系在一起，将劳动主体与国家前途命运紧紧相连，赋予劳动与劳动主体以崭新的意义与价值。1943年5

1. 中共中央文献研究室编：《毛泽东年谱1893—1949》(中卷)，中央文献出版社2002年版，第139页。

月18日《解放日报》第四版刊登穆挺的《"辛苦"与"命苦"》一文中所说："我们为什么欢迎工作和劳动呢？因为我们是为革命而劳动，为革命而工作，我们的劳动和工作是为了中国民族、被压迫阶级以及全世界人类的解放，也是为了自己的解放。"[1]即是这种观念的体现。劳动已不仅仅是指体力上的付出，借以满足物质生产的需要，而是在更深层面蕴含革命的指归，并将劳动与民族命运相关联，唤醒与确立劳动主体的主人翁意识，改变了从事体力劳动者的地位，使劳动光荣成为一种社会风气与审美风尚。在延安，上至党的领袖，下至普通民众，每个人都投入劳动生产，劳动成为一种荣耀，一种品质，甚至成为道德与思想的标尺，好吃懒做、不务正业、游手好闲的"二流子"[2]也逐渐减少，社会风气逐渐变好，正如崔石挺的小说《俊英》中的女主人公俊英所说："'不劳动，就是二流子，当二流子，是个丢人的事。''妇女不会劳动，就得不到真正平等，真正解放。'八路军里面的大干部还劳动呢，县长的太太还在鞋厂里当女工呢。一个庄户媳妇想不劳动对吗？"[3]

1. 穆挺：《"辛苦"与"命苦"》，《解放日报》1943年5月18日。
2. 朱鸿召在《延安赢天下》一书中对陕北农村的"二流子"进行过详尽的解释："'二流子'，是对陕北农村不务正业，不事生产，以鸦片、赌博、偷盗、阴阳、巫神、土娼等为活，搬弄是非、装神弄鬼、为非作歹的各种人的统称。"具体见朱鸿召：《延安赢天下》，陕西人民出版社2018年版，第286页。
3. 崔石挺：《俊英》，载康濯主编：《中国解放区文学书系·小说编》(四)，重庆出版社1992年版，第2391页。

除了对好吃懒做、不务正业的“二流子”有所引导和启示作用外，中共中央还树立了大批具有典型意义的劳动模范和英雄，“这一运动在1943年的大生产运动高潮中应运而生。在每个村庄、乡镇、区和县，都推举出劳动英雄，给予物质和精神上的鼓励”。[1] 由此产生了大量的劳动英雄和模范，曾任边区主席的林伯渠在对大生产运动一年来的成果进行报告时说道：“生产第一，这是今年边区党政军民一致的认识与行动，这个口号，把全体男女老少组织起来，发动了浩浩荡荡的生产进军，一百万亩的荒地变成良田，……四千多个二流子转变为生产者，……到处是轰轰烈烈的竞赛热潮，不断地创造出模范的劳动村、变工队、合作社，出现许多出色的申长林、吴满有式的劳动英雄……”[2] 这是史无前例的事件，“在中国，这是有史以来的新事件。从来只有战争中或政治舞台上的英雄，而现在劳动者也可以成为英雄了”。[3] “好的劳动者被选为英雄，比中状元还光荣。”[4] 这无疑具有一种正面的社会导向作用，因为“从事农业生产劳动，素来是没有社会地位

1. ［美］马克·赛尔登：《革命中的中国：延安道路》，魏晓明、冯崇义译，社会科学文献出版社2002年版，第249页。
2. 林伯渠：《边区生产展览会是一年来生产斗争的缩影》，《晋察冀日报》1944年3月23日。
3. 《建立新的劳动观念》，《解放日报》1943年4月8日。
4. 艾思奇：《劳动也是整风》，《解放日报》1944年2月19日。

的，陕北方言称其为‘下苦的’，下地做活的。为了更有效地推动边区农业生产发展，必须改变人们对农业生产劳动的鄙弃思想，消除千百年来根深蒂固的旧观念。边区政府对大生产运动中埋头苦干，劳动成绩优秀者，授予‘劳动英雄’的荣誉称号，给予很高的政治待遇，形成劳动光荣的新社会新观念”。[1] 中共中央对劳动英雄和劳动模范的大力弘扬，使劳动光荣的观念深入人心，并使“广大工农知道劳动是为着自己、为着自己的国家，而不是供人剥削，做人牛马”。[2] 劳动光荣观念的深入人心和劳动英雄模范的塑造，唤醒了广大工农沉睡已久的主人翁意识，劳动不仅是为着自己，更是为着给予自己“主人”身份的国家和民族，如姚丹所指出的：“通过‘主人’身份的确立，为工农确定了政治地位。政治身份与道德身份的确定，为工农在‘革命中国’建立主体性，确实奠定了最为坚实的基础。”[3]

但并非只要劳动，就能成为劳动英雄或劳动模范，成为劳动英雄也是有条件的，劳动英雄是因在劳动中表现突出，并能将个人化的行为转化为集体性的贡献，由此具有

1. 朱鸿召：《延安曾经是天堂》，陕西人民出版社 2012 年版，第 64 页。
2. 陕甘宁边区财政经济史编写组、陕西省档案馆编：《抗日战争时期陕甘宁边区财政经济史料摘编（第二编）》，陕西人民出版社 1981 年版，第 5 页。
3. 姚丹：《重构“革命中国”的政治正当性：劳动、主人及文学叙述》，《文艺理论与批评》2011 年第 1 期。

引导和典型作用，故获此殊荣，其中非常重要的一点就是能将个人化的行为转化为一种集体性的贡献，如果没有这一点，仅仅是劳动中表现突出，满足个人生存与物质的需求，也无法获得国家政治层面的认可，并将其作为一种典型，推广到全社会。正是这一由“私”到“公”的行为，确立和保证了“劳动英雄”在道德和思想层面的高度和模范作用。比如交公粮，“在当时，边区征收救国公粮是最重要的一项政治任务。它的推进顺利与否，直接关系到边区政府的统治是否巩固，甚至关系到中共中央和前线军队的生死存亡”。[1]《解放日报》编辑部在《“关于吴满有的方向”问题的答复》中说道：“我们所以把吴满有成为劳动英雄，……是包含经济的和政治的两方面意义的。在经济上，吴满有是努力劳动和发展生产的模范，而在边区条件下，只要努力劳动也必能发展生产。……在政治上，吴满有是拥护革命和公私兼顾的模范。他拥护边区政府的法令和共产党的号召，多出公粮，并认真进行优抗工作。”[2]这一回答的实质是对众多劳动英雄人物的概括，以此来激励更多的人民，并在社会树立一种典范，形成一种道德标准。而劳动又是人的劳动，人是一切劳动的唯一主体，“任何劳动都

1. 周海燕：《记忆的政治》，中国发展出版社2013年版，第56页。
2.《解放日报》编辑部：《“关于吴满有的方向”问题的答复》，《晋察冀日报》1943年3月27日。

是人参与的活动，都存在于客观的伦理关系之中。”[1]劳动只有与人相连，才真正具备伦理价值与伦理意义，毛泽东对劳动的强调和突出，其实质是对劳动主体，即工农的强调和突出，“劳动在延安时期不仅植入到个体生命深处，成为个体重塑自我的重要途径和方式，而且在革命和新的经济体制的基础上所产生的自由、自主的劳动形态和集体化的劳动方式还有力地冲击了原有的经济、政治和家庭伦理秩序，并在此基础上形成了新的伦理及道德观念”。[2]而这种“新的伦理及道德观念”对爱情书写又有着不可忽视的影响。在这里，笔者之所以花了较大篇幅来阐明延安时期的劳动观和劳动英雄与模范产生的原因和蕴含的政治、道德等内涵，不仅是因为“劳动光荣”的劳动观成为爱情主体选择恋爱和婚姻对象的重要标准或唯一准则，而且，劳动主体（劳动英雄与模范）身上所蕴含的主人翁意识，集体性或民族性的道德观、国家观以及鲜明的意识形态属性，决定了他们爱情和婚姻对象的选择承载着超越个人情感范畴的伦理动机与道德评判，并蕴含鲜明的意识形态归属与阶级倾向。

例如曾克的《战地婚筵》，男主人公任成柱是一个贫农出身的革命战士，他选择恋爱婚姻对象有三个明确的条

1. 马唯杰：《劳动伦理研究》，苏州大学出版社 2017 年版，第 4 页。
2. 宋颖慧：《延安文学中的劳动叙事研究》，陕西师范大学博士学位论文 2014 年。

件："一、地主的女儿，坚决不要；因为他常常听指导员讲，在新解放区，很多地主，为了逃避斗争，故意把女儿找上解放军。二、一定要能出力下苦能劳动的。三、要大脚的。"[1] 其实，这三个条件都与"劳动"有着密切联系。比如第一个条件，之所以坚决不要"地主的女儿"，除了有些地主想将自己的女儿嫁给革命战士，以此成为"抗属"，可以躲避被批判和斗争的原因之外，地主历来是剥削农民的革命的对立阶级，地主的女儿自然娇生惯养，不会劳动，更不会与革命者在政治、思想等层面达成一致，成为利于革命发展和进步的力量；第二个条件就直接表明了要能吃苦能劳动，这是当时延安普遍盛行的婚恋观念，不论是恋爱或是结婚，所选对象的首要标准既不是金钱，也不是相貌，而是否能劳动；而第三个条件，"大脚"除了表明具有革命倾向和新式妇女的特征外，最主要还是大脚便于劳动，正如任成柱自己所说："从小缠上一双三寸长的小脚，走起路来各各扭扭，扶着墙攀着东西，不能顶一个人劳动。"[2] 当"劳动光荣"不仅是一种观念，而是成为一种社会风气和审美风尚的时候，它所带来的是人们情感选择的改变。而且人物的身份也决定了他们在选择爱情和婚姻对象时的标准

1. 曾克：《战地婚筵》，载康濯主编：《中国解放区文学书系 · 小说编》(四)，重庆出版社 1992 年版，第 2625 页。
2. 同上书，第 2626 页。

和依据，或者也可以说当劳动成为选择爱情和婚姻对象的标准和依据时，那么选择人的身份一定是在革命的同一阵营，比如任成柱是贫农出身的革命战士，同时也是一名共产党员，他的身份就决定了他要找的对象一定是工农阶级，而女主人公玉鹅正是和任成柱一样出身贫农家庭，吃苦耐劳，勤劳能干，又支持革命事业的农民阶级。邓颖超在谈及劳动与爱情时说道："爱情、婚姻，在社会主义社会里与在封建主义或资本主义社会里，有着根本的区别。它不再是从经济利益来考虑，也不要服从父母的命令，更不受宗教偏见的影响。它不仅基于性的吸引，而是在男女完全平等，共同参加社会主义共产主义劳动的基础上，由于政治、思想观点的一致，而发生发展的真挚的爱情。"[1] 邓颖超在这里所说的"政治、思想观点的一致"归根结底则是两人的阶级成分相同，都是属于革命的同一阵营，有着相同的劳动观和革命观，只有如此，才有真挚的爱情的发生。

例如，在抗日战争期间曾任冀中十分区抗日救国联合会宣传部部长、妇女部长和晋察冀日报社编辑的作家杨沫，1948 年创作完成的短篇小说《穷光棍结婚》，男主人公李凤桐从小受苦，给地主打工，受地主压迫，当抗战全面爆发，他已 22 岁，还是没房没地，给地主打工，虽说

1. 邓颖超：《学习苏联人民崇高的共产主义道德品质——有关劳动、爱情、婚姻和家庭的道德》，《黑龙江政报》1953 年第 3 期。

他能劳动，肯吃苦，“可是十几年来，却从来没有人给他提说过老婆——谁家闺女肯去跟他住石洞呢”。[1] 直到中共中央推行土地改革以后，所有贫农，包括李凤桐的命运都发生了重大改变，正如贫农团代表张富贵的娘所说：“土地改革改革的，就是什么都改啦：早先祖辈传流，给闺女寻婆家，先问媒人，男人家有多少房子多少地呀？谁管他长的是猪八戒还是孙猴儿，只要有东西，就是好主。这会儿一‘改革’，就不问这些啦，男女都先问：‘你是个什么农？’……穷呀富呀的可没人问这些了。反正人人干活就有饭吃——这可是盘古开天辟地的新鲜事儿。”[2] 李凤桐不仅分得了自己的土地，还被选为贫民团主席以及区农民代表，虽说此时李凤桐已经三十出头，可现在村里给李凤桐说媒的人络绎不绝，“许志玉、许凤娥、王大爱，还有……全托人想跟你说”，[3] 而作者此时也给读者设置了悬念，即李凤桐会从这众多的追求者中选择哪一个作为自己的婚姻对象。是许志玉、许凤娥，还是王大爱呢？作者对这三个人的长相、阶级成分、生活经历等做了较为详细的介绍，因此，答案是很明确的。在这三个人中，许凤娥是首先排除的对象，因为她出身富裕中农家庭，“不大上地里

1. 杨沫：《穷光棍结婚》，载《杨沫小说选》，湖南人民出版社 1982 年版，第 200 页。
2. 同上书，第 199—200 页。
3. 同上书，第 201—202 页。

干活，肉皮长得又白又细”，[1]李凤桐自然不会选择：“许凤娥，他可不愿意，不爱劳动，成天价打扮得干干净净象个客，仗着念过几天书，自高自大，光说漂亮话。……许凤娥可不是跟自己一样的人。”[2]两个人的阶级成分不同，最主要是许凤娥不爱劳动，这与李凤桐所持的革命观与劳动观是相悖的。而许志玉“人材好，劳动强，又是党员”，[3]李凤桐自己也说“和许凤娥比，他喜欢许志玉”，[4]可他还是觉得许志玉“不大理想”，因为“她丈夫是自己的当家叔叔，过去叫她婶子，和她结婚，群众的反应可够受……而且听说她有什么病不能生孩子”。[5]这里也可看出李凤桐革命思想的彻底。那么，这样比较下来，李凤桐的“理想对象”一定是王大爱了，“王大爱今年二十一岁，她在婆家六年，自己养种男人丢下的几亩地，加上纺线织布，劳动挺强。她现在发育成一个高大结实的女人，黑黑的圆脸，红红的嘴唇，虽说不很漂亮，但也健美可爱”。[6]王大爱与许志玉不相上下，都勤劳能干，勤俭持家，但王大爱的命运要比许志玉更为悲惨，从小受地主剥削无法维持生存，不得已被

1. 杨沫：《穷光棍结婚》，载《杨沫小说选》，湖南人民出版社1982年版，第204—205页。
2. 同上书，第207页。
3. 同上。
4. 同上。
5. 同上。
6. 同上书，第209页。

爹娘卖到“一个寡妇老财家当童养媳”。[1] 挨打受骂，“就快丧命了”，[2] 王大爱的爹又向财主借了两百块大洋才好不容易将王大爱赎回，但为了还债，王大爱再次被当作商品买卖，嫁给一个比自己大二十多岁的男人，男人吃喝嫖赌，王大爱依然过着非人的生活，直到共产党的到来，才坚定了她离婚的决心。因此，王大爱的命运比许志玉更为曲折和悲惨，这一点与李凤桐有些相似，他们对封建地主的仇恨更深，革命性也更强，从这一点来说，李凤桐选择王大爱而不是许志玉就比较容易理解了。李凤桐不是站在个人情感的角度进行爱情和婚姻对象的选择，而是以一名革命干部，站在党的立场和角度，对爱情和婚姻对象进行选择。

从延安时期的劳动观以及爱情与劳动的互动中，可以明显地感知到革命潜在的作用和影响，劳动观指涉的某些向度，如对工农等劳动主体的突出和强调以及爱情对象的选择以阶级成分和是否劳动等作为主要标准或唯一标准，也是与战时环境下人们的革命观相联系的，更是与赶走外国侵略者，赢得革命胜利的根本任务相一致的，况且奋战在前线的革命战士大多是工农出身，他们既劳动又战斗，农忙时生产劳动，有战事时则奋勇杀敌，因此，延安时期，

1. 杨沫：《穷光棍结婚》，载《杨沫小说选》，湖南人民出版社 1982 年版，第 209 页。
2. 同上。

革命主体、劳动主体与爱情主体达到了三者合一，这也决定了他们的爱情观必然受革命观和劳动观的影响并附属于革命和劳动，从而也就使爱情成功跳出私人情感领域而迈入公共政治空间。

第三节　身体改造下的爱情书写主体

劳动在延安时期不仅是一种生产与生活方式，更是演变为一种规训与改造的手段，尤其对于从事脑力劳动的知识分子，即爱情书写主体而言更是如此。让一个长期从事脑力劳动的知识分子有计划、长时间地从事体力劳动，无疑给他们的身心都带来无法忽视的意义，它直接影响乃至改变了爱情书写的美学呈现与现代性品格，并对知识分子的内在思想机制与情感系统产生了无法估量的影响。因此，本节主要从三个方面，也即三个问题出发来探究身体改造下的知识分子与爱情书写。第一个问题：为何对知识分子进行身体改造？第二个问题：如何进行身体改造？第三个问题：身体改造的结果和影响，即经过身体改造后的知识分子如何处理或书写劳动与爱情？我们知道，在1943年知识分子下乡运动之前，比如中共早期的知识分子政策、延安整风运动、1942年《讲话》等，都已经涉及对知识分子进行思想改造的问题，为何在1943年还要再次通过体力劳动的方式对知识分子进行身体的改造？况且身体改造的最终目的也是要达到思想的转变与改造。因此，对这些问题的回答不仅关系到特定历史背景下中共对劳动和劳动主体的强调，而且也直接关涉到爱情书写主体的情感脉络，并影响着他们对爱情的理解与书写。

一、为何对知识分子进行身体改造？

“要对知识分子和延安文人进行改造，要想把他们改造成为真正的有机化文人，首先就遇到了一个重新界定知识分子的问题。”[1] 依据阶级的划分，知识分子属于小资产阶级阵营，与工农无产阶级分属于不同的阵营，他们对于革命的作用和意义也不相同，工农无产阶级是革命的主体，也是革命最坚固的力量，虽然小资产阶级也是革命的动力之一，但小资产阶级有着自身的缺陷，毛泽东认为：“知识分子在其未和群众的革命斗争打成一片，在其未下决心为群众利益服务并与群众相结合的时候，往往带有主观主义和个人主义的倾向，他们的思想往往是空虚的，他们的行动往往是动摇的。”[2] 脱离群众的知识分子是没有集体主义感

1. 袁盛勇：《延安文人的真诚与说谎》，《粤海风》2005年第4期。
2. 毛泽东：《中国革命和中国共产党》，载《毛泽东选集》（第二卷），人民出版社1991年版，第641—642页。

的，是不利于革命的，因而必须进行改造。毛泽东给出了一种较为宽泛但又是“对症下药”的改造路径：“知识分子的这种缺点，只有在长期的群众斗争中才能克服。”[1] 周恩来也明确指出：“深入生活又必须与劳动人民共呼吸，深入群众的斗争，和人民群众的生活打成一片。”[2] 但对于如何深入群众，却没有具体而明确的措施和指引，只知要深入群众，只有深入群众中才能和群众“打成一片”，才能在思想情感上接近和理解工农群众，才能逐渐克服自身的缺陷，才能真正成为革命的“可靠的同盟者”。对于知识分子来说，这其中的艰难和曲折却不是一两句振奋人心的口号就能抹平和视而不见的，他们常常需要同自己做复杂的斗争，正如丁玲 1950 年回顾在延安那段“改造”的岁月时所坦诚的：“在陕北我曾经历过很多的自我战斗的痛苦，我在这里开始来认识自己，正视自己，纠正自己，改造自己。……走过来的这一条路，不是容易的。我以为凡是走过同样道路的人是懂得这条道路的崎岖和平坦的……”[3] 丁玲的这段带有自剖性质的文字也是广大经历过这段岁月的知识分子共

1. 毛泽东：《中国革命和中国共产党》，载《毛泽东选集（第二卷）》，人民出版社 1991 年版，第 642 页。
2. 中共中央文献研究室编：《周恩来文化文选》，中央文献出版社 1998 年版，第 133 页。
3. 丁玲：《陕北风光・校后记所感》，载张炯主编：《丁玲全集 9》，河北人民出版社 2001 年版，第 50 页。

同的心理写照，对于他们而言，最大的艰难莫过于同自己做激烈的思想斗争，而这既是改造的艰难之处，也是必经之路，只有经历过此番撕裂的过程，才能真正做到“工农化”，才能在思想与情感上理解工农群众。

五四以来，知识分子一直是以“启蒙者”的姿态自居，工农大众是他们启蒙的对象而非学习的对象，他们站在知识分子的角度和立场来观照工农大众的处境和生活，因而无法真正走入工农大众的内心，更无法精确捕捉他们的情感与思想，从最能反映个人情感和精神世界的爱情中便可发现这一点，有关爱情书写的作品中，主人翁大都是小资产阶级的知识分子，工农大众只是作品的配角，他们的真情实感并没能得到真正的呈现，这与知识分子启蒙者的姿态以及不熟悉、不了解工农大众的思想情感有着直接的联系，周扬对此是持批评意见的，他认为：“知识分子一般地是作为整个人民解放事业中各方面的工作干部，作为与体力劳动者相结合的脑力劳动者被描写着。知识分子离开人民的斗争，沉溺于自己小圈子内的生活及个人情感的世界，这样的主题就显得渺小与没有意义了。”[1]因而，对知识分子的改造就成为一件必然的事情。

1. 周扬：《新的人民的文艺——在中华全国文学艺术工作者代表大会上关于解放区文艺运动的报告》，载刘润为主编：《延安文艺大系·文艺理论卷·中》，湖南文艺出版社 2015 年版，第 953—954 页。

其实中共早期知识分子政策一直包含着对知识分子的引导和改造问题，本书第一章第三节中对中共知识分子政策有过详细的梳理和分析，这里不再赘述，仅以毛泽东在1939年12月1日为中共中央起草的决定《大量吸收知识分子》为例，作简要的阐释。由于革命的需要，中共中央在早期大量吸收和欢迎知识分子，只要是爱国的，肯革命的，无论是不是党员，也无论是否愿意加入中国共产党，中共都是热烈欢迎的，即使是在如此宽松的政策下，中共中央依然提到了对知识分子的引导和改造问题，“多方吸收，加以教育”“应该好好地教育他们，带领他们”，[1] 当然这一“教育”主要是指思想上的引导和帮助，在延安整风运动中，知识分子经受了更为激烈的精神磨炼与思想改造。1941年5月19日，毛泽东在延安干部会上作了《改造我们的学习》的报告，标志着整风运动的开始。在这篇文章中，毛泽东对只凭主观热情而不顾具体实际的主观主义持严厉的批判态度，认为“这种反科学的马克思列宁主义的主观主义的方法，是共产党的大敌，是工人阶级的大敌，是人民的大敌，是民族的大敌，是党性不纯的一种表现”。[2]

1. 毛泽东:《中国革命和中国共产党》，载《毛泽东选集》(第二卷)，人民出版社1991年版，第619页。
2. 毛泽东:《改造我们的学习》，载《毛泽东选集》(第三卷)，人民出版社1991年版，第800页。

主观主义也是小资产阶级知识分子存在的一种较为普遍的缺陷，因此，毛泽东提倡与支持的是马克思列宁主义，在具体的实践中，结合现实实际情况处理问题。毛泽东在《整顿党的作风》和《反对党八股》中对主观主义进行了更为全面和深入的阐释，在提到知识分子问题时，毛泽东认为知识分子并不缺少理论知识，而缺少的是解决问题的实践能力，这也就是说，对知识分子的改造，最终还是要落实到具体的实际工作和生活中，虽然毛泽东在这里没有明确提出以体力劳动作为改造的主要途径，但“参加到实际工作中去”也隐约地包含了这一层面的信息。《讲话》中更是明确指出了知识分子思想改造的重要性和必要性：“拿未改造的知识分子与工农兵比较，就觉得知识分子不但精神有很多不干净处，就是身体也不干净，最干净的还是工人农民，尽管他们手是黑的，脚上有牛屎，还是比大小资产阶级都干净。这就叫做感情起了变化，由一个阶级变到另一个阶级。我们知识分子出身的文艺工作者，要使自己的作品为群众所欢迎，就得把自己的思想感情来一个变化，来一番改造。没有这个变化，没有这个改造，什么事情都是做不好的，都是格格不入的。”[1] 毛泽东在这里同时指出工人农民的“手是黑的，脚上有牛屎”，这是他们的职业所带

1. 毛泽东：《在延安文艺座谈会上的讲话》，《解放日报》1943 年 10 月 19 日。

给他们的最为鲜明的特点，也是与从事脑力劳动为主的知识分子不一样的地方，这其实同样暗含了知识分子改造的路径。知识分子只有经过改造，转变自己的思想，在情感上同工农接近，才能创作出工农大众喜闻乐见的作品，也才能为革命作出自己应尽的贡献。

当然，以上论及知识分子改造的原因主要来自中共中央的政治政策，那么作为被改造的主体——知识分子又是如何认识和看待改造的呢？1942年5月31日《解放日报》第四版刊登刘白羽《与现实斗争生活结合》一文，可以看作知识分子认识自己被改造原因的最初发声："你要永远正确的去改造旁人的思想，你必需先向自己改造，……一个作家，从革命到革命胜利的过程，自己也一定是被改造的一个。不但如此，同时正因为他是作家，时代的喉舌，他应该更敏感，更彻底的改造自己，才好引导旁人，改造旁人。"[1]从这段文字中可以看出，刘白羽突出和强调的是知识分子的重要性和影响力，知识分子之所以需要改造是因为他要去改造他人，这里的"他人"自然也包括工农大众在内的无产阶级，不难发现，刘白羽所认识到的"改造"与毛泽东在《讲话》中所阐释的"改造"是有出路的，仍带有较为强烈的启蒙意识。而周立波在《思想，生活和形

1. 刘白羽：《与现实斗争生活结合》，《解放日报》1942年5月31日。

式》一文中所理解的知识分子需要改造的原因则更为接近毛泽东在《讲话》中所说："我们是从旧世界里来，还带着许多思想上的毛病。对于我们，思想的改造，立场的确定是最要紧的事。""我们都是小资产阶级出身的人，身子参加了革命，心还留在自己阶级的趣味里，不习惯，有时也不愿意习惯工农的革命的面貌。""改造我们这些小资产阶级出身的作家，使大家的思想和生活，一天一天工农化，这是一件切实的要紧的事情。"[1] 周立波在这里更接近一种自剖性质的反思，也是一种立场与态度的确立与表明，小资产阶级出身的知识分子带有天然的思想缺陷，只有进行改造，使自己"工农化"，才能真正和工农群众"打成一片"，才能使文艺真正服务工农，利于革命。

中共中央对知识分子的改造一开始就是政治政策的题中应有之义，并随着革命的发展而不断深化，而知识分子对自身改造原因的认识，并不总是和中央的政治政策相协调，而是经历了由背离再到一致的发展过程，在这一过程中，我们可以捕捉到作为文人的知识分子的情感轨迹与心路历程。而且，在延安整风运动和《讲话》等政治政策中虽然也或多或少、或隐或显地涉及知识分子改造的路径，但主要是一种思想或理论上的指引，并没有明确指出改造

1. 周立波：《思想，生活和形式》，《解放日报》1942 年 6 月 12 日。

的具体措施，而1943年兴起的大规模的、有组织、有计划的知识分子下乡、下工厂、下部队等运动[1]可以看作早期中共知识分子政策、延安整风运动与《讲话》在社会实践层面的延续与深化，艾思奇在《劳动就是整风》一文中指出："对于知识分子，劳动就是整风的实践，需要自觉地以整风的精神参加生产运动。"[2]同时，这也是知识分子改造的另一具体路径，是其思想改造、身份转型的显著体现。

二、知识分子如何改造?

《解放日报》于1943年3月15日刊登了一则报讯《延安作家纷纷下乡　实行党的文艺政策》，这则报讯对知识分子下乡的劳动去向进行了较为详细的报道："现诗人艾青、萧三，剧作家塞克已赴南泥湾了解部队情况并进行劳军，作家荒煤已赴延安县工作，小说家刘白羽及女作家陈学昭则已准备到部队及农村去，高原、柳青诸同志已出发至陇东等地。丁玲同志及其他的文艺工作者，已做好一切到下层去的必要准备。"[3]这则报讯可以看作知识分子身体改造正式拉开的序幕。知识分子下乡运动对他们深入工农群

1. 在此之前（1943年之前），虽然也有知识分子上前线、下乡村等体力劳动的发生，但那是一种较为分散、自发和自觉的一种生活体验与创作积累，并不是一场规模化、有组织的身心改造与情感实践活动，两者有着本质上的区别。
2. 艾思奇：《劳动就是整风》，《解放日报》1944年2月19日。
3.《延安作家纷纷下乡　实行党的文艺政策》，《解放日报》1943年3月15日。

众，改造思想具有重要的意义。何其芳认为："和从前比较起来，这次的下乡运动是有着质的差异的。……大家已经认识到这次下乡并不是一个简单的收集材料的问题，而是一个有严重意义的改造自己，改造艺术的问题。"[1]这在知识分子中已经成为普遍的认知，舒群这样说道："我们本身存在着严重的问题，需要改造，改造我们的思想，改造我们的生活，改造我们的语言。这个改造，必须通过实际斗争才能改造得好。新文艺必须通过这个改造，才能发展得好。……我们必须改造自己，必须下乡去。"[2]而劳动无疑是最有效、最显著、最有力的改造手段，陈学昭更是直言："知识分子要体验劳动，要到实践中去，劳动能改造自己的思想，……现在是中国历史上从来未有过的伟大时代，从劳动中改造知识分子，也是这伟大时代中的一件大事。"[3]

知识分子下乡运动不仅促使知识分子文艺创作的改变，更是一种身体与心灵的"脱胎换骨"，让他们在生活实践中遭遇挫折，剥掉高傲的自尊，褪去小资产阶级的肤色，心悦诚服地向工农请教和学习，成为工农的"学生"，并借此打掉他们的"做客"心理，让整个身心都忙碌起来。周立波曾反思自己创作不出好作品的原因主要在于自己的"做

1. 何其芳：《改造自己，改造艺术》，《解放日报》1943 年 4 月 3 日。
2. 舒群：《必须改造自己》，《解放日报》1943 年 3 月 31 日。
3. 学昭：《体验劳动的开始》，《解放日报》1944 年 3 月 8 日。

客”心理，“在过去，我到过前方，也到过乡下，但是没有写出好东西。因为我在那里是‘做客’，客居的时间又很短。……不接近农民，不注意环境。……对于动人的生产运动，运盐和纳公粮的大事，我都不能写”。[1] 由于“做客”心理的存在，知识分子人虽在工农群众之中，但心却与工农群众保有距离，没有亲身参与到体力劳动中的实践经验，自然对在工农群众中非常火热的生产运动、运盐等劳动场景无法书写，而闲暇的时间、清闲的身体，又使知识分子感到寂寞，常常陷入痛苦，“譬如在乡下，我常常想到要回来，间或我还感到寂寞，这正是十足的旧的知识分子的坏脾气。参加生产和斗争的群众，不会感到寂寞的，恐怕连这个字眼也不大知道”。[2] 周立波在这里将自己和群众作了对比，从而阐明自己寂寞的原因是因为没有从事“生产与斗争”，因为繁忙的体力劳动可以使身心得到充实，从而阻止个人颓废情绪或是小资产阶级情调的涌动，由此在“劳力”的基础上达到“劳心”的效果，这也是体力劳动改造的独特之处，正如朱鸿召所说：“用体力劳动代替精神思考，手提肩扛，摩顶放踵，四肢不停，行为动作可以充斥心灵空间；……彻底改造的决心，长期生产的准备，不断劳作的过程，慢慢地消磨掉一个知识分子的自我意识和心

1. 周立波：《后悔与前瞻》，《解放日报》1943 年 4 月 3 日。
2. 同上。

理自尊。”[1]知识分子只有经过此番“劳其筋骨”的艰难过程，历经身体和思想的磨炼，才能将“小资产阶级”的作风和气派清除，才能真正转化成为无产阶级的知识分子。“这又不仅仅是为着革命的任务，而且也是为着改造自己。轻视‘自食其力’，以‘不劳而获’为荣的剥削意识；好高骛远，虚浮夸张，对普遍的现实事物缺少兴趣的主观主义思想方法，都可以在劳动的实践当中逐渐清洗干净。”[2]繁忙的体力劳动带来的充实和劳累，可以驱走知识分子内心的寂寞和空虚，使他们无暇感到寂寞，而融入这种生产的集体性劳动，又能够使知识分子忘却自己高贵的身份，而和工农大众在思想和情感上达成一致。

但改造的过程是艰难的，在文学作品中常常表现为一开始知识分子参加生产劳动与工农群众之间有着隔阂与距离，但随着劳动的深入，隔阂与距离逐渐消除，知识分子与工农群众的情感逐渐加深，从而完成思想的改造和转变。例如，思基的小说《我的师傅》，开篇第一段就点明了主人公的身份及改造的原因和方式：“我是一个知识分子，一听到人家说：‘知识分子就只会说……’心就烦了。我决心要改造去。我去的地方是个木工厂。”[3]进行体力劳

1. 朱鸿召：《延安文人》，广东人民出版社 2001 年版，第 191 页。
2. 艾思奇：《劳动也是整风》，《解放日报》1944 年 2 月 19 日。
3. 思基：《我的师傅》，载康濯主编：《中国解放区文学书系・小说编》（四），重庆出版社 1992 年版，第 2134 页。

动的改造是知识分子决心思想改变的外在表征，“我”的师傅是一位木工技巧很高的人，在“我”来之前就听说他脾气火爆，因此对他心存戒备，无论他如何热情和温和地对“我”，“我”总觉得“隔着一种东西”，并安慰自己“‘劳动了几天，就会跟他一样的’”。[1]作为知识分子的“我”与工农——“我”的师傅之间一开始就产生了隔阂与距离，我并没有积极地去缩小彼此之间的距离，而是将其交给劳动和时间，期望着能够变好，但当我真正开始体力劳动的时候，才发现自己的笨拙和对于劳动的陌生，简单的拉锯，师傅耐心地讲解了很多遍，可每次“我”干完活之后，师傅还要重新再做一遍，有一次还因自己的不小心，手中的锯拐将师傅的鼻子打出了血。劳动的时间虽然已经挺长时间了，可“我”的技术仍旧没什么长进，当师傅训了“我”几句话时，“我”内心知识分子的清高和孤傲便显现出来了：“‘你比我聪明多少呢？一开口就教训人！’”[2]“‘你会拉锯又有啥了不得？’”[3]“我”内心的自言自语和对师傅的不满与瞧不起，也是在改造前和改造过程中知识分子与工农群众之间关系的真实写照，而师傅对我却是关怀备至，

1. 思基：《我的师傅》，载康濯主编：《中国解放区文学书系·小说编》(四)，重庆出版社1992年版，第2136页。
2. 同上书，第2140页。
3. 同上书，第2141页。

在"我"发烧生病的时候体贴的照顾，逐渐感动了"我"，"我"的思想也逐渐发生了改变，到最后，"我"开始唾弃自己的知识分子身份，"'我骨子里充满着美谛克的坏血液，将天天被人嘲笑！美谛克，这是多么卑微的形象呵！滚开，我要健全的生活！'"[1]到此预示着"我"思想改造的完成，也只有通过身体的改造，以工农大众熟悉的生产与生活的方式，让知识分子在工农大众面前感觉到自己的无知和愚笨，从而化解知识分子内心的优越感和高贵感，他们才能完成身份的转型与思想的改变。

方纪的《纺车的力量》中的男主人公沈平也是通过身体改造，即身体劳动的方式达到了思想的转变。沈平是一个大学出身的知识分子，可是"他觉得对付一架纺车，硬是比操纵一部发电机要困难不知多少倍"。[2]花费了一上午的时间，也没能纺织成一条完整的线，他倍感失落和生气，甚至在与老袁的争论中，对"改造思想，与劳动人民结合""劳动改造自然，也改造人类自己"等产生了困惑。直到生产小组长、工人大李对他耐心指导和鼓励，他终于在纺线上有了进步，体会到了劳动的快乐和意义，于是在自己的日记中写道："这是劳动实践对于自己的改造的开

---

1. 思基：《我的师傅》，载康濯主编：《中国解放区文学书系·小说编》(四)，重庆出版社 1992 年版，第 2145 页。
2. 方纪：《纺车的力量》，《解放日报》1945 年 5 月 20 日。

始。”[1]也恰如沈平所说，这只是改造的开始，改造还未完成，过于强调思想的作用而轻视实践的力量使沈平又遭遇诸多挫折与困惑，最终在不断的实践中，在一次次纺纱失败的经验中，在工农阶级的帮助和鼓励下，他完成了思想的改造。“他对纺车发生了一种几乎是‘爱’的情感。而纺车对他，也不再是那样顽皮不驯了，变得逐渐熟悉而亲热起来。”[2]“纺车”在这里更类似一个中间物，或是一个象征物，沈平对纺车前后态度的变化，也暗含着他对工农大众情感的变化，劳动改造也正是要达到这样一种效果，使知识分子对工农群众生产与生活的方方面面都逐渐熟悉和了解，再到热爱，“经过一番从精神到肉体、再从肉体到精神的磨练，沈平终于脱胎换骨，完成洗礼，上了一个层次”。[3]再比如陈学昭具有自传性质的小说《工作着是美丽的》，女主人公，也即知识分子李珊裳一开始在面对纺车时和沈平一样，都感到陌生和手足无措，但在不断的劳动实践中以及在经历过一番精神至肉体、肉体到精神的多次艰难磨炼中，逐渐完成思想的转变，“劳动人民这种细心、耐烦、伟大的牺牲精神，使她只有自惭形秽！”[4]

1. 方纪：《纺车的力量》，《解放日报》1945 年 5 月 20 日。
2. 同上。
3. 李洁非、杨劼：《解读延安——文学、知识分子和文化》，当代中国出版社 2010 年版，第 240 页。
4. 陈学昭：《工作着是美丽的》，浙江人民出版社 1979 年版，第 271 页。

从知识分子在劳动实践过程中的锻造可以看出，身体改造作为对知识分子思想改造方式的一种，具有显著有效的作用，通过让知识分子在一开始劳动时遭遇挫折，正如不识字的工农大众面对文字时一样感到陌生和窘迫，达到一种将心比心的身份错位效果，然后在不断的劳动实践中，逐渐剥去知识分子骄傲的外衣，最终完成身体与思想的“工农化”，“生产劳动能改造人。小资产阶级知识分子只有经过清洁与改造，才能成为无产阶级革命战士，中国的共产主义者”。[1]而且，知识分子深入工农群众的体力劳动实践使得知识分子不再只是“劳动”和“劳动主体”的书写者、旁观者，而是成为实践者、亲历者与当事者。

三、身体改造的影响

这里的影响，主要指经过身体改造后的知识分子，不仅逐渐完成思想的转变，清洗掉小资产阶级的情调和趣味，而且对劳动及劳动主体也有了更为深刻的情感认同，进而影响他们的文艺创作实践，尤其是对爱情的书写。在本节主要以丁玲身体改造后的有关爱情书写的作品为中心，探析改造对知识分子文艺创作的影响。

丁玲在《漫谈恋爱》中这样说道：“对于恋爱这个题

1. 朱鸿召：《延安文人》，广东人民出版社 2001 年版，第 192 页。

目，即使到这个年龄（指八十岁），我也是很感兴趣的。因为恋爱问题和社会生活的各种现象，特别是和文学有着十分密切的关系。要从文学和艺术作品中除掉恋爱和爱情，几乎是不可能的。任何文学都要直接或间接地涉及到恋爱问题。”[1] 丁玲不仅是这样说，纵观她的创作生涯，她也是这样做的。不论是她早期的《梦珂》《莎菲女士的日记》，还是三四十年代到延安以后所创作的《我在霞村的时候》《太阳照在桑干河上》等作品，都直接或间接地触及爱情层面。丁玲对爱情的书写，不仅映射着她对女性命运的思考和关注，而且也勾勒出丁玲在延安前后，或者更为具体地说改造前后的情感状况。

丁玲自1936年到陕北，其实就等于是开始了自己的改造历程，贺桂梅认为丁玲是“最成功地适应了这一思想改造过程的作家之一”，[2] 与她改造的时间（1936—1949年）最为漫长有主要的关系。丁玲上过前线，也与工农群众有过密切的接触，并认真学习过整风和《讲话》精神，决心彻底地完全地改造自己，据陈明回忆：“那时丁玲自觉地全身心投入延安文艺整风运动，在运动中她写了两本学

1. 丁玲：《漫谈恋爱》，载张炯主编：《丁玲全集　8》，河北人民出版社2001年版，第383页。
2. 贺桂梅：《转折的时代——40～50年代作家研究》，山东教育出版社2003年版，第206页。

习心得，一本封面的题目是《脱胎换骨》，另一本是《革面洗心》。”[1] 虽然这两本学习心得并没有保存下来，但通过封面的题目，我们能够强烈地感知到丁玲决心改造的程度。丁玲在《关于立场问题我见》一文中也阐明了自己决心深入工农群众，完成思想改造的决心：“要了解群众感情思想，要写无产阶级，就非同他们一起生活不可，要改变自己，要根本的去掉旧有的一切感情意识，……而是改变我们的情感，整个的改变这个人。只有在群众斗争生活之中才能丰富自己的情感，提高自己的情感，才能摒弃那些个人的感伤，幻想。”[2] 她还指出最为关键的根本问题“应该是靠作家本身有一颗愿意去受苦的决心”。[3] 从这段话中可以看出，丁玲早已做好随时上山下乡、深入工农群众的准备，虽然在 1943 年上山下乡之前，丁玲也去过延安周边的农村，接触那里的农民，体验农村的生活，但“写作中的丁玲却无法摆脱自我先在的社会感觉、审美体验与文学趣味，而常以自我固有感知结构感受、摹写农村、农民”，[4] 并在人物的塑造和故事的发展中带有较为鲜明的知识分子式的

1. 陈明：《丁玲在延安——她不是主张暴露黑暗派的代表人物》，《新文学史料》1993 年第 2 期。
2. 丁玲：《关于立场问题我见》，《谷雨》1942 年第 1 卷第 5 期。
3. 同上。
4. 潘炜旻：《革命文学中的“主体改造”——〈太阳照在桑干河上〉研究省思》，《文艺理论与批评》2021 年第 4 期。

情感流动，例如《夜》，虽然刻画了农村革命中的新农民形象何华明，但对何明华着墨过多的是他在个人情感欲望与革命主体身份之间的摇摆、挣扎，对爱情的描写多过了革命事业的发展。而在下乡运动中，丁玲“又像上前线一样，打背包，裹绑腿，到柳林同老乡一起纺线，改革纺车”，[1]经过体力劳动的手段达到身体改造后的丁玲，对劳动和劳动人民的感情更增加了一份尊重和亲近，思想情感也更为接近工农群众，也更加了解到他们的喜好和审美，如丁玲自己所总结的：“知识分子喜欢绿杨城郭，他们喜欢肥美的庄稼；有的知识分子喜欢谈风月，谈友情、恋爱、女人，他们喜欢谈天气，谈村子上的事，谈打游击，谈土改，谈整风。……是自己的趣味太停留在悠闲的知识分子的情绪上了。”[2]因此，经过劳动改造后的丁玲，对工农群众的趣味有了更深的了解，《太阳照在桑干河上》依然有爱情描写，但丁玲已经能够注意调整爱情在故事发展中所占的比例，并能运用工农群众可以接受的方式和语言进行书写，爱情在作品中所占的比重降低，“劳动”和“劳动主体”的比重增多，小资产阶级的情绪和意识相对减少，爱情也被赋予超越个人情感欲望的狭小范围，指向更为宏大的和工农群众

1. 周良沛：《丁玲传》，北京十月文艺出版社 1993 年版，第 448 页。
2. 丁玲：《知识分子下乡中的问题》，载张炯主编：《丁玲全集　7》，河北人民出版社 2001 年版，第 195 页。

密切相关的劳动和革命相连。

在身体改造之前（1936—1943 年），丁玲作品中涉及爱情描写的小说有两部，即《我在霞村的时候》与《夜》，如果将这一时期的杂文也列入，那么《“三八节”有感》也涉及对妇女爱情和婚姻的思考。而身体改造之后（1943—1949 年）则仅有一部，即 1946 年 11 月开始创作，至 1948 年完成并发表的长篇小说《太阳照在桑干河上》，因为在延安整风运动和《讲话》中爱情常被视作小资产阶级情调和作风的产物，因此，经历过身体改造和思想改造后的作家不得不小心翼翼地处理这一主题，有的作家甚至干脆放弃了这一书写，有的作家在努力寻找这一主题书写的限度，有的作家则努力赋予爱情以“无产阶级”的内涵，以此来获得书写的合理性，因此，总体来说，身体改造后有关爱情书写的作品相对减少。

《太阳照在桑干河上》以“土改运动”作为叙事中心和背景，与劳动和劳动主体（工农群众）紧密相连，正如冯雪峰所指出的，这部小说是丁玲“对于人民的生活与斗争的深入的观察、体验与研究”，[1] 如果没有深入工农群众，没有劳动改造的体验和经历以及对劳动和劳动人民更深层次的认知，丁玲很难创作出这部在当时获得很大认可并在

1. 冯雪峰：《〈太阳照在桑干河上〉在我们文学发展上的意义》，载袁良骏编：《丁玲研究资料》，天津人民出版社 1982 年版，第 340 页。

1951年获斯大林文学奖的作品。而且，与丁玲劳动改造前的作品较为不同的是，这部小说也有对小资产阶级知识分子的刻画，但人物较少，比如小学校教员任国忠，作者是把他作为钱文贵、李子俊等地主阶级的“狗腿子”来描写的，这种对知识分子的贬低以及对地主阶级和工农阶级斗争的强化在丁玲之前的作品中是较为少见的。

而更为显著的变化则是对爱情的书写。《太阳照在桑干河上》中依然有对爱情的描写，但爱情叙事的方式、爱情所承载的内涵以及爱情在小说中所占的比例等都显示了与丁玲改造前有关爱情描写的作品的很大不同。在这部20余万字的被作者分为58个目次的长篇小说中，有关黑妮与程仁的爱情描写只在“五黑妮”“三〇美人计”“四六解放”“五五翻身乐”中出现过，所占比例非常小，而且在这有限的描写中，只有“五黑妮”一节中对两人相识、相爱，但又由于地主钱文贵的阻拦而无法相守做了较为全面的描写，其余涉及黑妮与程仁的章节，都只是一笔带过。例如在“三〇美人计”一节中，地主钱文贵一家极力说服黑妮嫁给程仁，黑妮的姐姐还打“感情牌”，故意回忆起黑妮和程仁甜蜜的过去，好借此打动黑妮，争取程仁，躲过斗争，也只是在黑妮姐姐讲述的过程中，短暂勾起了黑妮的思绪，而程仁只是出现在黑妮的回忆中，两人并没有相见的情节。在“四六解放”一节中，程仁因黑妮的缘故，在斗争地主时，偏袒了地主钱文贵，正在自责，钱文贵的老婆来到程仁家中，许诺把黑妮还有18亩地全给程仁，以此来收买程仁这个农会主任，被程仁坚定地回绝。黑妮也仅仅在程仁的思绪中浮现，两人并没有面对面的交流。在“五五翻身乐”一节中，作者终于描写了两人见面的场景，但只是刻画了黑妮的内心活动，两人并没有言语交流。程仁路上遇见分得一口大缸的黑妮和大伯父钱文富，他热情地同钱文富和黑妮打了招呼，并将缸扛在了自己肩上，黑妮则害羞地红了脸，还“装出好像不是这伙人一样”。[1]爱情在整个叙事中所占比例大幅度减少，黑妮与程仁的爱情也不再像丁玲的《夜》中何华明的爱情一样构成小说的主要叙事线索，作者将叙事中心和重心放在与工农切身利益相关且是他们关心和在乎的“土改运动”层面，而黑妮和程仁的爱情也随着“土改运动”的起伏而浮沉。

而且，不管是《夜》中的何华明还是《太阳照在桑干河上》的程仁，他们在面对爱情时，都经历过内心的挣扎和抉择，所不同的是何华明是在个人情欲和革命身份之间做选择，革命干部的身份不允许他抛弃年老色衰、于他而言只有婚姻没有爱情的妻子，去和一个还未离婚的青联主

1. 丁玲：《太阳照在桑干河上》，人民文学出版社2004年版，第295页。

任的妻子挥洒心中的情欲，这既与革命纪律有所违背，又与社会伦理相抵触，最终无形的革命意识遏制了个人情欲的生长，故事也在一场激烈的内在思想风暴后结束。而程仁的内心挣扎和纠结远没有何华明强烈。程仁一方面想继续同黑妮交往，可现在是农会主任的他“很怕因为这种关系影响了他现在的地位，群众会说他闲话”。[1] 可事实证明，程仁的担心和纠结完全是多余，他和何华明根本就不在同一处境上，他既不需要违背革命纪律，因为“村子上有些干部对黑妮的看法倒不一样，认为她也是被压迫的，还把黑妮吸收到妇女识字班当教员。……她愿意和新的势力靠拢，表示她的进步。她给人的印象不坏”。[2] 所以如果程仁选择黑妮，他既不会违背革命纪律，又能够彻底帮黑妮摆脱地主钱文贵的束缚。而且更不会同社会伦理相抵触，两人都是单身，已经相恋很久，又都是追求进步的人，在村里人看来，两人是很般配的。仅仅因为黑妮是地主钱文贵的侄女，程仁便有意冷淡和疏远她，以此同地主阶级撇清关系，而让人感到困惑的是既然他不选择黑妮，是不想同地主阶级扯上关系，怕在土地清算斗争中倾向和偏袒钱文贵，怕群众说他闲话，怕领导说他工作不力，但他在之后的一次土地清算斗争中还是偏袒了钱文贵，“十一家果地被

1. 丁玲：《太阳照在桑干河上》，人民文学出版社 2004 年版，第 17 页。
2. 同上。

统制的消息时候，其中却没有钱文贵三个字”，[1] 这一结果不仅遭到李子俊老婆的谩骂，而且他自己内心还十分痛苦和自责，这使我们不禁要问：为什么？难道仅仅是如他自己所想：“他没有娶人家闺女，也没有去他们家，他只放在心里悄悄地维护着她，也就是维护了他们，维护了地主阶层的利益。”[2] 程仁的这一行为不仅没有维护好自己农会主任的身份和声誉，反而给地主钱文贵可乘之机，更加笃定只要把黑妮嫁给程仁，在之后的土地清算斗争中，自己还能安然无恙。而且，程仁的这一行为，更使黑妮离他越来越远，本来黑妮就想脱离钱文贵的束缚，和农民阶级的大伯钱文富生活，这样既不会让钱文贵的奸计得逞，又能够和程仁名正言顺在一起，但现在黑妮是进也不是，退也不是，反而陷入两难，两人的爱情如悬在空中，前路更为渺茫。

我们或许可以将这一系列的曲折归结于程仁的某种“情感缺点”，但从中我们更可以发现作者对爱情独特的思考，程仁和黑妮从相识到相爱的时候，黑妮的身份一直是地主钱文贵的侄女，寄居在钱文贵家里，反倒是程仁成为农会主任时，他碍于自己的干部身份，刻意与黑妮疏远，并说着永不娶黑妮的狠话，而黑妮当初和程仁相爱时并没有因为程仁是贫穷的雇农而嫌弃他，反而因为程仁是雇农，

1. 丁玲：《太阳照在桑干河上》，人民文学出版社 2004 年版，第 185 页。
2. 同上书，第 240 页。

两人在情感上更为相通，黑妮更没有因为后来程仁成为领导干部而去巴结攀附他。当程仁被赋予革命的权力时，也意味着更多的责任和义务，他不能因个人的儿女情感而违背革命的进程，也正是在这一意义上，爱情（个体）只有融入革命（集体）才能获得自身的价值，才能有所出路。而程仁内心还是深爱着黑妮，并悄悄维护着她，所以在那次清算中，钱文贵躲过了一劫。从这里也可以看出，革命并没有完全抑制个人情感的表露，或者可以说革命最终的指归还是为了个人的幸福和发展。地主钱文贵被斗倒，暖水屯的土改运动宣告胜利结束的时候，黑妮不再受地主阶级的束缚，也不用再依附地主阶级，从而获得独立的劳动主体身份，她与程仁的爱情也就得到了圆满的结局。

第三章

身体与爱情的风景画

身体与爱情有着密不可分的关联，爱情在身体上发生和完成，身体因爱情而动人，不论是在社会现实层面，还是在文学书写视野，有身体的地方，就有爱情；有爱情的地方，也必然有身体，两者依靠“人”这一共同关涉点相互吸引、彼此成就。当我们开始从身体入手思考和想象文学的时候，身体已经不单单是生理学概念，它可以通往心理，折射心理，在更高层面和更深意义上对文学本身或人自身进行解围与建构。爱情归根结底用最通俗的说法就是两具肉体的相互吸引，以及更高意义上灵魂的契合，正是有了身体，爱情才显得具体而生动，虽然爱情最终要指向心灵和精神的契合，但承载精神意旨的却是鲜活的身体，也正是在这一层面上，爱情作为美学意义上的价值与尺度得到了最大程度的彰显与释放，并以此缓和革命所具有的僵硬性和单调性，“只有借助审美所具有的情感性力量，而非单纯的政治口号和理论宣传，革命的感召力和权力的控制才会旷日持久、深入人心”。[1] 正如伊格尔顿所说：“美学是作为有关肉体的话语而诞生的。……审美是朴素唯物主义的首次冲动——这种冲动是肉体对理论专制的长期而无言的反叛的结果。”[2] 但身体与肉体又是有所区别的概念，周与沉认为：“肉体是纯生理概念，身体则牵涉到无形的精神、心灵、情意，是生理、心理所交相容与容构而成的共同体。”[3] 也正因为如此，爱情所彰显与释放的审美属性在很大程度上与身体有着密不可分的关联，身体辅助与促成爱情审美意义的最终完成与呈现。

“身体是我们赖以栖居的大社会和小社会所共有的美好工具。”[4] 在全民族抗战的革命年代，尤其是在共产党所领导的解放区，为了民族的解放和个人的幸福，身体已不是单纯生理学意义上的实指，它被赋予、被定义，甚至被规训和改造为更符合这一特定地域空间所需要、所希望的能指，正如特纳指出的：“一个社会的主要政治与个人问题都集中在身体上并通过身体得以表现。”[5] 当身体承载着特定时期、地域

1. 李蓉：《中国现代文学的身体阐释》，中国社会科学出版社 2009 年版，第 105 页。
2. ［英］特里·伊格尔顿：《美学意识形态》，王杰、傅德根、麦永雄译，广西师范大学出版社 1997 年版，第 1 页。
3. 周与沉：《身体：思想与修行》，中国社会科学出版社 2005 年版，第 87 页。
4. ［美］奥尼尔：《身体形态：现代社会的五种身体》，张旭春译，春风文艺出版社 1999 年版，第 8 页。
5. ［英］布莱恩·特纳：《身体与社会》，马海良等译，春风文艺出版社 2000 年版，第 1 页。

所赋予的诸多内容时，它与爱情之间就多了一种心照不宣的契约精神。也就是说，当身体符合或满足了革命的期待，爱情也就不仅仅是个人的私事，它跟随身体一起融入革命的宏大叙事，并在此完成自身的言说。而身体作为爱情的一种视觉语言，先在地、直观地构建出爱情美丽的图景，它蕴含着爱情诸多密码，爱情的许多答案需要从身体中寻找，千百万种身体，就有千百万种爱情，身体不同，爱情对象的选择、爱情标准的确立、爱情的走向与结局等也呈现出巨大的差异。

但身体不是孤立、绝缘的存在，也从来不是绝对自由的，它总是处于社会、政治、经济等因素之中，并受它们的影响和制约，如米歇尔·福柯所说："在任何一个社会里，人体都受到极其严厉的权力的控制，那些权力强加给它各种压力、限制或义务。"[1]因此，完美的、理想的身体在现实中并不存在，或者说它只存在于想象或权力文本的构建中，这就决定了真正完美的、理想的爱情在现实中也并不存在，尤其是在全民族抗战的革命年代，所谓爱情的多彩和迷人只是身体处于理想状态下的一种完美呈现，革命成为延安时期身体与爱情相互关联的重要的宏观力量，也就是说，身体与爱情的最终呈现必然经历过革命的塑形与建构。但身体也具有能动的反作用，通过对自身进行一定

1. ［法］米歇尔·福柯：《规训与惩罚：监狱的诞生》，刘北成、杨远婴译，生活·读书·新知三联书店 1999 年版，第 155 页。

的修剪、塑形、剔除，乃至虐待，以此来表达内在精神的欲求。只不过这种表达是一种有限度的表达。比如鲁迅所作《头发的故事》《风波》《阿Q正传》等，辫子的剪与留，既意味着改朝换代，也意味着身家性命之忧。

同时，身体区分性别，或者说身体本身就包含性别——男性身体和女性身体，身体的性别差异，使得革命作用于男性身体与女性身体的“力”并不均衡，这就为身体的自主性、自由性营造了一定的空间。在延安语境中，“身体”是在整体、宏观的环境中有所规约，在局部、微小的私密空间中又有一定的自由，常常体现为个人情感的安放与表达在宏大的革命叙事与强烈的意识形态下有选择性地收缩与抑制，尤其是作为个人浓厚情感形式之一的爱情，在“身体”的规约与自由之间，呈现出一定的潜隐与显露。但以往研究者将焦点更多地倾注于女性身体，而忽视了同样作为爱情主体必不可少的男性身体的重要性，只有两者兼顾，才能全面而深入地理解与把握身体与爱情的交织、互动与影响，也才能深刻地感知个人情感在现代性进程中的意义与价值。

第一节　女性身体与爱情

波伏娃有句至理名言至今仍广为流传：“女人并不是生

就的，而宁可说是逐渐形成的。”[1] 波伏娃更为强调的是除生理或生物因素以外的其他因素（主要指社会因素）对女性性别形成的独特作用。而历史在不断前进，社会也在不断发展，女性也就处于不断被建构和重新定义的动态发展过程，女性的身体也在不断被发现。在某一特定历史阶段内，女性及女性身体的建构和定义具有一种相对稳定的状态，由这一时代的社会与文化决定，并反映着这一时代的社会关系与文化生活。

自封建社会起，女性就处于被压迫、被支配的地位，而这一地位也间接决定了女性在爱情里很难拥有话语权、主动权与选择权，她们通常都是被建构、被选择的一方，爱情的主动权和选择权由男性控制着，女性只是这场爱情电影里不可缺少但又没有台词的配角，服务和服从于男性的安排。因此，当五四凸显了人，强调了人的价值和意义的时候，女性意识也逐渐觉醒，她们希望能做出改变以此来松动，乃至挣脱那些束缚她们恋爱自由的枷锁，但囿于生理特征、社会传统等因素，她们不可能像男性一样通过武力、暴力等来实现这一目标，最划算也最可行的便是改变自身，对自身身体进行塑造。刘传霞认为：“性别是建构的，主要是由文化所建构的，从根本上说它是一种自我身

1.［法］西蒙娜·德·波伏娃:《第二性》，李强选译，西苑出版社 2004 年版，第 289 页。

份认同，一种文化身份认同，它与种族、国家、民族、阶级等身份的认同交织在一起。”[1]传统的文化将女性最大的功能框定于生儿育女和相夫教子，女性的身体也仅仅活跃于家庭这一狭小的范围之内，爱情也只是悬浮于女性身体之外的痴心妄想，而要打破这一束缚，就必须重新审视自己的性别，对身体进行一次突围与建构。当然，我们也需要注意到，这一改变和塑造的过程，最初可能是个人囿于社会因素而自发自觉的一种行为，但发展到延安时期已不单单是一种个人行为，其中也有政治、革命等多种因素的共同参与和作用，最终演变为一种集体的自觉行为，其中所体现的不仅仅是女性意识的觉醒，也是个体走向集体的思想轨迹的有力显现。同时，这样一种集体行为，也意味着女性的个性在共性中的弱化，女性除了在长相上还保持着与男性先天性的差异外，在其他方面，如服饰、发型等方面已无差别，女性身体已然成为革命叙事的一种话语表达，其实也暗含着爱情对革命的依附。

一、男性化的身体

女性性别特征的男性化，或者说对女性性别特征的遮掩不仅是延安时期文学对女性性别特征书写的主流表征，

1. 刘传霞:《被建构的女性：中国现代文学社会性别研究》，齐鲁书社 2007 年版，第 15 页。

而且也是社会现实生活中的一种新的审美风尚。女性与革命发生深层互动，并在革命实践中展示自身积极力量时，那些与革命不相称的传统女性的柔弱、娇羞等在革命的宏大叙事中自动剥落，代之以强健、粗犷等较为男性化的特征，从而在革命和其他社会活动中显示出女性的一种全新面貌与精神状态。这与左翼时期“女性形象在男性的文本中更多的是处于‘被看’的境地，女性身体也只是被利用的客体。它实际上成为革命男性的欲望化对象和革命映射的物质化身体”。[1]

同时，延安文学中女性男性化的身体也建构了共和国文学，尤其是共和国50至70年代文学新女性的雏形，爱情、婚姻、家庭等不再是她们生命的全部，也不再是捆绑、束缚她们的情感羁绊，即使在爱情、婚姻中遭遇挫折和伤心，她们总能在其他方面找到心灵的慰藉，并迅速从情感的失败中走出，仿佛爱情、婚姻只是她们成为新女性的一个台阶、一种历练，一次在理论上取得与男性平等对话的尝试，但绝不是心灵的归宿，也不是人生全部意义所在。因此，对于这些女性来说，在情感（特指爱情）方面，她们是流浪者，爱情不会也绝不是让她们停下驻足和安放情感的居留地；在其他方面（如革命、

1. 张凌江：《“革命减爱情”——现代女作家革命主题文学书写侧论》，《南开学报（哲学社会科学版）》2010年第6期。

社会），她们却是丰收者，她们在这里找到了女性存在的价值与意义，并在这里收获了爱情所无法给予的社会认可。

头发、小脚、服饰等具有丰富的文化内涵与社会意义，如黄晓华所说："与服饰相似，头发这一身体的附生物，在人类历史上也被赋予丰富的文化内涵。"[1]周作人对头发这样描述："最要紧的乃是这头发的象征，——即是主君对于臣仆，男子对于女子的主权。"[2]正是因为服饰不单单是遮蔽身体的装饰物，同时也是身体的符号代码，蕴含着丰富的文化意蕴与时代要素，因此，它们往往成为革命"革"的重要对象，"剪去辫子与放脚，表面上看去象是小事情，其实意义并不十分小。辫子剪去是脱离了清朝帝制的统治，尤其是女子放脚，表示从玩物里解放出来，回到人的、可以从事劳动的生活里"。[3]对于"身体"来说，遮蔽与凸显它的服饰发生了变化，意味着存在身体里的因循固定的旧观念被打破，新的观念诞生，从而带来对身体的重新审视与思考。女性关注自己的身体，并对身体进行塑造与改变，

---

1. 黄晓华：《现代人建构的身体维度：中国现代文学身体意识论》，中国社会科学出版社 2008 年版，第 54 页。
2. 周作人：《剪发之一考察》，载钟叔河编：《周作人文类编 · 上下身》，湖南文艺出版社 1998 年版，第 250 页。
3. 周建人：《民主与生活》，载中国民主促进会中央宣传部编：《周建人文选》，中国文史出版社 1988 年版，第 49 页。

这种行为不仅是对传统礼教的反叛，是女性意识觉醒的标识，同时也是一种革命进步的表征。正如黄子平所说："革命是用暴力改变社会体系的社会行为，革命也改变了人们在历史时空中的位置，革命改变了人们的身体（头发的故事，三寸金莲的故事），革命也可能改变了人们谈论和阅读自己身体的方式。"[1] 这是同一问题的两个方面，革命必然带来身体的改变，革命为身体冲破传统的藩篱提供了动机与支撑，这也就决定了身体的改变必然要符合革命的期待。同时，身体也是革命发展与深入的标识，带有革命在美学意义上思考的痕迹。

女性身体的男性化主要通过剪短发、不再裹小脚、穿戴具有男性色彩的服饰等实现，它们共同构成了身体视觉化的、直观的外在表征，同时它们又蕴涵着丰富的社会、文化等因素，是身体的符号代码，可象征或表明身体的性别、身份等，它们既以身体为依托，同时又是身体内在精神与气质的外在彰显，正如张贤根在《遮蔽与显露的游戏：服饰艺术与身体美学》中所说："服饰在对身体加以遮蔽的同时，其实又显现了身体自身的存在。服饰对身体的遮蔽与显露，关切于身体及其需求、欲望的生成和表达。而且，服饰与身体的文本化及其交织与互文，成为了服饰艺

1. 黄子平：《革命·性·长篇小说——以茅盾的创作为例》，《文艺理论研究》1996 年第 3 期。

术与身体美学建构的生成性基础。”[1]服饰的意义与价值产生于外在力量，如权力、思想、政治、社会等，这种力量又内在地与服饰的“承载物”——身体发生关联，从而使两者形成一种深层互动，因此我们才能从服饰的“外衣”下感知与把握内在身体的律动。福格尔在《服装心理学》中更为形象地揭示出了身体与服饰的内在关联：“我们真正见到和反应的除了面孔和手之外……不是肉体，而是那些包围着我们的衣服。我们遇见同类的时候，从他们底衣服上，我们就形成了最初第一个印象。……。衣服是一个人的间接表现，……，因而在还没有对他底仪表和谈吐作较精细的分析之前，我们对他底行为就能做出一种初步的适应。这是藏在里面的四肢所授予衣服的运动。”[2]一个人外在的、身体的装扮，往往是其内心情感与思想的可显现的投射，并在给他人的第一印象塑造中起到至关重要的作用。这也常常成为爱情发生的契机，是开启爱情之门的关键钥匙。

作为五四新文化运动最重要的代表人物的鲁迅，在小说《伤逝》中就已经通过女主人公服装、发型等外在装扮的变化暗示了男女主人公爱情的走向与结局。子君在五四

---

1. 张贤根：《遮蔽与显露的游戏：服饰艺术与身体美学》，武汉大学出版社2017年版，第2页。
2. ［德］福格尔：《服装心理学》，孙贵定、刘季伯译，商务印书馆1936年版，第1—2页。

浪潮中剪去了长发，“况且她又这样地终日汗流满面，短发都粘在脑额上；两只手又只是这样地粗糙起来”。[1] 短发是“五四”时期新女性重要的外形特征，常常意味着女性打破“父母之命，媒妁之言”的束缚，是渴求自由恋爱的表现。中国女作家苏青在自传性作品《涛》中讲述了自己因为反抗专制剪去了长发，而被五姑母认为是“一定是要自由恋爱，所以剪头发”。[2] 由此可见，女性剪去长发在当时具有相当的普遍性和代表意义，被看作自由追求爱情的表现与象征。《伤逝》中的子君正是如此，她的身上有着五四时期新女性最直观的特征——短发，因此我们便能理解她为什么敢于挣脱家庭礼教的束缚，勇敢地同涓生相爱。子君和涓生爱情的悲剧结局，鲁迅在故事的开篇就已经用子君的服饰预示：“于是就看见带着笑涡的苍白的圆脸，苍白的瘦的臂膊，布的有条纹的衫子，玄色的裙。”这是故事开篇涓生在期待子君到来时的想象，从这里可以看出，子君虽然剪了短发，具备了新女性的外观特征之一，但实际上仍是一种并不彻底的反叛姿态，在现实环境巨大的压力下会有动摇和退缩，因为子君依然身着“玄色的裙”，“裙子”在这里不仅是子君性别特征改变得不彻底而导致的思想困境和爱情悲剧，而且也暗含着子君所处的时代，女性依然在

1. 鲁迅：《鲁迅小说集》，人民文学出版社 1999 年版，第 251 页。
2. 苏青：《涛》，载《苏青文集》（下册），上海书店出版社 1994 年版，第 299 页。

传统的束缚下生存，并没有一种可供女性依靠和信赖的力量为她们指明出路，女性即使出走，也会落入无路可走的尴尬境地。

而女性能走向哪里，爱情的出路又在哪里的疑问，在延安得到了答案。力群《野姑娘的故事》中的女主人公贵莲自幼丧母，迷信且重男轻女的父亲将妻子的死归因于贵莲，常对贵莲进行殴打辱骂，在贵莲16岁的时候，计划将她卖掉用来偿还债务及再讨一个老婆。但计划最终落空与失败，原因并不是贵莲本人的拒绝和反抗，而是因为贵莲属羊的生肖容易克夫和她那双没来得及裹的大脚。嫁不出去的贵莲只能每日继续做着繁重的家务和农活以及忍受父亲的打骂。直到革命到来，贵莲加入革命军队，并悄悄随部队离开了村庄，她的命运才发生了转变，苦难的日子才宣告结束。现在的她在共产党部队的随营学校里学习，并给自己起名叫张秀英，生活发生了翻天覆地的变化，最为直观的体现首先是在服饰方面的改变，在未加入革命队伍之前，贵莲“头发永远是乱蓬蓬的，里面还夹杂着飞土与毛草，辫子是翘着的，像一条猪尾巴；面孔呢，是鼻涕涎水的；衣服是又脏又破”。[1]这样的形象，不仅无法赢得爱情，也无法赢得人们的好感，“这样的一个不出色的毛丫

1. 力群:《野姑娘的故事》,《文艺战线》1939年第1卷第5号。

头，谁见了能觉得顺眼，谁见了会不恶心呢？”[1]但加入革命队伍之后，贵莲的形象有了天翻地覆的变化，不仅赢得了人们的尊重，也赢得了很多男同志的喜爱，“那些女生们来的时候大都拖着一条长辫子，但是一进学校就都剪成短发了”。[2]短发依然是女性性别特征遮掩的一种方式，同时也是女性新思想萌芽与产生的一种表现形式，但在抗战的烽火中，它已经不同于五四时期常被看作女性自由恋爱的象征，它仍然具有女性反叛传统礼教与开启一种新的生活方式的含义，但更代表革命纪律的要求与规范，是女性解放的标志，“总之她（张秀英）现在和其她女生一样，穿的是灰色的军衣，黑色的军鞋，而且还打着绑腿，扎着皮带”。[3]正如美国记者海伦·福斯特·斯诺在《一个女记者的传奇》一书中对延安女性的着装所描述的：“我喜欢什么时候都穿长裤。这是真正的解放。那时候，在中国的外国妇女几乎从来不穿长裤，除非到户外旅行才穿长裤。延安是百分之百地长裤化了。”“在共产党人里面，除了女人们通常把头发留得长一些以外，你很难区分男女。”[4]长裤、军装、短发等作为具有男性化色彩的服饰，不仅在生理层面

1. 力群：《野姑娘的故事》,《文艺战线》1939 年第 1 卷第 5 号。
2. 同上。
3. 同上。
4. ［美］海伦·福斯特·斯诺：《一个女记者的传奇》，汪溪、方云、阎绍生译，新华出版社 1986 年版，第 274 页。

模糊了女性的性别特征，而且更为重要的是它使女性在行为、心理等层面更多地向男性靠拢，它剥落了女性给人的柔弱、羞涩等固有印象，它是女性告别过去的自己、迈向革命队伍、坚定革命信念的显著体现。

正是因为女性性别特征的遮掩所具有的象征意义，张秀英加入革命队伍后在服饰方面的改变，也为她启开了爱情之门，“这自然了，有一些男同志自然要向张秀英追求的，有的给她写情书，有的而且竟每天要到她这里来，来了就请她的客，接着就说东道西，大谈其工作与学习的大道理，但结局总是说到我们的女主角身上”。[1] 这与张秀英之前在村庄里无论如何也找不到婆家形成了鲜明对比。当然，这首先应归功于革命，如果张秀英不参加革命，她也就不会作出这些改变，也无法赢得这么多同志的追求，但这更无法忽视张秀英剪短发、穿军装等服饰的改变，因为这些是革命进步的表现，是革命年代新女性的重要表征之一，毕竟即使参加了革命，谁也不愿意同一个革命落后分子恋爱。更为可贵的是，张秀英在革命和爱情面前，选择了革命，“‘同志，我是顶顶老实，顶顶没有学问的，你这样子每天来，我知道，你是想要恋爱我的，可是，这不大好的，这要妨碍你的工作与学习的……’就这样的，许多

1. 力群：《野姑娘的故事》，《文艺战线》1939 年第 1 卷第 5 号。

求爱的人就被她教训回去了”。[1]在张秀英看来，在革命正进行得如火如荼的时候恋爱，是会影响革命的，也会妨碍一个人进步。

再比如梁彦的小说《磨麦女》，主要讲述了女主人公桂英因为家里穷，父母将她卖给了有钱有势的戴家，做了戴家三儿子的媳妇。在戴家，桂英受尽折磨和压迫，公公、婆婆还有家里的二嫂都把脏活累活给桂英干，还经常借机对桂英进行打骂。直到妇女训练班来到这个县上，戴老头子和戴老太太为了讨好妇女训练班，将自家的空房借给了训练班，桂英也借此机会认识了训练班的章同志和伍同志。桂英不仅从章同志和伍同志那里认识了很多字，而且也对自身作为妇女的权利等有了更深的理解和感悟。最后在章同志、伍同志和县政府的帮助下桂英同戴家三儿子解除了婚约，还参加革命，从事妇女工作。也正是在这里，桂英感受到了家的温暖，亲人的鼓励和真情，找到了自己人生努力的方向和意义。

在小说的开始，戴老太太因为嫌弃桂英磨麦慢，就故意找茬对桂英又打又骂，可怜的桂英只好求助革命者章同志，章同志在戴家前院里听到桂英的求助，就赶来戴家后院，这也是桂英第一次见到章同志，文中对章同志是这样

1. 力群：《野姑娘的故事》，《文艺战线》1939 年第 1 卷第 5 号。

描写的："在一阵混乱的骚扰中，出现了一位身着灰布列宁装，眉宇间显露着聪敏和沉毅，体态很匀称，长得清清的（按当地习惯说法）队伍里的女同志。"[1]"灰布列宁装"是延安时期革命队伍普遍的着装，不分男女，不分普通战士和领导干部。着装的统一，体现了革命队伍里没有性别歧视，也没有职位高低贵贱之别，它是人人平等的体现。对于普通民众来说，灰布列宁装是中国共产党的显著外在体现，是值得信赖和依靠的力量，也正是如此，桂英在受婆婆折磨和欺侮的时候，首先求助和呼喊的是革命者的名字。革命者外在的、直观的着装、发型已不单单是一种装扮，它是中国共产党的历史发展、形象建构等多方面综合作用下的产物，它也是一种象征，一种符号，一条拉近和连接与普通民众距离的纽带。

在小说的最后，桂英加入革命队伍，做的第一件事就是外在的改变——剪短发、穿军装。当然，这一外在的改变是桂英内心的变化所引起的，是桂英先在内心上、思想上对自身、对女性、对革命等有了深刻的认识和变化之后，引起了外在形态的变化："等明儿，好好地换一套军装，也就跟女同志一个样了。""桂英坐在凳上，已经解开了发髻。""没等桂英回答，一缕缕的长发已经递在桂英

1. 梁彦：《磨麦女》，载刘润为主编：《延安文艺大系 · 小说卷》，湖南文艺出版社 2015 年版，第 153 页。

的手里。”[1] 革命队伍中的女同志在没有加入革命队伍的时候，和桂英一样，也和成千上万的普通妇女一样，受着来自旧家庭的压迫和欺侮，她们感受不到自身存在的意义和价值，是革命带给了她们启发和方向，而穿军装、剪短发既是她们同过去的自己说再见，也是对自己身份的重新确认和对革命、对党这一集体的加入和依靠，“革命女性男性化的过程，实际上就是融入力量强大的‘集体’之中的过程”。[2] 身体的改造意味着对革命的体认，也意味着爱情和婚姻开始掌握在女性自己手里：桂英最后在没有征得她那流氓丈夫的同意下单方面宣布离婚，得到了政府的许可。

二、卫生化的身体

卫生化的身体，不仅是运用现代性的医疗技术对女性身体进行诊断与治疗，也意味着运用革命性的话语制度对女性身体进行革新与塑造，这一行为具有生理与精神双重层面的内涵（既是一种身体维护，也是一种情感实践），它将女性，尤其是将农村女性从封建迷信的束缚与压迫中解放出来，向着文明、科学与健康等现代化进程走去，“疾

1. 梁彦：《磨麦女》，载刘润为主编：《延安文艺大系・小说卷》，湖南文艺出版社 2015 年版，第 173 页。
2. 李跃力：《革命与文学的深层互动：中国现代文学中的“革命话语”研究》，中国社会科学出版社 2013 年版，第 89 页。

病不仅仅是一种生理事实，在任何时代，都包含着社会文化心理内容，文学中对疾病的描写更是时代与社会的折射”。[1] 虽然卫生问题不仅关涉女性，也涉及男性，但是女性卫生化的身体有着不同于男性更为独特的价值与内涵，它所彰显的不仅是农村女性向新女性转换的身体标识，同时也是中国共产党建设现代化农村的一种雏形与经验，“而教育家庭妇女使能够、了解卫生常识，尤为工作中的中心环节”。[2] 因此可以说，女性卫生化的身体是符合革命期待与要求的健康的身体，是展现女性全新自我的现代性的身体，同时也是备受爱情青睐的身体。

卫生问题与个人健康密切相关，并对革命成败具有重要影响，因此对卫生问题的重视与关注首先与革命紧密相连。《解放日报》1941 年 11 月 24 日在《卫生》专栏刊登李富春《发刊词》，文章表达了对卫生问题的重视，并赋予其政治、军事和经济等多重意义：“今天，在延安，在全中国讲求卫生，发展卫生运动，使新中国的新人活泼泼地精神焕发，心身喜悦，坚强抗战必胜信心，有着严重的政治意义。今天，在延安，在全中国讲求卫生，发展卫生运动，

1. 黄晓华：《现代人建构的身体维度：中国现代文学身体意识论》，中国社会科学出版社 2008 年版，第 118 页。
2. 陕西省档案馆、陕西省社会科学院编：《陕甘宁边区政府文件选编》（第 8 辑），档案出版社 1988 年版，第 430—431 页。

使新中国的新人不仅具有铁的意志，而且具有坚强不拔的体魄，应付来日大难，如铁似钢，胜任愉快。……这，有着严重的军事意义。今天，在延安，在全中国讲求卫生，发展卫生运动，使新中国的新人，防患于未然，减少疾病，不仅解除治疗和休养的痛苦，而且节省巨额治疗医药费用，这又有着积极的经济意义。”[1] 陕北农村医疗卫生条件差，疾病较多，《解放日报》1941 年 10 月 4 日第四版刊登的一则通讯报道中说道：“今夏传染病为白喉、麻疹、赤痢、伤寒等，甘泉三个区患者八七六人，死亡一八六人，小儿占三分之二。所到区域，男女有性病及妇女月经不调者占百分之七十以上。”[2] 由于医疗卫生设施落后，婴儿的死亡率高，其他传染病（如白喉、麻疹等）也在威胁着不同年龄段人民群众的健康和生命，尤其是男女性病及女性的一些妇科疾病所占比例较大，这对于革命都是不利的因素。因此，普及医疗卫生知识，提高人们身体健康水平在此时期显得尤为迫切和重要。

而更为重要的是，运用现代化的医疗技术对民众进行治疗，势必会遭遇传统封建力量的阻挠，尤其是那些长久存在于农村的巫术、迷信等古老的“身体治疗”技术，这

1. 李富春：《发刊词》，《解放日报》1941 年 11 月 24 日。
2.《边区半年来卫生工作展开防疫队深入农村工作》，《解放日报》1941 年 10 月 4 日。

是两种话语权力的碰撞与对抗，是现代与传统、科学与迷信、开放与保守的艰难而漫长的“厮杀”，是对民众、民心的一场争夺。正如黄晓华所说：“对于解放区农村而言，普及现代医学不仅是一项艰巨的启蒙任务，也是一项重要的政治任务，身体治理权的争夺同时也是一种人心的争夺。”[1] 作为中共领导人的毛泽东早已意识到卫生问题的重要性，1944 年 3 月 22 日毛泽东在中共中央宣传委员会召开的宣传工作会议上的讲话《关于陕甘宁边区的文化教育问题》中将卫生问题放置于文化层面：“卫生问题是边区群众生活中一个极严重的问题，现在也把它放在文化问题里面讲一讲。……边区群众中的迷信现象，现在比以前少多了，但是还不能消灭，其中一个最主要的原因就是医药卫生工作还不普及。群众没有旁的方法战胜疾病、死亡的威胁，只有相信神仙。”[2] 葛洛发表于 1945 年的小说《卫生组长》便是对这一现象的生动诠释。老乔是被村民推选出的卫生组长，他所在的村庄具有明显的典型性：“原是一个很落后的村子，卫生一点也不讲。村子里到处都是牲口粪，满年四季不打扫。人们天天都不洗手，不洗脸，吃着不干

1. 黄晓华：《现代人建构的身体维度：中国现代文学身体意识论》，中国社会科学出版社 2008 年版，第 281 页。
2. 中共中央文献研究室编：《毛泽东文集》（第三卷），人民出版社 1996 年版，第 119 页。

净的东西。婆姨养娃娃，到牲口圈里去养。什么时候得了病，就请神官马脚来治。人人都是封建迷信脑袋，像榆木疙瘩一样，三斧子五斧子劈不开。”[1]“卫生”作为现代性的一种表征，当它从城市闯入封闭的农村，所遭受的阻力是巨大的，因此，当老乔呼吁大家讲卫生，改掉自身不好的习惯时，却被村民嘲笑与敷衍。老乔的妻子生了病，请的医生还没有来，老乔的母亲和丈母娘瞒着老乔，请村里的巫神高金锁来看病，所幸从区政府请来的医生及时赶到，将老乔的妻子从危险中抢救过来，医生解释道，这是一种传染病，其他村已经有很多人感染了，医生及时抢救，很多病人才脱离危险，但高家沟高老头的年轻女子李树荣却死了，因为“她家老人不送她去县城医院治病，却请来巫神糊弄人。韩医生刚到石家畔，她家还相信巫神，不相信医生，不愿让韩医生给她看病。临死时候，巫神还在她家里。……”[2]封建思想根深蒂固，卫生作为一种现代文明的象征，要真正走入农村，走进农民心里，甚至是完成卫生化的身体塑造，还要走漫长而艰难的一段路程。

对于农村女性而言，意义更为深远，路程也更为艰难。美国记者杰克·贝尔登在访问延安时，也注意到了这一问题：“在山区，有些人不仅相信狐仙和各种神怪的传说，而

1. 葛洛:《卫生组长》,《解放日报》1945 年 5 月 12 日。
2. 同上。

且常常受乡村巫婆的摆布，这些巫婆向他们灌输世界其他地方在一千年前就已消失的迷信思想。老百姓没有牙刷，不爱洗手、洗脸，也不爱剪指甲、理发。妇女没有剪短发的，很多人还缠足。”[1]《卫生组长》中生病的主体是卫生组长老乔的媳妇，但从头至尾老乔的媳妇作为急于等待治疗的身体，从未对自己的“病体”作过决断与发言，她的身体具有了隐喻和象征的内蕴，她的生命被握在老乔和母亲的手里，而这又是两股相互抗衡的力量，老乔坚持请延安医院的医生给她治疗，“我是全村推举的卫生组长，谁敢破坏我们村的卫生公约，哪怕他是玉皇大帝、西天老母，我也要动一动他头上的土！”[2]而另一边是老乔的丈母娘和母亲坚持请巫神给她看病，“人是我一口奶一口饭养大的，而今要怎样摆布，都由了他啦？”“女子是我的，今天我偏要请法师，看哪个敢来挡我！”[3]老乔的妻子，即生病的主体成为任人摆布和互相争夺的符号，老乔以卫生组长的权力身份坚决地同阻碍现代化进程的封建和传统作斗争，老乔的丈母娘和母亲则以血缘和事实的层面（即女儿是我养大的，她的生死都应该听我的立场），同老乔争夺女儿身体的

1. ［美］杰克·贝尔登：《中国震撼世界》，邱应觉等译，北京出版社 1980 年版，第 140 页。
2. 葛洛：《卫生组长》，《解放日报》1945 年 5 月 12 日。
3. 同上。

控制权和话语权，最终权力压倒了血缘，权力证明了现代医疗卫生的正确性和重要性。当旧有的话语在新的权力话语或革命话语面前败下阵来，女性的身体便焕发出新的生机，带有更光明与更理想的色彩，女性的身体得到了前所未有的凸显。女性卫生化的身体，既是新女性的表征，也对与女性切身相关的家庭、婚姻、爱情等有着重要的影响。

《解放日报》1942 年 1 月 19 日星期一第四版刊登曲正《恋爱与卫生》一文，文章从花柳病的种类、花柳病的传染、传染以后如何治疗、怎样预防四个方面对威胁女性爱情与健康的花柳病进行了较为细致和科学的介绍。[1] 文章指出，“花柳病”作为性病的一种，在卫生医疗水平较低的延安时期，具有非常大的危害性，不仅对于男女青年的身体、恋爱等是巨大的威胁，而且更为重要的是男女青年作为抗战的主体，一旦染上花柳病，对于革命的发展又有着重大的阻碍作用。因此，女性卫生化的身体在这一层面上又得到了拓展与深化，讲卫生、注重身体健康、抛去封建思想的束缚是卫生化的一个方面，女性失贞的身体，或者是从事娼妓行业（以及由此而染上的性病等）的身体也是女性身体卫生化所蕴含的另一方面，两者共同构成女性卫生化的身体的完整内涵，并直接或间接地对爱情有着不可

1. 曲正：《恋爱与卫生》，《解放日报》1942 年 1 月 19 日。

估量的作用。

例如小说《我在霞村的时候》，丁玲利用自己富有洞察力的思考在基本符合原故事的前提下，融入了自己的创造，将主人公贞贞失贞的身体（卫生化的身体）与爱情有效而天然地结合在一起，“爱情”既是作者有意植入的文学想象，也是借以表达自己对女性命运思考的言说舞台。在传统观念中，失去了贞操的女性，身体通常是残缺的，而且也是不卫生和不健康的，常常是被唾弃与鄙夷的，而这些也直接影响着贞贞爱情的选择与走向。

男主人公夏大宝在贞贞被日本人抓走后，经常来照看贞贞的父母，当贞贞回来后，“尤其当现在的贞贞被很多人糟蹋过，染上了不名誉的，难医的病症的时候，他还能耐心的来看视她，向她的父母提出要求，他不嫌弃她，不怕别人笑骂”。[1] 丁玲似乎借此表达了爱情的伟大与坚毅，即使贞贞被日寇糟蹋过的身体，在父母那里、在村民那里，甚至在贞贞自己心里，都无法原谅，但在爱她的人（夏大宝）面前，贞贞的身体依然是完整无缺的。小说最后，当贞贞的身体在延安得到治疗后，她的疾病的身体便不复存在，重新出现在大众视野的则是一副健康、卫生的身体。这样的设置，无疑体现的是同为现代性话语的革命对身体

1. 丁玲：《我在霞村的时候》，《中国文化》1941 年第 3 卷第 1 期。

的“卫生”的重新定义。

再比如马烽于1948年11月创作的作品《金宝娘》，描写的也是一个失贞的女性所遭受的坎坷与艰苦，所不同的是，翠翠（金宝娘）所遭受的苦难与辛酸似乎更沉重一些，在她一岁的时候跟着父母逃难到店头村，父母养活不起，于是李根元的娘用五升米将其换来作童养媳，一家人靠租种村中财主刘守忠的20多亩地为生，刘守忠的儿子刘贵财却对金宝娘觊觎已久。有次，刘贵财调戏金宝娘，刚好被割谷回来的根元逮着，将刘贵财揍了一顿。自此，金宝娘一家的贫困生活更加艰难，先是刘贵财将租给根元家的20亩地收了回去，然后利用村团长的身份将根元污蔑为共产党，关在村公所，心急如焚的翠翠半夜时用镘头将村公所的土墙刨了个洞，才将根元救出来。为了活命，根元便逃离了村庄。根元走后，生活的重担全压在翠翠身上，上有老，下有小，再加上刘贵财的逼迫，翠翠最终只能靠出卖自己的身体养家糊口，勉强度日。女性失去贞操的身体，尤其是沦为娼妓，不论是处于生存经济的压力，还是革命的因素，都无法得到人们的谅解，“以前接日本人、警备队，后来又接晋绥军，烂货！”[1]不仅翠翠遭受着村民的谩骂与诋毁，金宝也常被其他小伙伴欺负。土地

1. 马烽：《金宝娘》，载康濯主编：《中国解放区文学书系·小说编》(一)，重庆出版社1992年版，第112页。

改革之后，翠翠不再从事娼妓职业，但人们依然对她避而远之，在背后奚落嘲笑她，就连被分配到店头村进行土地改革的“我”，第一次见到金宝娘时，也是厌恶和躲避的反应，直到在一次贫下中农代表会上从别人口中了解了金宝娘的身世和经历，才逐渐改变看法。最终在革命的帮助下，刘贵财等被斗倒，金宝娘也分到了土地，生活逐渐好转起来，最后离家多年，生死不明的丈夫也重新回到了身边。

小说中的一些细节，对于我们更好地理解身体与爱情之间的关系以及作家在革命年代通过身体书写传达出的情感意蕴有很大的启发和帮助。在小说的开篇，“我”第一次见到金宝娘时，金宝娘的形象是“惨白的脸上有很多皱纹，眼圈发黑，宽裤腿，还穿着一对破旧了的红鞋”。[1] 这短短一句话，其实已经点明了金宝娘现在的身体状况与生活处境，“惨白的脸”“眼圈发黑”，说明金宝娘身体健康出现了问题，是疾病的身体，“很多皱纹”说明金宝娘历经岁月沧桑，“宽裤腿”说明衣服并不那么合身，“破旧了的红鞋”说明经济状况差，但“红鞋”似乎又表明了金宝娘见“我”（领导店头村土地改革的干部）而特意打扮了一番，也说明了她所处的社会地位。这些对于金宝娘形象的细节描写，也侧面反映出金宝娘婚姻爱情的不顺利，生活的重担全压

1. 马烽：《金宝娘》，载康濯主编：《中国解放区文学书系·小说编》(一)，重庆出版社 1992 年版，第 111 页。

在她一人身上，她的身体自然无法呈现出女性美丽健康的一面。直到中国共产党领导的土地改革在店头村进行，并将欺压百姓的财主刘贵财斗倒，金宝娘一家分到了土地，也分到了房子，金宝娘身上的病治好了，金宝爹也回来了。此时，“我”再次见到金宝娘时，她已经与先前判若两人，“只见金宝娘红光满面，穿着很朴素的一身蓝衣服”。[1] 这里似乎与《我在霞村的时候》中的贞贞到延安之后身上的病得到治疗并痊愈得到了呼应。

女性卫生化的身体，是延安语境中接纳和允许的身体，疾病和不健康的身体只能存在于“革命”之前的时空，在进入延安，由革命所带来的显著体现便是卫生化的身体，或是无病的身体，当视角切入女性的情感领域，自然相应地形成卫生化的身体，必然拥有幸福的爱情和婚姻，疾病的身体，必然对应着不幸的婚姻或爱情。离家十几年的李根元回到村庄，知道了金宝娘的这些事情时，内心没有挣扎和痛苦，也没有选择离婚或是再次出走，他只说了一句话：“金宝娘是个好人，为我受了十几年罪。”[2] 这里没有对金宝娘的责怪，有的只是自己的愧疚，让一个女人承担了这么多的艰难和痛苦，金宝娘所遭受的不幸是由于

1. 马烽：《金宝娘》，载康濯主编：《中国解放区文学书系 · 小说编》(一)，重庆出版社 1992 年版，第 123 页。
2. 同上。

旧社会地主的剥削和压迫，所以，金宝娘失贞的身体在李根元那里只是一个符号，它代表着过去封建地主阶级对贫苦农民的压迫和伤害，当地主被斗倒，革命带给他美好的生活时，那些代表着屈辱的符号也慢慢消失不见。而作者想要真正表达的是土地改革将束缚和压制农民的“山”扳倒，带给农民以土地和自由，金宝娘只是众多受苦受难的贫苦农民中的一个典型案例，因此，《金宝娘》中既没有金宝娘因从事过娼妓职业而在面对离家十多年的丈夫时的痛苦和挣扎，也没有金宝爹在面对失贞的妻子时的责难与抉择。

三、接受教育的身体

教育是打开女性身体的密码，也是启开女性爱情的天窗，“它让妇女逃离家庭主妇的宿命；它让两性不平等丧失其合法性；它加强女性的自尊，使她愿意挺身为自己以前不被允许的荣誉而战”。[1] 教育使得女性身体不再只是一种符号学意义上的修辞方式，而是赋予身体以可见的力量与实践，去冲破思想的牢笼与传统的束缚，在更高层面实现个人的爱情和幸福。

但传统文化与封建礼教对中国女性的束缚是深远持

1. ［德］乌利西·贝克、伊利莎白·贝克-葛恩胥菡：《爱情的正常性混乱》，苏峰山、陈雅馨、魏书娥译，台湾立绪文化事业有限公司 2014 年版，第 14 页。

久的，相夫教子、生儿育女成为她们世代遵循的不变法则。家庭，这一狭小的空间，既是她们的整个世界，也是她们的全部理想，她们无法左右自己的命运，更没有接受教育的机会，这两者似乎也可以互为因果，因为没有办法掌握自己的命运，也就无从谈起接受教育；因为没有接受教育的机会，所以也就无法左右自己的命运。而无论两者谁是因谁是果，女子都没有品尝爱情的甜蜜和追求自己幸福的能力，她们身体的"未开化"，也导致着思想的"守旧"，爱情自然也被无声地溶解在"父母之命，媒妁之言"的传统礼教之中。而19世纪中叶以来，一方面教会女学开始发展和兴起，女子教育制度逐渐建立，另一方面一大批爱国人士开始对中国的教育，特别是对中国妇女教育进行更为深入的思考，例如维新变法时，"戊戌六君子中，康广仁创办女学堂，谭复生之妻李闰，曾为中国女学会倡办董事"。[1] 就连在五四时期被钱玄同称为"桐城谬种"的林纾也曾大力提倡过兴办女学，并将其看作女性实现婚姻自由的重要手段："必先济之以学"，"凡有学之女，必能核计终身之利害，知苟且之事，无利于己，唾而不为"。[2] 在林纾看来，只有兴女学，女性接受教育，才能

1. 陈东原：《中国妇女生活史》，上海书店出版社1984年版，第327页。
2. 林纾：《〈红礁画桨录〉序》，转引自陈平原、夏晓虹编：《二十世纪中国小说理论资料》第1卷，北京大学出版社1989年版，第165页。

明事理，才能知道有所为与有所不为，也才能实现婚姻自由。而同时期的鲍蕴华虽然也将女学与女性的婚姻自由联系在一起，但她认为："自由婚姻之风不倡，则女学永无兴盛之日。"[1]鲍蕴华则将自由婚姻的倡导作为女学兴起的前提，虽然两人的出发点和看法有所差异，但都将女性教育与女性的个人幸福联结在一起。在这一时期，更有人将女性接受教育与女子的权利和社会地位并置在一起，"中国女子之无权，实由于无学。既以无学而无权，则欲倡女权，必先兴女学"。[2]这些举措在当时虽未深刻改变中国妇女的地位和思想，"两性的恋爱问题，没有解决"，[3]但"也竟把受了三千年高压的妇女生活，撼动一些了"。[4]爱情也正是在这一系列的教育举措中随着女性主体意识的逐渐苏醒而透露出一些细微的光芒。而到了五四时期，随着女性教育的进一步普及，尤其是男女同校得以在实际层面开展，不仅增加了爱情发生的几率，同时也使爱情成为社会热点问题之一，表现在文学书写层面，则无论是书写广度还是深度上这一时期都超越了之前对爱情的表达和书写。

1. 陈撷芬：《尺素：鲍蕴华女士由神户来函》，《女学报》1902年第2卷第2期。
2. 方君笄：《兴女学以复女权说》，《江苏》1903年第3期。
3. 范烟桥：《民国旧派小说史略》，载魏绍昌编：《鸳鸯蝴蝶派研究资料（上卷史料部分）》，上海文艺出版社1984年版，第272页。
4. 陈东原：《中国妇女生活史》，上海书店出版社1984年版，第327—328页。

五四时期，女学数量不断增加，女性积极主动接受教育的渴求更加强烈，社会也对女性入学、接受教育相较之前更宽容，因此，“五四时期，大学开放女禁，……越来越多的女性接受西方的个人主义和男女平等思想，冲破旧礼教的束缚，走进学校，学习新知”。[1]知识的学习带来的是思想的更新，女性的主体意识也随之不断增强，从而带来对个人爱情婚姻的重新省视。纵观这一时期的诸多杂志，比如《晨报》《新青年》《民国日报》《妇女杂志》等，在大力宣传妇女教育的同时，也刊发了大量讨论有关男女恋爱问题的文章，由此可以看出女性教育同女性情感联系的紧密性。在文学层面的表现，则是对爱情的相关书写不断增加。茅盾于1921年8月在《小说月报》以“朗损”为笔名发表《评四五六月的创作》一文，文中说道：“从四月到六月，……有小说一百二十多篇，剧本八篇……描写男女恋爱的小说占了百分之九十八呢。”[2]茅盾对文坛上对恋爱题材描写的繁盛是持批评态度的，他认为恋爱题材小说的繁盛是知识分子与劳工阶级“隔膜得厉害”，带有知识分子“强烈的享乐主义的倾向”，[3]但若从社会和思想层面来

1. 乔素玲：《教育与女性：近代中国女子教育与知识女性觉醒：1840—1921》，天津古籍出版社2005年版，第43页。
2. 朗损：《评四五六月的创作》，《小说月报》1921年第12卷第8期。
3. 同上。

看，从19世纪中叶以来对女性教育问题的讨论中就包含着女性的权利、男女平等、女性的爱情和婚姻，甚至是关系到国家强弱等多重基于教育问题而又超越教育问题之上的更深层面、更宽广意义上的涉及，尤其是当这些讨论在实践层面得以铺展，对女性的方方面面都产生着重要的不可避免的影响。如杨联芬所说："然而事实上，恋爱既处于'家庭问题'、'妇女问题'、'婚姻问题'、'教育问题'的交叉地带，又是'人生观'和'新旧文化'选择的直接体现，是介于思想与行动、形上与形下、意识形态与日常生活之间最直接和普遍的'文化现象'。"[1] 而且从以爱情为创作主题的作品中也可以看出，作者对爱情的书写，并不仅仅是茅盾所说的享乐主义倾向所造成的，而是蕴涵着作者对女性命运、对传统社会和文化更为深刻的思考，例如鲁迅的《伤逝》、许地山的《命命鸟》、冯沅君的《隔绝》等作品，作者通过对爱情的书写，表达着对女性所处社会地位和传统道统的思考，爱情成为一种超越个人话语的社会表露，也就是贺桂梅所指出的："'爱情'是反抗'封建礼教'的政治话语，而'恋爱'则成为实践这种反抗的政治形式。"[2]

1. 杨联芬：《"恋爱"之发生与现代文学观念变迁》，《中国社会科学》2014年第1期。
2. 贺桂梅：《女性文学与性别政治的变迁》，北京大学出版社2014年版，第57页。

五四以后，女性的教育得到不断完善和发展，女性的思想展示出新的面貌，女性的个人主体意识也得到了较为深入的强化，女性的爱情和婚姻也多了更多的自主性，但对于偏僻闭塞的农村而言，尤其是生活在陕北的农村妇女而言，接受教育，读书、识字等仍是一个遥不可及的梦：“陕北在革命前，除榆林、米脂、绥德这些地区以外，原边区所辖的这片土地，可以说是文化教育的‘荒地’。99%的劳动群众都是文盲，社会教育基本没有，妇女更是无权享受教育的权利。”[1]或者可以说，在中国共产党来到这里之前，这里是没有女子接受教育的说法的：“在本世纪20年代以前，陕北地区没有女子教育，乡村不用说，就是城镇里屈指可数的几所私塾，也从不收女学生。”[2]而整个陕北农村教育设施本就不足，“小学只有120处，社会教育则绝无仅有”。[3]教育的落后，使得陕北在很大程度上依然维持传统中国特有的生活和生产方式，尤其是在爱情和婚姻方面，买卖婚姻、早婚等封建传统依然顽强地存在。没有教育的启发、思想的冲击、经济的支持等，生活在这里的妇女过着循规蹈矩的生活，忍受着没有爱情的婚姻。

---

1. 陕甘宁三省区妇联编：《陕甘宁边区妇女运动大事记述》，1987年，第50页。
2. 秦燕、岳珑：《走出封闭——陕北妇女的婚姻与生育（1900—1949年）》，陕西人民出版社1997年版，第12页。
3.《为扫除3000文盲而奋斗》，《新中华报》1939年4月19日。

直到中国共产党到来，对妇女文化教育工作的重视及推行的一系列妇女教育工作的方针和措施，极大地改变了陕北农村妇女文化教育落后的状况，不仅促进了妇女思想的解放，社会地位的逐渐改善，而且也带来妇女在爱情和婚姻方面的巨大改变。中国共产党自成立以来就特别重视农村妇女的力量和作用，毛泽东1929年12月为红军第四军第九次党的代表大会写的决议书中说道："妇女占人口的半数，劳动妇女在经济上的地位和她们特别受压迫的状况，不但证明妇女对革命迫切的需要，而且是决定革命胜败的一个力量。"[1]广大的农村妇女不仅在社会、家庭中处于被压迫地位，而且思想也较为封闭和落后，因此，让她们接受新的教育，学习知识文化，了解党的政治政策等，对革命而言显得尤为重要。1937年9月6日，陕甘宁边区政府成立，不久之后就开展了冬学运动，利用冬季大家农闲之际，通过夜校、半日校、训练班、读报组、识字组等方式普及群众教育，以识字认字、学习党的政治政策及生活常识等为主要课程内容。而且，在推行学校教育的同时，为了保证大家不会因生产而耽误学习，边区也倡导和实践社会教育，即边生产边接受教育，并且强调"社会教育的对象应

1. 中华全国妇女联合会编：《毛泽东周恩来刘少奇朱德论妇女解放》，人民出版社1988年版，第30页。

特别注意到妇女教育”。[1]其间，还于1939年6月创办了中国女子大学，致力于培养妇女干部。凡此种种，都可以看出中共对妇女教育的重视，由此使陕北农村妇女在社会、家庭、爱情、婚姻等诸多方面有了极大的提升，为其爱情和婚姻的发生与发展提供了强大的助力。

当然，我们也应该注意到，接受教育后的农村妇女，自然也成为革命政治的重要构成部分，这与特定战争背景下的党的政治政策有直接联系。例如在1937年由群众文化教育委员会起草的《关于群众的文化教育建设草案》中有明确的说明：“目前党的中心任务是争取全国一致的抗日战线和全国一致的民主政治，……他的主要工作之一是把广大群众从文盲中解放出来，普遍的进行普及教育，使每个特区人民都有受教育的机会。”[2]这也就是说，对广大群众普及教育是与当前全民族抗战的政策和任务是密不可分的。毛泽东1939年7月20日在延安中国女子大学开学典礼上的讲话中特别强调了妇女对于抗战的重要性，他说：“假如中国没有占半数的妇女的觉醒，中国抗战是不会胜利的。妇女在抗战中有非常重大的作用：教育子女，鼓励丈夫，教育群众，均需要通过妇女；只有妇女都动员起来，

1. 陕西师范大学教育研究所编：《陕甘宁边区教育资料》（社会教育部分），教育科学出版社1981年版，第27页。
2. 同上书，第2页。

全中国人民也必然动员起来了，这是没有问题的。”[1] 使妇女接受教育，也是为了能使妇女更积极更好地参与到抗战之中，为革命贡献自己的力量。因此，受教育的女性带来了女性个人主体意识的增强，提高了在爱情和婚姻中的地位，从更深层的意义上看，受教育的女性在体验和选择爱情时，常常映射着革命的理想与愿景。

以往的农村妇女不知道爱情为何种滋味，很重要的一个原因就是缺少个人主体性。接受了教育之后的农村女性，个人主体性显著增强，重要表现之一便是对“自我姓名”的强调和凸显，例如力群的《野姑娘的故事》，女主人公张秀英原名叫贵莲，出身贫农家庭，在重男轻女的闭塞农村，她的出生被父亲看作多余的和不吉利的，村里人都不叫她的名字，而是称呼她为“野姑娘”，虽然她有一双明亮的大眼睛，结实的身体，耐看的脸庞，但就是寻不到婆家。而张秀英这个名字是她逃离村庄，加入革命队伍，在随营学校里，经过努力学习，“每天识十几个字”，[2] 给自己重新起的名字，这是“野姑娘”贵莲个人主体性的显著体现，也是加入革命之后新的身体和新的思想的集中体现。这为张秀英赢得了诸多男同志的追求，面对突如其来的爱情，张

1. 中华全国妇女联合会编：《毛泽东周恩来刘少奇朱德论妇女解放》，人民出版社 1988 年版，第 44 页。
2. 力群：《野姑娘的故事》，《文艺战线》1939 年第 1 卷第 5 号。

秀英却显得手足无措，以自己“顶顶是没有学问的”和妨害对方革命“工作与学习”[1]之由拒绝了那些求爱者。加入革命队伍、接受教育的女性个人主体性增强，不仅为其体验和赢得爱情提供了加持，而且革命情势下所获得的这种主体性又促使女性以革命的理想对爱情进行选择和判断，即爱情是否能推动和促进革命的发展和进步，在这一层面来说，个人爱情是革命理想的一种情感脉络。

以往的妇女是没有个人主体性的，她们是被赋予的“他者”，总要依附一定的对象，或父亲，或丈夫，才能彰显自身的存在，正如波伏娃所指明的：“女人从未构成过一个独立的等级，作为一个性别，实际上也从未扮演过一个历史角色。”[2]但革命教育唤醒了女性一直被压抑和遮蔽的性别主体意识，使她们真正成为自己，成为独立的个体，成为革命进程中不可或缺的力量，即使是脱离家庭，脱离丈夫，依然有强烈的主体性，唯有如此，爱情才能在两性间发生。崔石挺《俊英》中的女主人公俊英，在参加妇女识字班之前，婆婆称呼她“老大家”，“邻居喊‘他嫂子’，丈夫喊‘喂’”。[3]在这个家庭中，她受到公婆的刁难，吃

1. 力群：《野姑娘的故事》，《文艺战线》1939 年第 1 卷第 5 号。
2. ［法］西蒙娜·德·波伏娃：《第二性》，陶铁柱译，中国书籍出版社 1998 年版，第 150 页。
3. 崔石挺：《俊英》，载康濯主编：《中国解放区文学书系·小说编》(四)，重庆出版社 1992 年版，第 2383 页。

苦受累，挨骂受打；在这段婚姻中，她与丈夫之间不仅没有爱情，而且还常被丈夫打骂，婚姻关系面临着破裂。直到村里成立了妇女识字班，俊英“识的字多了，话也多了，守着婆婆胆也大了”，“俊英”的名字就是在她参加识字班时候叫起来的，俊英自己也非常喜欢这个名字，觉得比“老大家”“他嫂子”“喂”都强，都好听，这是俊英通过接受教育，身体中的女性主体意识被唤醒的结果。之后，她与婆婆的关系也和谐融洽了，和丈夫之间也产生了从未有过的情愫（爱情），“你偷看她，她偷看你”，对于丈夫而言，现在的俊英是和之前完全不一样的俊英，是全新的身体和面貌，他无法再像以前一样忽视她，把她当作附庸，现在他重新认识和发现了俊英，爱情也正是在面对俊英这一陌生而熟悉的“身体”中产生了。

农村妇女接受教育，不仅为其赢得和体验爱情提供了契机，而且也有助于其婚姻、家庭关系变得和谐。例如潘之汀的《满子夫妇》，周满子与王玉莲是一对年轻夫妻，周满子老实能干，王玉莲心灵手巧，就连周老太太也是忠厚善良之人，王玉莲既不受丈夫的打骂，也没有公公婆婆的为难欺辱，但“两口子一年到头说不上几句话，哪是婆姨汉的关系？简直不如路人”。[1] 于是村里人开始猜测两人夫

1. 潘之汀：《满子夫妇》，载康濯主编：《中国解放区文学书系 · 小说编》（四），重庆出版社 1992 年版，第 2821 页。

妻关系不和的原因，有的将原因归结为满子忠厚老实的性格，有的归咎于王玉莲年轻淘气的脾性。周满子也积极地与王玉莲沟通过，可是王玉莲都以简短冷淡的语气回应，两人僵化的关系并没有得到改变，周老太太也只能无奈地叹气，不知道用什么办法才能使两人夫妻关系变得和睦。直到周家沟开办冬学，玉莲接受教育之后，身体和思想都发生了改变："玉莲上学以来，识字很快，比以前也活泼多了。"[1] 两人的夫妻关系也在王玉莲教周满子识字认字的过程中"变得很和睦啦"。[2] 其实，从小说开始到结束，作者都没有直接点明满子夫妇夫妻关系不和的原因，所谓的满子憨厚老实、王玉莲嫌弃满子等都是众人的猜测，王玉莲自己也并没有表露过，但两人的关系却在满子夫妇加入冬学，尤其是在王玉莲充当起"小先生"教满子识字认字的过程中和睦起来了。从中不难看出，小说的主旨即体现教育对女性爱情和婚姻的重要性。

第二节　男性身体与爱情

爱情是一个双向喜欢和选择的事情，因此，在对延安

1. 潘之汀：《满子夫妇》，载康濯主编：《中国解放区文学书系·小说编》（四），重庆出版社 1992 年版，第 2823 页。
2. 同上书，第 2826 页。

文学中身体与爱情之间的关系进行研究和探讨时，不能只把注意力和重心放在女性的身体上，也要兼顾和重视男性的身体，因为两者无论哪一方的变化，都会影响爱情的走向和结局。当女性男性化的身体、卫生化的身体与接受教育的身体为她们赢得了更多的关注和认可，并且收获美满的爱情和婚姻时，男性身体在革命年代的改变，也同样会赢得女性的喜欢和青睐，尤其是男性性别特征的强化和残疾的身体，既符合革命期待，又与革命精神相契合，因此，这样的男性身体既是文学突出表现的身体，也是女性爱情和婚姻选择的首要身体。

一、强壮的身体

强壮、阳刚等词并不是天然地从属于男性，中国古代也有过“手无缚鸡之力”、文质彬彬的较为阴柔的男性形象，并一度成为某一时期男性的典型形象，与当时社会的劳动观有着密不可分的关联，“劳心者治人，劳力者治于人”，“劳心者”通常作为统治阶层，他们不需要有强壮的身体，而那些五大三粗、身强体壮的男性常被视为“下苦的命”，身体的强壮还是柔弱决定着一个人的命运，也带给人们第一印象的直观判断，正如葛红兵、宋耕在《身体政治》一书中所指出的：“看起来是非常瘦弱的文人，但是这种体征却是统治者身份的标志，相反中国人认为强健的体魄是劳力者的标志，劳力者在中国人的观念中是受歧视的低等人，他们受劳心者的统治。”[1]而“身体”背后所隐藏的政治、权力、观念等在爱情层面又有着鲜明的体现，在中国古代诸多描写爱情的作品中，备受女子青睐的男性都是些文弱书生形象，例如《白蛇传》中的许仙、《梁山伯与祝英台》中的梁山伯、《红楼梦》中的贾宝玉、《西厢记》中的张生等，男主人公大多文质彬彬、书生意气，即使到了思想自由的五四时期，文弱书生作为男主人公形象的文学书写也并未被颠覆，例如鲁迅《伤逝》中的男主人公涓生、庐隐《一个著作家》中的邵浮尘、冯沅君《隔绝》中的士轸、罗家伦《是爱情还是苦痛？》中的程叔平等，这些体质柔弱的男性知识青年形象，也常常是思想上的孱弱者，他们的爱情遭受来自传统礼教、现实生活、家庭牵绊的考验，甚至经受不住自我内心的挣扎与折磨，败下阵来。这些作品不管是有意还是无意，似乎揭示着同一个道理：男性体质的柔弱在很大程度上等同于思想的孱弱和摇摆，也就预示和决定了爱情必然以失败告终。

而到了延安时期，男性强壮的身体蕴含着特定战争背景下革命伦理与劳动叙事的双重理想。一方面，革命需要强壮的身体，对于驰骋战场，奋勇杀敌的男性而言更是如

1. 葛红兵、宋耕：《身体政治》，上海三联书店 2005 年版，第 28 页。

此，“革命是暴动，是一个阶级推翻另一个阶级的暴烈的行动”。[1] 一个孱弱的身体是无法在战场上奋勇杀敌的，反而还有可能成为革命的累赘。另一方面，“身体”也可以在革命战火中得到锻造。同样，作为贯穿延安时期党和人民生产与生活的劳动也需要强壮的身体，“面朝黄土背朝天”的劳动环境，需要付出辛勤汗水的劳作方式等都需要一个强壮的身体作为支撑，反过来长期的体力劳动也可以使人变得身强力壮。这也就是说，男性强壮的身体不再只是区分性别的一种生理上的显现，也是作为革命主体和劳动主体的工农大众主人翁地位的凸显，它不仅颠覆了中国古代“劳心者治人，劳力者治于人”的劳动观与价值观，而且也营构了一种全新的爱情观与审美观。

革命使占人口大多数的工农大众走向历史舞台，他们是革命的中坚力量，也是无产阶级大众的典型，从外形的强壮帅气到内心的坚定健康，都在击碎着身体柔弱、内心摇摆的知识分子占据历史舞台的形象。例如李尔重《舒队长》中的革命者舒队长：“大个子，长得很魁梧，胖胖的紧凑的体格，一副长脸膛”，[2] 这样强壮的身体，寓意着革命

1. 毛泽东：《湖南农民运动考察报告》，载《毛泽东选集（第一卷）》，人民出版社 1991 年版，第 17 页。
2. 李尔重：《舒队长》，载康濯主编：《中国解放区文学书系・小说编》(二)，重庆出版社 1992 年版，第 967 页。

信念的坚定，只有如此才能担当起革命的重任，也才能够经受革命的考验。李湘洲《交通员》中已经上了年纪的交通员老张，“中等身材，配上一双愉快的眼睛，显得十分强健”，[1]《夹河关》中更是借人物之口点明工农大众的整体形象：“这是一张非常熟悉的脸孔，贫苦农民的漂亮子弟，都有这么一副脸孔，在太阳和风霜下头锻炼过的黑色而特别发红的双颊，黑白分明的大眼，端正而均衡的鼻子，略为宽大的嘴巴，一切都是大方周正的轮廓，朴素结实的色彩。”[2]这样的男性形象在文学作品中是极为普遍的，陆地《参加“八路”来了》中的游击队组长和队员、白嘉《我终于见着了他》中的梁等，不胜枚举。

从中可以看出，脸庞英俊，身体强健，精神饱满等几乎成为工农大众的代名词，其中蕴含政治、阶级等意识形态的鲜明指向性。那些革命的对立面，如地主、侵略者等，则是病态和丑陋的，如《暴风骤雨》中的地主韩凤岐：“他今年四十七岁，因为抽大烟，人很瘦，鬓角又秃，外貌看上去有五十开外了。”[3]这样病态虚弱的身体，自然无法为革命做出贡献，而那些日本侵略者相对于地主阶级则更为

1. 李湘洲：《交通员》，载康濯主编：《中国解放区文学书系・小说编》(二)，重庆出版社1992年版，第1103页。
2. 邵子南：《夹河关》，载康濯主编：《中国解放区文学书系・小说编》(二)，重庆出版社1992年版，第887页。
3. 周立波：《暴风骤雨》，人民文学出版社1952年版，第14页。

丑陋，例如李克异《狱中记》中的日本侵略者："他的头和身的比例，恐怕是五分之一甚至四分之一。真正是一个'奇人'！他整个头恰恰像一个南瓜，特别是脸上各种大大小小凸起的部分。他的肥厚的紫黑的唇，像风干了的牛肉块。"[1] 除了这些人物之外，知识分子算是比较特殊的一个阶级，毛泽东对此强调道："革命的或不革命的或反革命的知识分子的最后的分界，看其是否愿意并且实行和工农民众相结合。"[2] 知识分子也只有向工农大众学习，无论是工农大众的文学艺术，还是生活行为的方方面面，才能获得自身存在的合理性与革命的坚定性。不同阶级对于革命的作用也是不同的，因此，他们的外形、身体、思想等也都迥然有别。从人物外在形象的刻画中不仅可以看出革命伦理、阶级立场等对人物塑造的重要影响，更可以看出创作者和广大工农群众内心最强烈的爱憎情感。

而当身体对应着阶级，联结着革命，强壮的男性身体便能真正拥有和收获爱情。这里所说的男性强壮的身体已经不仅仅是瓦西列夫所指出的男性区别于女性、外在强化和凸显的特征。女性喜欢具有"男人味"（男性特征突出）的男性，在瓦西列夫看来是"性关系史上不变的、即'永

1. 李克异：《狱中记》，载康濯主编：《中国解放区文学书系·小说编》（二），重庆出版社 1992 年版，第 1013 页。
2. 毛泽东：《五四运动》，载《毛泽东选集》（第二卷），人民出版社 2007 年版，第 559 页。

恒的价值’”。[1]而特定的革命语境又赋予了强壮的男性身体以阶级的指向，即象征着广大的工农大众，代表着力量和希望，是革命的中坚力量。因此，只要作品中的男主人公拥有强壮的身体，那么无论在过程中遭遇多少挫折和坎坷，最终他一定会收获与自己身份、阶级相匹配的爱情；而强壮的身体又代表着力量和希望，因此，无论在革命的进程中会遭受多少失败，多少打击，最终也一定会取得胜利，这也就是说，强壮的身体既是肉眼可见的、显在的，也是象征的、多义的，可以看作一个符号系统，受到多重因素合力的作用，又释放和投射多样信息。

例如袁静、孔厥的长篇小说《新儿女英雄传》，小说在一开篇就对男主人公牛大水的“身体”做了交代：“这好小伙子，长得挺壮实，宽肩膀，粗胳膊，最能干活。”[2]虽然“这一年，正赶上‘七七事变’”，[3]但男主人公强壮的身体就已经预示了革命的光明结局。而革命遭遇挫折和失败的过程也是男主人公身心的磨练过程，牛大水多次被敌人抓到，并被施以酷刑，如果不是强壮的身体他早已丧命；如果不是强壮的身体予以他坚强的毅力，革命的信念，他早已如同那些经不起敌人严刑拷打的身体虚弱的汉奸一样，成了

1. ［保］瓦西列夫：《情爱论》，赵永穆、范国恩、陈行慧译，当代世界出版社2003年版，第306页。
2. 袁静、孔厥：《新儿女英雄传》，人民文学出版社2012年版，第1页。
3. 同上。

叛徒。而当牛大水被敌人严刑拷打折磨的遍体鳞伤的身体逐渐恢复到和以前一样强壮的时候，革命也接连取得了胜利。

牛大水的爱情也是如此，他与杨小梅两情相悦，他觉得杨小梅“模样儿长得俊，什么活儿都能干，心眼儿又挺好”。[1] 杨小梅对大水也很满意，“好小伙子，老实巴交的，挺和善。能找这么个知疼着热的庄稼人，我这一辈子也就称心如意啦”。[2] 可是爱情如革命一样，并不是一帆风顺的，小梅的娘嫌弃大水家里穷，就将这门亲事搁置了，致使大水再次见到小梅时，她已成了别人的新娘，这本是一件遗憾而又痛彻心扉的事情，可似乎大水强壮的身体带给他的是永不悲观的精神，又似乎爱情这样的“私事”在民族国家生死存亡面前不值一提，因此，大水得知小梅嫁给别人时，作者只用了一句话概括：“大水听到小梅这样受苦，心里很难过。可是小梅已经成了人家的人，他又有什么办法呀！”[3] 之后便将笔锋转到了敌人进村的战斗场面。爱情不再是文本叙事的主线，而是随着革命起伏而时隐时现的辅线，当我们以为牛大水和杨小梅的爱情故事到此就结束的时候，两个人却被同时安排到县上受训增加了相处的时间，之后又一起革命，一起工作，更多了一些沟通和了解，但

1. 袁静、孔厥：《新儿女英雄传》，人民文学出版社 2012 年版，第 3 页。
2. 同上。
3. 同上书，第 16 页。

两人都没有往友谊与同志爱之外的方面考虑，倒是杨小梅的丈夫张金龙叛变革命，做了日本人的伪军之后，使小梅有了和他坚决离婚的理由，这一决定得到县政府的支持，“很快给小梅办了离婚手续”。[1]这就预示着杨小梅和牛大水这对有情人一定能成眷属，因为，牛大水也是单身一人——他本来在父亲的安排下，即将迎娶一位美丽的女孩翠花儿，娶亲那天斜柳村遭到敌人进攻，翠花儿被鬼子糟蹋之后跳井自杀了。这些其实都为牛大水和杨小梅最终在一起做了铺垫，最后两人在证婚人和介绍人黑老蔡的“撮合”下，结成了伴侣。即使两人经历了诸多挫折，但爱情正如牛大水强壮的身体一样一直显露着它的生机。

而舒群的《快乐的人》，这篇小说的男主人公是一个知识分子，作者在小说的开篇就描绘了他的“身体”：“大约他有三十几岁，头顶已经开始脱发了。他的身体，很软弱，胸脯凹进去，背后似乎突出着脊椎的棱角。他的脸，是更瘦的；他的鼻子，几乎是脸的全部。”[2]在作者笔下，作为小资产阶级知识分子的男主人公身体软弱，外貌也并不英俊，和《新儿女英雄传》中的牛大水形成了鲜明的对比，从这里我们也就基本可以预见，男主人公的爱情肯定也是失败

1. 袁静、孔厥：《新儿女英雄传》，人民文学出版社 2012 年版，第 94 页。
2. 舒群：《快乐的人》，载康濯主编：《中国解放区文学书系 · 小说编》（四），重庆出版社 1992 年版，第 2713 页。

的。他特意将房间收拾得整齐干净，迎接和等待来客，这位来客既是他的学生，也是他喜爱的姑娘，在她到来之际，他还在冥思苦想，想为她写首诗，以此来表露自己的心意。可他最后等到的却是她要与别人结婚的消息，不敢和不愿相信的他在她面前却强装镇定，直到她走后，他却哭泣得像一个小孩。作者在这里通过语言、表情、动作等多方面表现了他得知她结婚消息时的痛彻心扉，那是爱情破碎的声音，也是一个普通人得知自己心爱的女孩嫁给别人时应该有的情绪和反应，这一点与牛大水在得知杨小梅嫁给别人时的反应完全不同，更符合人情常理，也更贴近小资产阶级知识分子的真情实感，却是违背革命伦理规范的。如葛红兵所指出的："在启蒙和革命时代，身体话语是没有什么发言权的，它是政治话语的需要压抑和消灭的对象。"[1]个人身体包括情感的展现和表露，都需要以革命伦理作为标准，爱情的结局又在身体的强壮与柔弱中得以限定和预示。

二、残疾的身体

残疾一词在现代汉语中的意思是："身体某部分因病、伤造成缺损或生理机能障碍而部分或完全丧失劳动能力的

1. 葛红兵：《身体写作：启蒙叙事、革命叙事后身体的处境》，《当代文坛》2005年第3期。

状态。”[1]将这句话中的“病、伤”换成革命，即“身体某部分因革命造成缺损或生理机能障碍而部分或完全丧失劳动能力的状态”，即为本书所指的男性残疾的身体，它与疾病的身体有所区别，残疾意味着一种结果和完成，而残疾的过程（原因）才是残疾身体真正所要表达的，它以残缺、伤疤等作为外形显在的表征，而隐性的、肉眼不可见的革命动因、理想、信念等才是铸就残疾身体的内在文化符码和政治内涵。这种男性身体上的残疾不是先天因素导致的，而是在抗战时期，在战斗中同敌人奋勇搏杀而在身体上留下的伤疤和残缺。因此，残疾代表着一种坚强不屈、英勇无畏的革命精神，代表着一种荣誉，是对革命的崇高信念和理想，常常能赢得他人的尊重和敬仰，同时也是获得女性青睐、赢得爱情的重要砝码。

例如《新儿女英雄传》中杨小梅的老公张金龙，因与自卫团的郭三麻子争风吃醋，被郭三麻子假装枪支走火，一枪打在了肚子上，险些丧命。他不仅没有赢得他人的尊重和敬仰，更没有赢得杨小梅的关切和爱意，她甚至对此漠不关心，都没回家去看他。而牛大水在被敌人抓捕后，虽然遭到敌人的严刑拷打，但严守革命纪律，保有一个革命党人的坚强意志和无畏精神。在被革命队伍救出后，大

1.《辞海　医药卫生分册》，上海辞书出版社 1981 年版，第 13 页。

家望着牛大水被敌人折磨后的身体："脑袋肿得跟大头翁似的，狗咬的伤口都除了蛆，十个指头给钉子钉得从胳膊肘儿以下全乌紫了，浑身还哪儿瞧得见一块好肉啊！"[1] 每个同志都忍不住流下了眼泪，杨小梅更是关切和心疼。张金龙和牛大水受伤性质上是不一样的，人们对此的态度也不一样，张金龙是为了个人私利而受伤，牛大水是为了革命利益而受伤，后者的行为显然比前者更为高尚，因此，牛大水不仅赢得同志们的敬重和钦佩，更赢得了杨小梅的爱情和赞赏。正如黑老蔡在撮合他俩结婚时，杨小梅坦承自己对牛大水的看法时所说："他太好。他，立场挺坚决，敌人把他拾掇成那么个样儿，他也不投降。"[2] 这一点在杨小梅心中占有很重要的位置，并成为她选择牛大水作为自己再婚对象的必要条件。

因革命而导致的残疾的男性，身体也许是不完整的、有缺陷的，但在精神上、思想上他们却是高尚的乃至完美的，在生活行动上也许有诸多不便，但在爱情和婚姻方面，女性对这样的男性身体是既敬仰，又热爱。例如孔厥的《一个女人翻身的故事》，折聚英三岁的时候便没了父亲，跟着母亲过着挨饿受苦的日子，为了生存下去，母亲不得已在折聚英九岁的时候，将她卖给别人做媳妇，她

---

1. 袁静、孔厥：《新儿女英雄传》，人民文学出版社 2012 年版，第 129 页。
2. 同上书，第 168 页。

的丈夫吃喝嫖赌，好吃懒做，小小年纪的折聚英在这个家里当牛做马，还经常挨骂受打。折聚英和他的男人之间是没有爱情的，她答应男人当红军就嫁给他，也只是希望男人能够不要吃喝嫖赌抽，把时间和精力投到革命中去，这些都是折聚英作为一个革命者的宽容和期待，她对待爱情和婚姻的态度和选择标准早已与革命融为一体，个人的既是革命的，革命的既是个人的，因此，当她男人不再继续革命，恢复了以前好吃懒做，坑蒙拐骗的颓废生活时，折聚英对他的"爱情"也自然消失不见。直到遇见革命军人张吉厚，"爱情"得以重新萌芽，并缔结婚姻。

张吉厚是一个残疾军人，"住过红大，上过前方，由于受伤过多，出血过度，而敌人的子弹，又把他右腿打瘸，因此，他就奉命在后方，担负这轻工作"。[1] 正是因为身体残疾，被安排在后方工作，他得以遇见折聚英，并喜欢上她。他比折聚英大十岁，但折聚英不仅没有嫌弃张吉厚身体的残疾，而且还怕自己配不上张吉厚，"咱怕自家配符不上他，他往后提离婚！"[2] 如折聚英自己所说："他浑身有很多枪伤，刀伤，弹片伤（炮弹片伤，榴弹片伤，炸弹片伤）。因为流血过多，他面颜常白，眼圈常红的。可是

1. 孔厥：《一个女人翻身的故事》，《解放日报》1943 年 3 月 31 日。
2. 同上。

折聚英说，就是他身上带的这些花，这些革命的花，她爱呵！”[1] 折聚英将张吉厚在革命战火中身体所受的创伤比喻为色彩艳丽、赏心悦目的花朵，她不仅没有被这些奇形怪状的伤疤所震吓，而是深深地爱着这些伤疤，为其加上前缀命名为“革命的花”，并由“花”及人，爱上了张吉厚，两人由爱情到步入婚姻殿堂。

从本质来看，张吉厚与折聚英的爱情是革命的另一种话语呈现方式，两人的结合是革命与革命的自我升华。张吉厚残疾的身体来自甘愿为革命抛头颅、洒热血的赤诚与信仰，折聚英的“翻身”或者说能够遇见张吉厚，来自革命对她的启发与帮助，如果没有革命也就不会有她的今天，是革命成就了她，塑造了她。因此，当她遇见张吉厚那为革命而布满伤痕的残疾的身体时，是一种发自内心的敬仰和喜爱，是“革命”对“革命”的一种认可和吸引，并在此基础上升华与凸显了革命的意义与价值。所以，这样的爱情（革命之爱）不需要任何漫长的等待与了解，可以快速判断和确认爱的归属，彼此都对此深信不疑，矢志不渝。

曾克《战地婚宴》中的男主人公任成柱和女主人公玉鹅的爱情也是如此。任成柱是一名农民出身的革命战士，

1. 孔厥：《一个女人翻身的故事》，《解放日报》1943 年 3 月 31 日。

也是一位身体残疾的军械员，在“羊山战役的时候，左臂膀上受了伤，肩胛骨有些残废”。[1]但任成柱的革命热情和积极性非常高，“虽然胳膊有残疾，工作总是做得又快又好”。[2]他已将全部身心投到革命之中，家里已经七八年没有得到他的音信，以为他在颠沛流离中死了，但最近知道他还活着，并且还是一名解放军，就按照他的要求给他找了一个对象，这次任成柱的父亲带着女孩和女孩的父亲来到他军部附近的余家湾，是来给他办婚事的。在见到这个女孩前，任成柱是非常忐忑的，担心她小脚，担心她不劳动，担心她不支持自己革命，还拖革命后腿，但当他见到玉鹅时，“心跳得什么也说不出来”。[3]这种感觉是他从来没有过的，即使是第一次上战场，听到枪林弹雨的声音时也没有如此紧张过，这就是爱情，虽然任成柱第一次见到玉鹅，但从玉鹅的外形、声音（家乡口音），最重要的是她支持自己革命，他已经爱上了这个女孩。而玉鹅更是对任成柱非常满意，当“玉鹅抚摸着他肩膀上的发紫的伤疤，又怜恤又觉得分享了光荣”。[4]虽然两人第一次见面，而且从相见到步入洞房连一天时间都不到，但两人

1. 曾克：《战地婚筵》，载康濯主编：《中国解放区文学书系·小说编》（四），重庆出版社 1992 年版，第 2624 页。
2. 同上。
3. 同上书，第 2629 页。
4. 同上书，第 2633 页。

都觉得对方就是最合适自己的人，不难看出，这其中的催化剂就是革命。一个是为革命而残疾的身体，一个是因革命而获得解放的身体，革命就是两人的共同语言，也是两人爱情话语的表达方式。而且从任成柱的父亲到玉鹅的父亲，再到首长和同志们，以及玉鹅和任成柱，他们每一个人的话语都是围绕革命而展开，无论是日常闲唠，还是婚礼祝词、洞房私语，每个人的中心话语都是革命，身体也正是在革命话语的笼罩和表述中“革命化”，而任成柱和玉鹅的爱情和婚姻也就是彼此身体的确认过程，这种过程通常在很短的时间便能完成，比如任成柱残疾的身体，玉鹅短发天足，能革命能劳动的身体，本身就是革命选择和塑造的身体，自然也就是爱情和婚姻发生与发展的重要前提。

三、进步的身体

男性是否拥有进步的身体，是女性选择他们的重要标准。进步的男性身体往往能得到女性的青睐，赢得爱情。相反，不进步（退步）的男性身体即使拥有了爱情和婚姻，也会失去。那么，何为“进步的身体”？德国思想家马克斯·舍勒曾这样指出：“‘进步’和‘退步’的观念不是首先从其自身内容中看到和确定的生命阶段上凭经验被发现和确证的，它们成了自我理解、他人理解和历史故事理解的选择形式。"[1]这也就是说，"进步"或者"退步"是在自我、他人等主观意识的赋形中生成的，观念本身并不具备任何含义，它更多地呈现为思想上的进步。在延安时期，革命与劳动是构成人们生产生活与文学创作的两个重要维度，革命、劳动就意味着进步，不革命、不劳动就代表着退步。在具体的文本中又常常以人物进步的思想与观念得以呈现，进步或退步并不只是观念上的一种区分，一种身体的呈现，而是有着现实效用和价值判断的审美共情，归根结底，进步的身体也即进步的思想。

我们可以从具体的文学文本中感知进步的身体对于爱情，乃至婚姻的影响和作用。例如康濯《我的两家房东》，金凤的母亲刘老太太向"我"哭诉道："男的比她（金凤）大七岁，听说这会不进步，头秋里闹选举那功夫，还被人们斗争来哩！"[2]金凤 14 岁就被迫定亲嫁给比她大七岁的男人，但这男人不进步，"人没人相的，不务庄稼活，也是好寻个人拉个胡话，吃吃喝喝，听说也闹坏女人哩！"[3]作为领导干部的"我"给出的办法是退婚，"金凤自己个不愿意，男的年岁又大那么些，要是男的真个不进步，那也兴

1. ［德］马克思·舍勒著、刘小枫选编：《舍勒选集（上）》，上海三联书店 1999 年版，第 413 页。
2. 康濯：《我的两家房东》，载康濯主编：《中国解放区文学书系·小说编》（四），重庆出版社 1992 年版，第 2475 页。
3. 同上。

退婚，也兴把这许给人家的约毁了呀！”[1]金凤与这个男的婚事是否能成，关键条件在于男的是否进步，而这个男的不爱劳动，吃喝嫖赌，自然不进步，因此，在区里的帮助下，金凤和那男的解除了婚约。相比这个男的，“我”的旧房东拴住就非常进步，他不仅是青救会主任，还是青抗先队长，学习、识字、劳动、革命等非常积极认真，因此，金凤非常喜欢他，两人自由恋爱，最终在家人和区上都同意之后订了婚。由此可以看出，是否进步成为爱情和婚姻的重要取舍依据，进步就会拥有爱情，不进步就会失去爱情。

但这种取舍标准是较为单一的，容易抹杀爱情本身的丰富性和细腻性，人物性格也得不到丰富的呈现，革命与劳动占据和充盈着身体，它将与此相悖的身体或不满足革命伦理与劳动叙事的身体从爱情的竞技场中驱逐，以此巩固和夯实自己在爱情中的主导地位，确保个人爱情能够过滤其他杂质，准确无误地进入革命和劳动的轨道，成为革命与劳动的另一种表现方式。例如郑笃《情书》中，竹香对他男人根云的爱情来自“她的男人，有一副强壮的身骨，进步、忠实、能团结人，干起营生来，青年伙里，谁也赶不上他。她觉得他很够‘条件’，这是她热爱他的主要原

1. 康濯：《我的两家房东》，载康濯主编：《中国解放区文学书系·小说编》（四），重庆出版社 1992 年版，第 2476 页。

因”。[1]这里再次提到了“进步”一词，根云踏实能干，能劳动，能革命，并且是其中的佼佼者，这是竹香爱上他的主要“条件”，甚至是唯一条件，从这里也可以清晰地感知到，革命与劳动不仅充盈着男性的身体，也在女性思想里占据主导，因此，这样的爱情和婚姻也是双向奔赴的过程，常常一拍即合，一眼定情，省去了很多艰难曲折的爱情历程，这也是人物性格在“爱情话语”里得不到丰富呈现的又一原因。

不仅在爱情上，男性是否进步成为女性选择他们的重要标准，而且在婚姻上也是如此，“进步”或“不进步”成为女性是否继续这段婚姻的前提条件。崔石挺《俊英》中的俊英因为丈夫的不进步，决心要和丈夫离婚，“离开这个破家，到外边乐活一辈子”。[2]胡正《碑》中的张四嫂和她丈夫之间的婚姻关系也是如此。妇救会的区级干部凌前英在动员大家缴军粮的时候，大家都不约而同地将目光望向张四嫂，拐脚婆婆指出了原因：“‘张四嫂，我看你家男人的脑筋可顽固咧，一个小气鬼，年时死也不往山上给咱们县政府送粮，一点也不前进。’”[3]拐脚婆婆这里所说的“一

1. 郑笃：《情书》，载康濯主编：《中国解放区文学书系・小说编》（三），重庆出版社 1992 年版，第 1552 页。
2. 崔石挺：《俊英》，载康濯主编：《中国解放区文学书系・小说编》（四），重庆出版社 1992 年版，第 2389 页。
3. 胡正：《碑》，载康濯主编：《中国解放区文学书系・小说编》（三），重庆出版社 1992 年版，第 1720 页。

点也不前进”，指的就是张四嫂的男人一点也不进步，没有革命觉悟，因为缴军粮，也是在力所能及的范围内为革命做出自己的一点贡献，可张四嫂的男人却只顾自己个人利益，而没有集体荣誉和革命觉悟，因此，张四嫂十分懊恼自己的丈夫如此不争气，并说道：“‘他再要那样下去，我就不跟他啦。’”[1]即使张四嫂的男人对小家庭很用心，也很疼爱老婆，照顾孩子，但他在革命方面没有觉悟，不进步，张四嫂也不愿继续跟他过日子。在革命战争年代，革命高于一切，革命伦理自然也高于情爱伦理，并对情爱伦理有所遮蔽和压制。

1. 胡正：《碑》，载康濯主编：《中国解放区文学书系·小说编》(三)，重庆出版社 1992 年版，第 1720 页。

第四章

审美与爱情的抒情诗

美应是文艺的不竭追求，对任何一种文艺的研究，也只有上升到美学层面，才能真正触及它内在的灵魂。延安文艺作为一种在抗战烽火下诞生的革命文艺，鲜明的政治意识形态化倾向似乎遮挡与包裹了延安文艺的其他特性与内涵，但美如同夜空的繁星，总能彰显自身的独特魅力与价值。爱情书写作为一种经久不衰的主题创作，同时也是一种内嵌理想与美学的行为实践，它是延安文艺“美”的一种独特显现与表达，是延安文艺的“美”在革命逻辑和情感逻辑的叠合、碰撞和挤压之下完成的一种原始的言说。

而延安文学中爱情书写的美学形态的呈现是多种因素共同作用的结果，尤其与革命情势和劳动氛围两大现实要素和文学主题及爱情自身所具有的美学内涵是密切相关的。简单地说，革命包含美，革命也产生美，革命下的人和事都具备“美”的因子，或崇高，或悲壮；劳动也是如此，

“对现实的美感态度最初是在劳动中产生的”，[1] 劳动本身是美的，劳动也产生美，劳动的人更是美的。

爱情本身就是一种美，或者说是包含美的一门“学科”，“爱与美同在，不仅美所引起的愉悦、崇仰之感所必然导向的喜爱之情中，就包含着爱情，而且爱情作为一种合乎人类生存、发展规律，有着丰富道德内容的社会现象，其本身就具有极大的审美价值，本身就是美的”。[2] 爱情也可以创造美，“爱情是作为男女关系上的一种特殊的审美感而发展起来的。爱情创造了美，使人对美的领悟能力敏锐起来，促进对世界的艺术化认识”。[3] 因此，审美是延安文学爱情书写必不可少又极为珍贵的美学品质，是美与美的碰撞与互动。从审美的维度去感知和把握延安时期爱情书写的美学内蕴，其实也是在对丰富而多元的延安文艺进行一定的美学阐释。审美范畴视域下延安时期爱情书写的审美形态主要有三类，即崇高美、优美与悲剧美。崇高美是这一时期爱情书写的主流，优美次之，悲剧美较少，三者并不完全孤立，有时相互融合，呈现一种多美共存的状态。

1. ［苏］万斯洛夫、［苏］特罗菲莫夫：《美与崇高》，夜澄译，上海文艺出版社1958年版，第1页。
2. 易洪斌：《美·审美·爱情审美》，吉林文史出版社1987年版，第95页。
3. ［保］瓦西列夫：《情爱论》，赵永穆等译，生活·读书·新知三联书店1997年版，第42页。

第一节　崇高美

崇高的审美形态是延安时期文学作品中不同主题的共同美学基调，对于涉及爱情书写的文学作品来说更是如此，这是由革命年代的战争背景及革命与爱情的互动关系等决定的。在全民抗战的革命年代，尤其是在中国共产党领导的无产阶级革命进程中，革命是带给人希望、力量和未来的崇高信念和理想，爱情也只有在革命取得胜利、民族国家获得独立的前提下，才能得以真正实现。因此，爱情的崇高美既是革命情势下的必然结果，也是自我实现的重要路径。爱情只有在美学层面表现崇高，才能获得自身书写的合理性与有效性，因为爱情最终的指归或使命是推动和促进革命的发展，乃至胜利，也只有与革命的步调和情势保持一致，才能在革命允许的限度内出现。“爱情是人民的一种高尚的道德感情，属于道德范畴，也属于美学范畴。”[1]那么，何为崇高（美）？在爱情被视为小资产阶级情调和作风的延安时期，爱情如何称得上“崇高”？爱情的崇高美具体又是如何获得和表现的？作用和意义又是什么？

1. 郑松生：《毛泽东与美学》，福建教育出版社 1992 年版，第 104 页。

一、何为爱情的崇高?

崇高在审美范畴中具有举足轻重的地位，对于整个美学学科来说都是极为重要的，以至于有的学者认为："中国美学最最关注的问题是崇高的范畴。"[1]因此，对崇高的概念和历史演变进行客观的学术探析是不可避免的，也是必要的，但笔者不想止步于此，或者说笔者期望在对崇高的概念和历史演变的梳理中准确地把握和理解它在延安时期的新变，以及对文学创作、爱情书写等的作用和影响，也就是以崇高作为理解延安文学爱情书写美学层面的切入点，在历史动态的发展脉络和更广阔的文化视野中，探究革命与爱情、审美与政治等的互动与碰撞，继而对延安文学中的爱情书写作更为深入的理解和审美意义上的观照。

最早对"崇高"进行论述的是古希腊文艺理论家朗吉努斯，他在《论崇高》一文中将崇高与文学创作相联结，并给出构成崇高的五个先决条件："第一而且是最重要的是庄严的思想，……第二是强烈而激动的情感。……第三是运用藻饰的技术，……第四是高雅的措辞，……第五个原因……就是整个结构的堂皇卓越。"[2]虽然作者主要是在修

1. [美]王斑:《历史的崇高形象——二十世纪中国的美学与政治》，孟祥春译，上海三联书店 2008 年版，第 8 页。
2. [古希腊]朗吉努斯:《论崇高》，载马奇主编:《西方美学史资料选编(上卷)》，上海人民出版社 1987 年版，第 164 页。

辞学层面对文学作品如何具有崇高性或崇高美进行论证和说明，但其实也涉及崇高的精神内核，例如在这五个先决条件中排第一、第二的“庄严的思想”“激动的情感”都属于内在的精神和思想层面的表现，而第三、第四和第五个条件属于实践（文学作品）层面，也就是说只有在思想和精神层面具有崇高的内核，才能在实践和行动上得以表露。将其对应于战争年代，则在精神和思想层面具有崇高的革命信念，具有不怕牺牲、勇敢无畏的精神才能在战场上表现出决绝与拼杀的行动，才不会成为逃兵。中国清代文人姚鼐在《复鲁絜非书》中说道：“鼐闻天地之道，阴阳刚柔而已。”[1]他也提到了文章的“崇高”意蕴，只不过所用的是中国传统文化中的阴阳之义，即“其得于阳与刚之美者，则其文如霆，如电，如长风之出谷，如嵩山峻崖，如决大川，……”[2]具有阳刚之气（崇高）的文章，常常给人一种伟大、壮观、惊心动魄的威严之感。

随着历史情境的改变，人们对“崇高”的理解和阐释也增添了新的意义，英国经验主义哲学家和美学家柏克在其美学著作《关于崇高与美的观念的根源的哲学探讨》中则从审美经验和审美感受层面论及崇高的含义和成因，已

1.〔清〕姚鼐：《复鲁絜非书》，载王振复主编：《中国美学重要文本提要》，四川人民出版社 2002 年版，第 224 页。

2. 同上。

经显示出与古希腊时期朗吉努斯的崇高观点很大的不同，之后又有康德、鲍姆嘉通、席勒、尼采等哲学家和思想家对崇高的不同阐述，都使“崇高”在新的时代和历史语境中得到了进一步的发展。而在这其中较具影响力或者说对后世启发较大的则是德国哲学家康德对崇高的看法和理解。康德认为崇高“就是全然伟大的东西”。[1]康德在“伟大”前特意加了修饰词“全然”，意味着单独的、个别的伟大都不算作崇高，只有从头至尾、彻彻底底的伟大才是崇高。这里的“伟大”不仅指思想或观念层面上的“大”，而且也指数量和外观的“大”，“崇高是一切和它较量的东西都是比它小的东西”。[2]崇高可以使审美主体认识和发现自己，并在崇高感的获得中显示出人的主体性和自由性，从这一层面来看，康德对于崇高的阐述与中国近现代以来的“革命”一词具有异曲同工之处，“革命”也是使主体认识和发现自己，并通过“革命”这一途径实现和获得人的主体性和自由性。不论是古希腊朗吉努斯对崇高的理解，还是18世纪德国哲学家康德对崇高的阐述，我们总能看到崇高和革命在本质上的同源性或相似性，或者说“革命”天然地携带有“崇高”的美学品质和因子。

---

1. ［德］康德：《判断力批判（上卷）》，宗白华译，商务印书馆1996年版，第87页。
2. 同上书，第89页。

到了近现代以后，中国的哲学家和思想家在吸收西方有关崇高观念的阐述和立足于中国文化语境的基础上，形成了自身独特的崇高的美学观念。例如王国维的“壮美人格”理论，朱光潜的“悲剧崇高论”，李泽厚将审美形态分为“悦耳悦目”“悦心悦意”“悦志悦神”三类等，“崇高的根源产生在人类社会的客观实践和斗争中，……所以，社会生活中的崇高是一切崇高的本质和首要内容。……崇高正是在与各种严重的敌人，与困难、凶恶、灾祸、苦难、挫折的斗争中（不管它们是采取狂风暴雨的激烈方式还是表面上比较和缓的形式），才光芒四射的”。[1] 李泽厚对崇高的理解以及关于崇高美产生的原因与延安时期的革命斗争是非常契合的，革命就是党领导人民与侵略者进行不屈的斗争，在革命过程中自然会遇到许多磨难、挫折和失败，但在这一过程中党和人民表现出的勇敢无畏、坚强不屈的精神正是崇高的。

延安时期对文学作品产生重大影响的则是毛泽东的文艺美学观，具体指毛泽东对崇高的理解和阐述。对毛泽东文艺美学的崇高观产生较大影响的是马克思恩格斯对崇高的理解，这既与中国共产党自 1921 年成立以来就自觉地以马克思主义的世界观和方法论来指导中国革命有关，也

1. 李泽厚：《美学论集》，上海文艺出版社 1980 年版，第 204—205 页。

与中共领导人在立足于中国具体的革命实际的基础上吸收和学习马克思列宁主义基本原理有关。马克思对审美范畴意义上的崇高阐述最为集中和丰富主要体现在他的美学笔记《泰奥多尔·费舍的〈美学或美的科学〉一书的摘要》[1]，马克思认为："单个个体既是观念的本质性现象，与观念的普遍性相比又是终将消逝的渺小者。这种矛盾就是崇高。"[2] 马克思对崇高的看法和理解，与他唯物主义的哲学观和辩证法密切相关，崇高即是在对立统一（矛盾）中产生和实现的，一方面，个体的有限性在面对"观念的普遍性"时，观念的普遍性以一种宏大、广阔、壮丽的姿态使个体感觉和承认自身的渺小和微弱；另一方面，"有限的个体"也可以去追逐和超越"观念的普遍性"，由此在既对立又统一的过程中产生崇高感。

马克思对崇高的理解给予了中共领导人毛泽东很大的启发，在立足中国现实革命的基础上，毛泽东对崇高的理解较为集中地体现在1937年8月发表的《矛盾论》和1942年5月《在延安文艺座谈会上的讲话》，尤其是《讲话》，不仅凸显和强调了延安文学爱情书写的崇高品格，而

1. 这是马克思1857年所作的一篇读书笔记，原件收藏于阿姆斯特丹国际社会史研究所，1994年锁贵、执经首次译成中文本，发表于《文艺理论与批评》1994年第2期，本文所参照的正是此版本。

2. ［德］马克思：《泰奥多尔·费舍的〈美学或美的科学〉一书的摘要》，锁贵、执经译，《文艺理论与批评》1994年第2期。

且奠定和营造了延安时期文学作品整体的美学基调和审美氛围。在《矛盾论》中，文章第一句就对矛盾的意义和作用进行了强调，这也是马克思崇高观的核心内容，“事物的矛盾法则，即对立统一的法则，是唯物辩证法的最根本的法则”。[1]之后毛泽东又指出：“我们在日常生活中所看见的统一、团结……都是事物处在量变状态中所显现的面貌。……对立的统一是有条件的、暂时的、相对的，而对立的互相排除的斗争则是绝对的。……有条件的相对的同一性和无条件的绝对的斗争性相结合，构成了一切事物的矛盾运动。”[2]这不仅是对社会进程、发展规律的揭示，也是对崇高产生路径的阐释，矛盾的斗争（对立）和矛盾的同一相互转化的过程，也就是崇高产生的原因和前提条件，正如蔡子谔在《毛泽东与美学》一书中所分析的：“崇高作为美的特殊形态，它主要体现实践主体的巨大力量，更多的展示着主体和客体在现阶段相冲突和对立的状态；并且在这一对立冲突中，显示出客体和主体相统一的历史必然内容。”[3]这也就是说，审美主体在矛盾的斗争和对立中感受到的是一种痛感和紧张感，但矛盾是可以由对立转化到同

1. 毛泽东：《矛盾论》，载《毛泽东选集》（第一卷），人民出版社 1991 年版，第 299 页。
2. 同上书，第 332—333 页。
3. 蔡子谔：《毛泽东与美学》，山西人民出版社 1993 年版，第 67 页。

一的，也正是在这一转化过程中，审美主体的痛感随着矛盾的转化而转化，成为一种快感，一种超越自身局限性的精神愉悦，是心灵的升华，这便是崇高。在革命抗战时期，革命主体（工农群众）在面对残酷的战争灾难时，尤其是目睹无数的亲友或战友在自己身边倒下的时候，这时正处于矛盾的对立点，他们感受到的是一种痛感，一种失去亲人和战友的痛苦，一种面对死亡时的无助和无力，但矛盾是对立统一的，在由对立向统一（同一）的转化过程中，革命主体从死去亲友的身体上汲取了无畏的力量，他们可以忘却伤痛，甚至死亡而奋勇杀敌，崇高感也正是在这一转化过程中油然而生。

崇高美是毛泽东阐述审美范畴的核心内容，而“毛泽东关于文艺美学的论述，包括美论，是其美学思想的主体或核心部分，它最集中地体现于《在延安文艺座谈会上的讲话》”。[1]《讲话》也集中地蕴含着毛泽东对崇高美的看法，并且《讲话》作为“解放区文艺的纲领性文件”，[2]其中有关文艺崇高美的阐述，必然深刻地影响着作家的创作和审美表现，那些在延安时期，特别是《讲话》后出现的新

1. 黄南珊：《典型美崇高美理想美——毛泽东美学思想研究之一》，《江汉论坛》1992 年第 5 期。
2. 刘忠：《〈在延安文艺座谈会上的讲话〉研究》，人民文学出版社 2009 年版，第 1 页。

作品、新人物、新故事、新审美等便是最好的体现，尤其是蕴含丰富情感宝藏的爱情描写的作品所呈现出的美学风貌更是对《讲话》崇高美的生动体现。我们首先探析《讲话》中的崇高美内涵，然后（在本章第二小节）再对具体的文学文本进行研究，以此来更好地把握和理解爱情书写的崇高美。

“文艺为什么人”的问题，是马克思列宁等人文艺观和哲学观的重要问题，毛泽东在《讲话》的结论中对“文艺为什么人”的问题给出了明确的答案，那就是“我们的文艺，第一是为着工农兵”，[1]这不仅是回答了革命文艺的服务对象，而且也明确了文艺的美学风格。因为不同的受众，阶级属性也有差异，阶级属性的不同，又决定了他们的审美趣味和审美能力的差异。接下来，自然引出第二个问题，文艺为什么要为这些人服务？毛泽东也给出了答案：“第一是为工人的，这是领导革命的阶级。第二是为农民的，他们是革命中最广大最坚决的同盟军。第三是为武装起来了的工农即八路军新四军及其他人民武装队伍的，这是战争的主力。”[2]从这段文字中可以看出，文艺为什么人以及为什么，最重要的衡量标准便是革命，文艺的出发点和落脚点都应为革命服务，这自然也决定了文艺的美学风格，归

1. 毛泽东：《在延安文艺座谈会上的讲话》，《解放日报》1943年10月19日。
2. 同上。

根结底，这一时期文艺应表现什么样的美学风格，是由革命现实决定的。那么，革命文艺的“素材”从哪里来？又需要创作出何种美学风格的作品呢？毛泽东对此也都给予了答案，首先，作品的“素材”应来源于人民生活，“人民生活中本来存在着文学艺术的矿藏，这是自然形态的东西，是粗造的东西，但也是最生动、最丰富、最基本的东西，它们使一切加工形态的文学艺术相形见绌，它们是一切加工形态的文学艺术的取之不尽、用之不竭的唯一的源泉”。[1]这就是说文艺应取自人民生活，并回归到人民生活，这中间需要文艺创作者以“加工”的手段对人民生活中的“素材”进行处理，最终结果的呈现应该是“比自然形态上的文艺更有组织性，更有集中性，更典型，更理想，因此就更带有普遍性。……文艺就把这种日常的现象组织起来，集中起来，典型化”。[2]“典型化”是一种美学意义上的文学手段或方式，“运用典型化的方法，把生活美提升为艺术美”，[3]“使人民群众惊醒起来，感奋起来，推动人民群众走向团结和斗争，实行改造自己的环境”。[4]虽然毛泽东并未明确提出崇高美的概念以及文学作品应具有的崇高美风格，

1. 毛泽东：《在延安文艺座谈会上的讲话》，《解放日报》1943年10月19日。
2. 同上。
3. 刘忠：《〈在延安文艺座谈会上的讲话〉研究》，人民文学出版社2009年版，第116页。
4. 毛泽东：《在延安文艺座谈会上的讲话》，《解放日报》1943年10月19日。

但这里的“惊醒”“感奋”“推动”等都是崇高美概念和内涵的应有之义，也由此决定了延安文学作品中的主要美学风格便是崇高美。

除此之外，延安文学爱情书写崇高美的获得与“劳动”也有密切的关联。马克思认为“劳动生产了美”，[1] 劳动主体在劳动过程和劳动行为中认识自己、肯定自己，从而也确定了自己审美主体的地位，“他们那由于劳动而变得坚实的形象向我们放射出人类崇高精神之光”。[2] 劳动使健康、强壮的身体和黝黑、红润的肤色成为劳动主体“美”的重要体现。延安时期，劳动贯穿着人们一切生产与生活，劳动主体，即工农大众也随着劳动（体力劳动）的普及和劳动观念的改变，地位得到了空前未有的提升，劳动主体的“美”，尤其是崇高美的重要显现已不仅是体格和肤色等外在特征，而是他们吃苦耐劳、勤劳能干、大公无私的精神品格，尤其是当劳动主体崇高的精神品格与爱情形成某种内在的互动与关联时，也为爱情书写打上了崇高美的印记。

当然，延安文学爱情书写的崇高美也与爱情本身有关。“爱情的本质是美的。爱情从古到今，自始至终，对一切民

1. ［德］马克思：《1844 年经济学哲学手稿》，载中共中央马克思恩格斯列宁斯大林著作编译局编译：《马克思恩格斯文集（第一卷）》，人民出版社 2009 年版，第 158—159 页。
2. 同上书，第 232 页。

族，一切国人，都毫不例外地具有强大的吸引力，美的感受。爱情就是由美的吸引力而产生的。”[1]“美是爱情的本质之一，它有很高的审美价值，具有多方面的审美意义。”[2]这里的“美”是一种宽泛意义上的美，既包括崇高美，也包括优美和悲剧美。但在特定的历史语境中，尤其是在延安时期，在革命和劳动等多重因素的作用和影响下，崇高美是延安文学爱情书写的主要美学表现，常常以崇高的革命行为和革命精神以及大公无私的劳动行为等予以体现，接下来我们将从具体的文学文本中感知爱情的崇高美。

二、爱情崇高美的表现

爱情的崇高，来自爱情主体，也即革命主体崇高的革命精神和行为。例如《嘱咐》（孙犁）中的水生为了革命，奔赴前线同敌人抗战了八年，这八年时间里他没有回过一次家乡，也没有同家人有过一次联系，见过一次面。他远离故土，离别父亲和妻子，虽然也会时常想念家人，但他都会以劳动和学习来抹去思念的苦恼，全身心投入抗战。这种无小我、心系国家和民族的“大我”行为无疑是崇高的，也是革命年代具有典型意义和备受推崇的行为。刚好趁着战争打到家乡附近时，水生就请了假，绕道回家中一

1. 张平治：《爱情美学》，山东人民出版社 1987 年版，第 295 页。
2. 张广忠主编：《社会科学学科辞典》，中国青年出版社 1990 年版，第 906 页。

趟，看望父亲和妻子，还有八年前他离家上战场时还未出生的孩子，就在即将到家乡村落的时候，他却被一种个人的情思所扰乱，他将这种对父亲、妻子还有孩子的思念，看作“一种沉重的压迫，对战士的心的很大的消耗。他在心里驱逐这种思想感情”。[1] 这本是人正常的一种情感流露，更何况他已离家八年，他的行为已近乎苛求和虐待自己了。心系前方战事，水生最终选择只在家待一个晚上。但在水生坚硬和革命的外表下，我们仍然能感受到他内心对妻子不善于用言语表达的，崇高的爱情。

当妻子询问水生在离家的八九年是否想过她的时候，水生虽然回答得很坚决：“你知道我是出门打仗去了，不是专门想你去了。”[2] 可是在细微之处，我们仍然能强烈地感受到水生对妻子的爱情，“自然你们也不容易”[3]；“吃着那鱼，就想起了你”[4]；“我是请假绕道来看望你”。[5] 从水生简短的话语和深沉的行为中可以看出，水生对妻子的爱情是一种被革命行为和革命信仰所政治美学化的爱情，这种爱情常常因为革命主体行为的崇高也变得崇高，爱情的崇高是受

1. 孙犁：《嘱咐》，载康濯主编：《中国解放区文学书系·小说编》（二），重庆出版社 1992 年版，第 730 页。
2. 同上书，第 733 页。
3. 同上书，第 732 页。
4. 同上书，第 733 页。
5. 同上书，第 734 页。

革命制约的，因此，爱情美学的表现机制并不强烈和明显，但在爱情主体细节之处的语言和行为上依然能显出自身的张力和崇高。

如果说水生对妻子的爱情是含蓄的、崇高的爱，那么相较于水生，水生妻子对水生的爱情则更为直接是另一种崇高。在水生离开家的八年里，她一个人扛起照顾父亲和孩子的重担，强忍对丈夫的思念，因为她知道丈夫是上前线，为国家和民族贡献自己的力量，是为了人民更好地生活，因此，当水生回到家里，她并没有向水生抱怨任何事情，她那几次的泣不成声都饱含着她这些年的思念和艰难，她主动问水生："说真的，这八九年，你想起过我吗？"[1]水生回答说"想过"，只要有这句话，对她来说这一切就都是值得的。在得知水生只能在家待一晚时，她让水生好好休息，自己却天不亮就起床生火做饭，还主动撑冰床送水生回部队，并将冰床撑得飞快，"冰床就像受了惊的小蛇一样，抬起头来，窜过去了"。[2]只是为了让水生尽早回部队，早日革命胜利，回到家里，"我为什么撑得这么快？为什么着急把你送到战场上去？我是想，你快快去，快快打走了进攻我们的敌人，你才能再快快地回来，和我见面"。[3]为

1. 孙犁：《嘱咐》，载康濯主编：《中国解放区文学书系·小说编》(二)，重庆出版社1992年版，第733页。
2. 同上书，第735页。
3. 同上书，第736页。

了让水生早日革命胜利回到家里，水生的妻子将个人的情感和不舍都深埋在内心，尤其是那句"'只要你还在前方，我等你到死！'"[1]让人不禁为这爱情的崇高而潸然泪下。

水生和妻子之间的爱情是由共同的革命理想构成的，两人所表现出的崇高的革命行为和革命精神使得他们之间的爱情呈现出一种崇高美，"（毛泽东）把男女建立在共同的革命理想基础上的爱情看作是美的"，[2]延安文学中有许多类似水生和妻子之间的崇高爱情，例如郑笃《情书》，竹香和根云是一对年轻的小夫妻，根云在婚后没多久，就参军上了前线，离家已经两年多，两人只能通过写信了解彼此的情况，竹香非常想念自己在前线打仗的丈夫，"她可真也想叫他回家来看看！"[3]但她知道："抗战打日本是革命的大事情，谁还能拦人家？"[4]她压制住自己情欲的思念，表现出自己崇高的革命信念，为了使根云在外专心革命，自己则在家积极学习，积极劳动，照顾家人，努力生产，学习纺织，还一度被评为村上的纺织模范，这种爱情是崇高的，也是普遍的，更是典型的，丈夫在外积极抗日，妻子

1. 孙犁：《嘱咐》，载康濯主编：《中国解放区文学书系·小说编》（二），重庆出版社 1992 年版，第 736 页。
2. 郑松生：《毛泽东与美学》，福建教育出版社 1992 年版，第 99 页。
3. 郑笃：《情书》，载康濯主编：《中国解放区文学书系·小说编》（二），重庆出版社 1992 年版，第 1556 页。
4. 同上书，第 1557 页。

在家积极劳动，个人爱情与革命的宏大叙事相联结，并以崇高的革命行为和革命精神使爱情也散发出崇高的美学气息。这样的爱情在延安文学中不胜枚举，《最甜蜜的第二个夜》（马紫笙）中，二明和二菊刚结婚一个月，正是蜜月期，但赶上解放战争，二明“下决心要瞅机会去参军，做一个杀敌英雄”。[1]他以为二菊会阻止他去参军，毕竟他们才结婚一个月，但没想到二菊完全支持他：“俺一听到扩军的讯儿，马上就想劝你去报头一名，好起个带头作用”[2]；“老婆疼汉子是人情，妻子劝丈夫打老蒋是道理，……打老蒋是大事情，天底下的事数它大”。[3]爱情是人正常的情感，革命是道理，道理是高于情感的，也就是革命高于个人的爱情，革命是“大事情”，没有革命就没有个人的爱情，二菊的深明大义，使她和二明的爱情具有一种崇高美。当然，二明积极参军，愿意为革命流血牺牲，愿意离开才结婚一个月的妻子，这同样是令人感到心灵震撼和敬佩的。再比如《战地婚筵》中，任成柱和玉鹅新婚第一夜，任成柱天亮就要奔赴战场，玉鹅不仅没有阻拦，还表示理解和支持，“这个道理我全明白的，你放心吧。这回到家，我也要参加

1. 马紫笙：《最甜蜜的第二个夜》，载康濯主编：《中国解放区文学书系·小说编》（一），重庆出版社 1992 年版，第 125 页。
2. 同上书，第 128 页。
3. 同上。

妇女工作哩!”[1]离别的感伤全被革命的信仰所遮蔽，此处没有悲伤，有的是对他们爱情崇高的敬仰。当然，在爱情崇高美之中，也不乏优美，“一阵清晨的风，从窗子里送进了菜花的浓香。玉鹅仍然睡不着，她把自己纺花织布赚下的几个钱，包在一块小手巾里，悄悄塞进刚刚睡着的任成柱的衣袋里……”[2]玉鹅将自己满满的爱意装进任成柱的衣袋，这优美的场景正如他们优美的爱情。崇高美是延安文学爱情书写的主要审美范畴，但在爱情些许的优美中，我们能真切触摸爱情最平凡和最真实的本质，优美为爱情提供了较为私密的个人空间。

同样，作为与革命一样贯穿延安时期党和人民生产生活的劳动，也能使爱情呈现出崇高美，劳动在生产美的过程中，也赋予劳动对象，包括劳动主体、劳动客体、劳动过程等美的因子，并在与爱情互动的过程中，使劳动主体与爱情主体在身份上形成对等，劳动主体就等同于爱情主体，劳动主体健壮的体格、崇高的劳动精神等都使爱情呈现出一种崇高美。例如西戎《好夫妻》中，李玉梅和其他与自己一起下地劳动的那些“结结实实，精精干干”[3]的20

1. 曾克:《战地婚筵》，载康濯主编:《中国解放区文学书系·小说编》(四)，重庆出版社1992年版，第2634页。
2. 同上。
3. 西戎:《好夫妻》，载西戎:《谁害的?》，天下图书公司1950年版，第18页。

岁上下年纪的妇女相比，“更精干；赤脚片穿着凉鞋，……三四年前就剪了短发，乌油油的，走起路来，在两颊飘洒着，真够漂亮的”。[1]李玉梅在长期的劳动中形成健康结实的身体，这是作为劳动主体也是爱情主体的她显在的外部特征，这是延安文学中主流的美，是能够产生崇高和激励人心的美，正如塞克所说：“真正的美应该是为真理、自由、为劳动的人民解放而斗争的力，创造的力，真正能够担负工作的健康的劳动者的躯体，和坚强的战士！”[2]也只有这样的“美”与爱情结合，才能使爱情脱离小资产阶级趣味而成为振奋工农大众的崇高美。玉梅的丈夫兴旺，“在村里当的农救秘书，工作踏实，生产积极，是一个挺惹人爱的好后生。玉梅爱他，他也爱玉梅，两口子的感情实在叫村里那些年青人们眼热”。[3]当然，劳动身体的“美”只是爱情崇高美的一个方面，更为重要的是崇高的劳动精神和劳动品质是爱情呈现崇高美的内在要素，玉梅和兴旺崇高的爱情是在逐渐解决劳动工作中遇到的难题的过程中得以呈现的，玉梅是妇女变工组组长，在民主讨论会上没有充分发扬民主精神，而是较为独断地作了决定，还带头批

1. 西戎：《好夫妻》，载西戎：《谁害的？》，天下图书公司 1950 年版，第 18 页。
2. 塞克：《在青年剧院学习总结会上的讲演》，载刘润为主编：《延安文艺大系·文艺理论卷（上）》，湖南文艺出版社 2015 年版，第 317 页。
3. 西戎：《好夫妻》，载西戎：《谁害的？》，天下图书公司 1950 年版，第 19 页。

评了提出自己看法的组员张翠芝，导致其他组员的积极性下降，她的工作一时难以开展。丈夫兴旺在了解了全部情况后，不仅对玉梅工作中存在的不足进行了批评，还为其提供了解决问题的方法，最终问题迎刃而解，工作得以顺利进行，两人的爱情也在这一过程中变得更加深厚，“她对兴旺，更加爱了”。[1] 而且两人都是为公不为私的领导干部，“儿子当上村干部，常是关心别人不关心自己；媳妇是纺织组长，常是跑腿教别人，自己织不下布”。[2] 大公无私的工作态度和劳动精神使他们的爱情既不带有小资产阶级情调和虚幻的作风，也不谈个人琐屑的家长里短，而是具有普遍和典型意义的崇高美的爱情，这在延安文学中也是较为常见的。

雷加创作和发表于1944年的小说《男英雄和女英雄》中，张步云刚被区上评为劳动英雄的时候，他的妻子并没有因为他的这一称号而感到光荣，而是认为他经常被喊去到区上开会，耽误自家的生产，“‘什么劳动英雄不劳动英雄，谁愿意干谁干去，你误得起这份工来吗？’”[3] 张步云的妻子只顾自己利益，当行政主任要求她按时按工完成纺线任务时，她却摆出一副“二流子”的态度，不愿纺线，

1. 西戎：《好夫妻》，载西戎：《谁害的？》，天下图书公司1950年版，第28页。
2. 同上书，第24页。
3. 雷加：《男英雄和女英雄》，天下图书公司1950年版，第73页。

夫妻二人之间也常因劳动的事争吵。后来在张步云不懈的劝解和乡长的批评指导下，张步云的妻子开始转变了自己的思想，积极劳动，努力生产，还成了纺织英雄。而他们之间的爱情和婚姻也随着爱情主体形象的崇高和升华，而呈现出一种崇高美，正如张步云对他妻子所说的："'现在你也是英雄，我也是英雄，咱们都是公家人啦！'"[1]他们的爱情和婚姻自然也不再仅仅是个人的私事，而是具有模范和榜样作用的蕴含崇高美的"公事"。袁毓明的短篇小说《由鬼变人》也是如此，所不同的是妻子是劳动进步的一方，而丈夫是不务正业的"二流子"，但不管爱情主体的哪一方是游手好闲，不务正业的"二流子"，劳动都是促使其身份转型的重要途径。正如这篇小说的题目所明示的"由鬼变人"，男主人公刘小七在解放前是一个抽大烟、偷东西、不劳动的"二流子"，和妻子"吵嘴打架，闹分家"，[2]夫妻之间没有爱情可言。直到解放后，刘小七在村长的帮助和劝说下改邪归正，积极劳动，不仅成为劳动英雄，而且和妻子也重新点燃了爱情，"他老婆一见他就是张嘴笑，抿嘴也笑"。[3]刘小七在获得爱情给予的力量后，"好像老

1. 雷加：《男英雄和女英雄》，天下图书公司1950年版，第87页。
2. 袁毓明：《由鬼变人》，载康濯主编：《中国解放区文学书系·小说编》(四)，重庆出版社1992年版，第2316页。
3. 同上。

虎插上了翅膀，闹时光的劲儿更不知多大了。每天天不明就到地里，去的时候，还顺手带着箩头拾粪，自己就像着了魔一样，也不知道休息了”。[1] 夫妻间的爱情化为刘小七不知疲倦的劳动的力量源泉，而两人的爱情也在刘小七那句颇具政治口号性的感慨中升华和崇高了：“我从前不是个人，是个鬼，是个大烟鬼骗子，这是旧社会把我弄坏的。共产党八路军把我救出来了，现在我从鬼世界走到人世界了。我感谢毛主席的大恩典……”[2]

三、爱情崇高美的作用和意义

爱情的崇高美因爱情自身所蕴含的美学内涵而产生，而在延安时期，爱情的崇高美更是因革命和劳动才得以呈现。革命和劳动赋予爱情以崇高美，并使爱情脱离和迥异于小资产阶级情调及个人情欲的狭窄范畴。那么，爱情的崇高美的作用和意义又是什么呢？可以明确的是这一作用和意义绝不仅限于对革命和劳动的反作用力，而是对整个延安文学，乃至共和国文学爱情书写的作用和意义而言的。

在探讨延安文学爱情书写崇高美的作用和意义之前，我们不妨先对五四以来爱情书写的审美形态作一个大致的

1. 袁毓明：《由鬼变人》，载康濯主编：《中国解放区文学书系 · 小说编》（四），重庆出版社 1992 年版，第 2328 页。
2. 同上书，第 2329 页。

梳理，在动态的发展过程中更为全面和清晰地感知爱情崇高美对革命、劳动和文学的作用和意义。笔者认为，从五四到延安，包括共和国50—70年代文学中，因为对爱情的书写从未停止，爱情的崇高美也就一直存在，只不过五四时期爱情的崇高与时代的浪漫精神及作家浪漫主义的创作手法紧密相连，是一种浪漫主义的崇高美，但这种浪漫主义的崇高美往往包含着悲剧性的美学元素。而随着全面抗战的爆发，革命的漫长、曲折等特征的显露，使得在延安文学中，爱情的崇高美是基于现实主义创作手法的崇高美，同时又与革命的乐观主义态度和精神相联结，呈现出一种较为多元和复杂的美学形态。也就是说，五四时期爱情书写的崇高美和延安时期爱情书写的崇高美有着本质不同，它们对于革命以及文学整体审美风格的表现等的作用和意义也是不同的，我们可以从具体的文学作品中感知和把握。

现代著名女作家冯沅君在五四时期创作了大量描写爱情的作品，其中产生过较大影响的作品有《旅行》《隔绝》《隔绝之后》等，作者借笔下人物的自白来表达“身命可以牺牲，意志自由不可以牺牲，不得自由我宁死，人们要不知道争恋爱自由，则所有的一切都不必提了”的心声。[1] 女

1. 淦女士：《隔绝》，《创造季刊》1924年第2卷第2期。

主人公敢于为了自己心中理想的爱情，同旧礼教、旧家庭作无畏而坚决的抵抗，也考虑过结束自己的生命来坚守自己心中的爱情，绝不向旧礼教屈服："试想以两个爱到生命可以为他们的爱情牺牲的男女青年，相处十几天而除了拥抱和接吻密谈外，没有丝毫其他的关系，算不算古今中外爱史中所仅见的。"[1] 庐隐《一个著作家》中的沁芬，与其说是疾病夺取了她的生命，不如说是没有爱情的婚姻耗尽了她的生命，无法与自己真正相爱的人生活在一起，再富裕的生活也无法填补爱情的缺失，唯有死亡，可以确保爱情与灵魂的纯洁，"我不幸！生命和爱情，被金钱强买去！但是我的形体是没法子卖了！我的灵魂仍旧完完全全交还你！"[2]《伤逝》中子君将全部的勇气和力量，乃至全部的寄托与希望，都质押于和涓生的爱情，当有天她感觉不到爱，或者爱离她而去的时候，她的世界崩塌了，曾经对爱情的憧憬全部幻化成无尽的黑暗，死亡也就成为必然。这是五四时期刚刚觉醒并以爱情作为反抗传统和封建礼教的重要武器的新女性无法逃脱的命运，也是她们的致命弱点。爱情就是她们的全世界，也是她们人生的意义和价值所在，失去了爱情，也就意味着生命的终结。

为了爱情，宁愿舍弃所有，哪怕是不被人理解，哪怕

---

1. 淦女士：《隔绝》，《创造季刊》1924 年第 2 卷第 2 期。
2. 庐隐：《一个著作家》，《小说月报》1921 年第 12 卷第 2 号。

是与世界为敌，哪怕是牺牲自己的生命，也从不遮蔽和压抑内心真实的渴望，毫无疑问，这样的爱情是充满崇高美的爱情，即便在当时的时代条件下最终只能沦为悲剧，但也无法否认，这种爱情的崇高美具有一定的鼓舞、激励和宣扬作用，例如挪威戏剧家易卜生的话剧《玩偶之家》被引进中国后成为一种典型，一种精神的风向标，指引和激励着现实中像娜拉一样的女性走出家庭，发现自我，寻找自我，鲁迅《伤逝》中的子君、茅盾《创造》中的娴娴、庐隐《男人与女人》中的琼等，都是“在娜拉式的精神、娜拉式的思索的示范下，迈出她们区别于旧女性的第一步。……娜拉的形象俨然参与着五四女性的主体生成过程”。[1] 可正如鲁迅所指明的：“但从事理上推想起来，娜拉或者也实在只有两条路：不是堕落，就是回来。”[2] 当然，还有一条路，那就是死亡，《隔绝》中的隽华为了爱情愿意舍弃自己的生命，《伤逝》中的子君最终也郁郁寡欢而死。不仅女性如此，男性也是如此，《沉沦》中的男主人公以自杀结束自己的一生，《银灰色的死》中的男主人公因爱而不得，在意冷心灰中醉死。这样的例子数不胜数，这种爱情

1. 孟悦、戴锦华：《浮出历史地表——现代妇女文学研究》，河南人民出版社 1989 年版，第 12 页。
2. 鲁迅：《娜拉走后怎样》，载《鲁迅全集（第一卷）》，人民文学出版社 1981 年版，第 159 页。

的崇高美，常常被现实和革命无情击破，人物的爱情和命运最终沦为一场悲剧。

在左翼文学中，文学创作者已经注意到了革命与爱情的密切联系，这一时期涌现了大量有关革命与爱情相结合的作品，茅盾在《"革命"与"恋爱"的公式》一文中对"左联"时期文坛上流行的革命与恋爱的创作主题分为了三类，一种是"'恋爱'会妨碍'革命'，于是归结于'为了革命而牺牲恋爱'的宗旨"。[1] 这一类作品占据着很大的数量，其次是第二类："'革命决定了恋爱。'这样的作品已经不及上一类那样多了"。[2] 第三类占据的数量最少，"这是注重在描写干同样的工作而且同样地努力的一对男女怎样自然而然成熟了恋爱。……不妨称为'革命产生了恋爱'"。[3] 不同类型的革命与恋爱的结合，恋爱对于革命的意义和作用也是有所差异的。最早开始"革命加恋爱"创作模式的作家蒋光慈对革命的理解是："在现在的时代，有什么东西能比革命还活泼些，光彩些？有什么东西能比革命还有趣些，还罗曼谛克些？"[4] 在他眼里，革命是

1. 何籁：《"革命"与"恋爱"的公式》，《文学（上海 1933）》1935 年第 4 卷第 1 期。
2. 同上。
3. 同上。
4. 蒋光慈：《死去了的情绪》，载《蒋光慈文集（第四卷）》，上海文艺出版社 1988 年版，第 62 页。

浪漫和艺术的，“革命就是艺术，真正的诗人不能不感觉得自己与革命具有共同点。诗人罗曼谛克更要比其他诗人能领略革命些！罗曼谛克的心灵常常要求超出地上生活的范围以外，要求与全宇宙合而为一。革命越激烈些，它的怀抱越无边际些，则它越能捉住诗人的心灵，因为诗人的心灵所要求的，是伟大的，有趣的，具有罗曼性的东西”。[1]蒋光慈不仅看到了革命富有激情、浪漫理想的一面，而且他从爱情中也看到了这一点，爱情依然可以保有它的崇高美，但它必须以革命的名义和形式给予革命以实质性的回报。《冲出云围的月亮》中的王曼英便以自己崇高的爱情和身体作为回报革命的一种方式，“当她觉悟到其它的革命的方法失去改造社会的希望的时候，她便利用着自己的女人的肉体来作弄这社会……”，[2]甚至当她看到身边的女同学都谈起恋爱的时候，她不禁反思道：“她来此地的目的并不是谈恋爱，谈恋爱也就不必来此地……而况且现在是什么时候呢？是革命青年们谈恋爱的时候吗？这简直是反革命！……”[3]她心中一直为柳遇秋留着位置，可当柳遇秋想和她有进一步发展的时候，她却怕因为恋爱而妨碍了革命，

1. 蒋光慈：《十月革命与俄罗斯文学》，载《蒋光慈文集（第四卷）》，上海文艺出版社 1988 年版，第 68 页。
2. 蒋光慈：《冲出云围的月亮》，载《蒋光慈文集（第二卷）》，上海文艺出版社 1983 年版，第 14 页。
3. 同上书，第 25 页。

这便是茅盾所说的第一类革命与爱情的创作模式：恋爱会妨碍革命。这一时期的爱情主体不仅有着崇高的爱情观，而且也有着崇高的革命观，他们也常常陷入革命与爱情的纠葛，爱情的崇高有时并不能很好地为革命服务，正如方维保所指出的："在革命尚未成功之时，革命与恋爱尚且可以组成一个罗曼蒂克的公式，但革命从本质上是排斥带有个人化色彩的情爱内容。所以当革命即将成功时，革命者就不能恋爱了。20 世纪 40 年代到 50 年代就是这样的既排斥情爱的宣泄而情爱的内容又是时时显露的时期，是一个革命的意识形态对情爱力比多的整理时期。"[1]

在延安文学爱情书写中，我们几乎再也听不到如《隔绝》中隽华那般爱情至上的豪言壮语，也再看不到爱情燃烧的浪漫激情："她第一次和柳遇秋亲密地，热烈地，忘却一切地接着吻……她周身的血液被情爱的火所燃烧着了。"[2] 我们所能听到的是"不是闹革命穷人翻不了身，不是闹革命咱俩也结不了婚"，[3] 我们所看到的是"任成柱和玉鹅这新婚的第一夜，……当玉鹅帮任成柱脱下军衣，让他上床休息的时候，江防上开始像每天晚上一样轰隆起

1. 方维保：《红色意义的生成：20 世纪中国左翼文学研究》，安徽教育出版社 2004 年版，第 174 页。
2. 蒋光慈：《冲出云围的月亮》，载《蒋光慈文集（第二卷）》，上海文艺出版社 1983 年版，第 27 页。
3. 李季：《王贵与李香香》，《解放日报》1946 年 9 月 24 日。

来。任成柱马上又拉拢衣服，带着玉鹅到门外一块高起的草坪上去看照明弹”。[1] 从这里我们可以很明显地感觉出爱情的私密性、个人性、浪漫性等被革命的广泛性、集体性和现实性覆盖和遮蔽，“个体的爱情已被革命话语套上了限定和规制的枷锁，爱情的个体性和私人性几乎被完全消隐，但这并不意味着‘革命＋恋爱’公式中断了它的旅程。相反，它以与革命更紧密结合的方式将爱情叙事彻底‘革命化’”。[2] 爱情主体就等于革命主体，爱情的崇高就是革命的崇高，并因革命的崇高而显现，爱情的崇高的最终指归就是要凝聚人们内心革命的火焰，为革命服务，正如《战地婚筵》中任成柱的父亲在任成柱的婚筵上对团军械股长所说的：“俺姓任的一家能有今天，还不都是革命的恩情。给他成了亲，是告诉他叫他更坚决的去打老蒋。”[3] 个人的幸福是革命赋予的，因此，个人的幸福也应以革命为最高理想，帮助和促使最高理想的实现和完成，“多谢首长和同志们，我一生一世也忘不了今天。往后去，我更明白要革命到底了”。[4] 任成柱在婚礼上发自肺腑的感激的

1. 曾克：《战地婚筵》，载康濯主编：《中国解放区文学书系 · 小说编》(四)，重庆出版社 1992 年版，第 2633 页。
2. 姜辉：《革命想象与叙事传统：“红色经典”的模式化叙事研究》，人民出版社 2012 年版，第 172 页。
3. 曾克：《战地婚筵》，载康濯主编：《中国解放区文学书系 · 小说编》(四)，重庆出版社 1992 年版，第 2633 页。
4. 同上。

话，读来更像是一个战士对党的承诺和誓言，这就是爱情的崇高美的作用和意义，也可以说是革命的信仰的作用和意义。

第二节　优美

在中国古代，优美所具有的柔弱、轻靡、娇小、香艳等含义最初就是和男女之间的情欲相联结的。例如《汉书·地理志》："卫地有桑间濮上之阻，男女亦亟聚会，声色生焉。"[1]阮籍《北里多奇舞》："北里多奇舞，濮上有微音。轻薄闲游子，俯仰乍浮沉。"[2]青年男女在"濮上"约会，并跳（性感的）舞、弹琴（靡靡之音），且不论这里的舞蹈和音乐是高雅还是低俗，男女约会的场景，桑间田濮，吟唱轻舞等都使爱情显现出一种优美之感。在延安文学爱情书写中我们依然能寻觅和感知到优美的踪迹，它虽然与爱情的崇高美有着截然不同的美学表现力，但它并不是崇高美的对立形态，而且，在新的历史语境和文学氛围中，爱情的优美也具有了崭新的内涵和意义，它不仅包含着创

1.〔汉〕班固：《汉书》，中州古籍出版社 1998 年版，第 111 页。

2.〔魏晋〕阮籍：《咏怀诗·北里多奇舞》，转引自靳极苍：《阮籍咏怀诗详解》，山西古籍出版社 1999 年版，第 38 页。

作者独特的美学理想与爱情体验，而且也丰富了延安文学爱情书写的美学维度与艺术魅力。整体来说，延安文学爱情书写的优美主要体现在简练含蓄又不乏诗意的语言、恬淡自然的爱情环境以及爱情主体（女性）的甜美秀丽等三个方面，为了便于集中叙述和更为深入地感知延安文学爱情书写的优美，本节以作品富有独特审美风格的孙犁在延安时期创作和发表的有关爱情的作品为例，来对延安文学爱情书写的优美作整体的概观和探析。

一、简练含蓄又不乏诗意的语言

语言是文学最具表现力的武器，也是一个作家风格的显著体现。孙犁是一位有着自己鲜明的语言体系和独特的美学风格的作家，“毛泽东曾在发表《荷花淀》的那张《解放日报》边缘写下这几个字：‘这是一个有风格的作家’”。[1] 短短十个字的评语，已精确概括出孙犁文学风格的独特性。曾任《解放日报》副刊编辑的方纪在第一次读到《荷花淀》的原稿时曾兴奋地指出：“无论从题材的新鲜，语言的新鲜，和表现方法的新鲜上，在当时的创作中显得别开生面。……《荷花淀》的出现，就像冀中平原上，从水淀里，刮来一阵清凉的风，带着乡音，带着水土气息，

1. 转引自段华：《荷花的光影：孙犁之旅》，北方文艺出版社 2018 年版，第 94 页。

使人头脑清醒。”[1] 方纪从作品的题材、语言和表现手法上指出《荷花淀》的“别开生面”，而这三个方面从审美范畴的视域总括来说，就是孙犁小说所蕴含的独特的美，即优美。

《荷花淀》最初刊登在《解放日报》1945 年 5 月 16 日第四版，小说的故事情节并不复杂：村里几个积极进步的青年报名参军，家中的妻子不舍，以送衣物、“有句要紧的话”等为由，划船去马庄找丈夫，不料人没见到，却在回村的白洋淀上，遇到了日本鬼子，幸亏丈夫们组成的游击队埋伏在这里，趁机打了一场漂亮的伏击战，并歼灭了日本鬼子。在《荷花淀》中，几乎每一字每一句都充满着水生嫂和水生日常而温馨甜蜜的爱情，水生嫂做好了饭，在院子里编着席子，已是深夜，她还没有上床休息，院子的大门也没有关，因为“丈夫还没回来”。[2] 作者用极简练和日常化的语言，传达出农村青年男女之间害羞含蓄、不善言辞的爱情。这句简单含蓄的“丈夫还没回来”，却代表着许多个类似这样的夜晚，许多类似水生和水生嫂这样的家庭，丈夫在外忙着革命工作，妻子在家等候着丈夫，无论多晚，都默默地等待，直到丈夫平安归来。丈夫回家后，两人的对话更显出爱情的优美与和谐：

1. 方纪：《一个有风格的作家——读孙犁同志的〈白洋淀纪事〉》，载刘金镛、房福贤编：《孙犁研究专集》，江苏人民出版社 1983 年版，第 350 页。
2. 孙犁：《荷花淀——白洋淀记事之一》，《解放日报》1945 年 5 月 16 日。

女人抬头笑着问："今天怎么回来的这么晚？"站起来要去端饭。

水生坐在台阶上说："吃过饭了，你不要去拿。"

女人就又坐在席子上。她望着丈夫的脸，……

水生小声说："明天我就到大部队上去了。"

……

水生说："……会上决定成立一个地区队。我第一个举手报了名的。"

女人低着头说："你总是很积极的。"

……

女人鼻子里有些酸，但她并没有哭。只说："你明白家里的难处就好了。"

水生想安慰她。因为要考虑准备的事情还太多，他只说了两句："千斤的担子你先担吧，打走了鬼子，我回来谢你。"[1]

水生嫂对水生这么晚回来，没有一丝责备，还担心他没有吃晚饭，特意把饭热着，然后两人聊着一些家长里短，他们对话的语言很简短，但简短的语言中蕴涵着丰富的情感，水生嫂在得知水生明天就要和大部队会合到前线抗日，

1. 孙犁：《荷花淀——白洋淀记事之一》，《解放日报》1945年5月16日。

要离开一段时间，心中有万分不舍，还有许多担心和难过，可是她强忍住泪水，只是说了一句："你明白家里的难处就好了。"[1] 这短短的一句话，却将一个少妇为这个家庭所付出的心血和承担的重任都予以了生动的体现，只要水生能够明白，那么她所做的一切都是值得的，也都是无悔的。而水生又怎么会不明白呢？可是在民族、国家面临生死存亡的关键时刻，也只能暂且将儿女私情放下，他将妻子为这个家所付出的艰辛都铭记在心，可也只是简单地说了句："千斤的担子你先担吧，打走了鬼子，我回来谢你。"[2] 这里没有冗长繁琐的絮叨，也没有海誓山盟的豪言壮语，爱情的优美都在简练含蓄的对话中淋漓尽致地展现出来了。

《嘱咐》中爱情的优美也是在男女主人公简练含蓄而不乏诗意的语言中体现出来：

> 女人看着他那日本皮大衣，笑着问："说真的，这八九年，你想起过我吗？"
>
> "不是说过了吗？想过。"
>
> "怎么想法？"她逼着问。
>
> "临过平汉路的那天夜里，我宿在一家小店，小店里有个鱼贩子是咱们乡亲。我买了一包小鱼下饭，吃

1. 孙犁：《荷花淀——白洋淀记事之一》，《解放日报》1945 年 5 月 16 日。
2. 同上。

着那鱼，就想起了你。”

……

“我们可常常想你，黑夜白日。”她支着身子坐起来，“你能猜一猜我们想你的那段苦情吗？”

“猜不出来。”水生笑了笑。

“我们想你，我们可没有想叫你回来。那时候，日本人就在咱村边。可是在黑夜，一觉醒了，我就想：你如果能像天上的星星，在我眼前晃一晃就好了。”[1]

两人的对话是在优美静谧的环境中进行的，孩子也已熟睡，两人都没有困意，在这种环境中最适合袒露心扉，将积攒多年的思念吐露出来，“吃着那鱼，就想起了你”。这是多么富有诗意的情话，使我们暂时忘记了这是战争年代，而女人的那句“你如果能像天上的星星，在我眼前晃一晃就好了”，更是使爱情的优美跃然纸上。

除此之外，爱情的优美，也体现在孙犁简练含蓄的语言背后对残酷、血腥、暴力等的遮掩和省略。血腥、暴力等是战争中无法避免的存在，尤其是日本侵略者对中国女性身体的蹂躏和践踏，那不仅是一段爱情、一个家庭的梦魇，也是整个民族的伤疤和疼痛，例如丁玲《新的信念》

1. 孙犁：《嘱咐》，载孙犁：《白洋淀纪事》，江苏凤凰文艺出版社 2016 年版，第 38—39 页。

和《我在霞村的时候》被日本侵略者强暴的陈老太婆和贞贞，她们的痛苦经历和心中永远的伤一再被提起，或是被自己（陈老太太），或是被他人（贞贞不幸的遭遇常被村民提起），在语言的直观和重复中，人物悲惨的命运令人感到悲愤和刺痛。但在孙犁的作品中，我们却可以发现，他用简练含蓄的语言对这些暴力和残酷等进行了有意乃至诗意的遮蔽和省略，从而为读者带来了不同的审美体验。例如《荷花淀》中，水生即将离家去与大部队会合，临走前他与妻子之间的对话：

> 她说："你有什么话嘱咐嘱咐我吧。"
>
> "没有什么话了，我走了，你要不断进步，识字，生产。"
>
> "嗯。"
>
> "什么事也不要落在别人后面！"
>
> "嗯，还有什么？"
>
> "不要敌人汉奸捉活的。捉住了要和他拼命。"这才是那最重要的一句，女人流着眼泪答应了他。[1]

孙犁并非不知道女性若遭遇日本侵略者会发生什么，

1. 孙犁：《荷花淀——白洋淀记事之一》，《解放日报》1945 年 5 月 16 日。

但他却用简练含蓄的语言埋葬了悲惨的可能，“含蓄，是感情力度的表现”。[1] 语言越是简练含蓄，其所蕴含的感情就越浓厚和强烈，法国文学理论家马舍雷也曾表达过相似的看法：“我们应该进一步探寻作品在那些沉默之中所没有或所不能表达的东西是什么。”[2] 正是孙犁语言上的省略和“沉默”，才造就了爱情书写的优美呈现。

题材上将聚焦点放在人们日常生活的温情和谐、人性的善良纯真等方面，与主流文学重点表现前线战争的激烈和人们劳动生活的热火朝天有着截然不同的美学风格，正如杨联芬所概括的：“主流文学追求文学的政治效应，崇尚力量（暴力）、冲突（阶级斗争）和社会政治叙事；孙犁的创作，则惯于在社会政治冲突之外表现人性之善、人情之美、人伦之和谐。”[3] 这是崇高美（主流文学）和优美（孙犁小说）之间鲜明的差异和不同；语言方面，孙犁小说语言以简练含蓄而不乏诗意的优美为主要美学基调，“孙犁的小说语言自然真纯，可以当之无愧地称为‘诗体小说’或

1. 郭志刚：《论孙犁作品的艺术风格》，载滕云等编：《孙犁作品评论续编》，百花文艺出版社 1999 年版，第 62 页。
2. ［法］皮埃尔·马舍雷：《文学分析：结构的坟墓》，载董学文、荣伟编：《现代美学新维度——“西方马克思主义”美学论文精选》，北京大学出版社 1990 年版，第 363 页。
3. 杨联芬：《孙犁：革命文学中的“多余人”——二十世纪中国文学论》，中国文联出版社 2004 年版，第 3 页。

者诗化小说”。[1] 这也与主流文学热烈激昂、粗犷口语化的语言大相径庭。表现手法上，孙犁小说的抒情性更为浓厚和强烈，融情于景、借景抒情等是其常见的抒情表现方式，而主流文学则是以立足于现实主义基础上的写实性和直抒胸臆式的表现手法为主。这些都是孙犁成为“一个有风格的作家”的重要表征，也是其并未真正被主流文化意识形态所推崇的重要原因之一，杨联芬认为：“他的作品所热衷表现的温情，总是更接近主流政治一贯排斥的‘小资产阶级情调’。”[2] 实质上，这也是两种不同美学风格（崇高美和优美）的对峙，虽谈不上是绝对的对立，但革命年代显然更需要的是能够振奋和鼓舞广大民众的坚定的革命信仰和英勇的革命行为，而不是个人日常或青年男女之间的温情。

二、对战争场景和生产劳动的诗性呈现

战争（革命）与劳动是延安文学最重要的叙事主题，也是其无法绕开的现实存在。而且无论是哪一种主题书写，都必然与革命、劳动相关联，这也就决定了其主题书写的美学形态也是由革命、劳动的美学形态所影响和决定的，战争的本质是残酷无情的，是血腥暴力的，延安时期

1. 赵艳红编著：《中国文学》，汕头大学出版社 2015 年版，第 383 页。
2. 杨联芬：《孙犁：革命文学中的“多余人”——二十世纪中国文学论》，中国文联出版社 2004 年版，第 1 页。

的劳动是热火朝天的，是斗志昂扬的，而“优美是人与世界之间一种易于适应、和谐共存的审美关系，……优美即持续、稳定的和谐，和谐是优美的本质”。[1] 或者如陈思广所言：“优美是以单纯、直接的形态表现出规律性与目的性的相互统一，表现出现实与实践的肯定，是创作主体在实践中显现出的和谐、齐整、统一等柔细、静稳状态的凝神关照，是令人心旷神怡的美的展现。”[2] 因此，优美与战争以及延安时期的劳动风格似乎有着无法融合乃至对立的美学呈现，而爱情书写在受到战争和劳动的影响下还要呈现出优美的美学形态更是难上加难。但在孙犁的作品中，我们却看到了这种可能。

例如，《荷花淀》中，四个不舍丈夫离家去前线打仗的妻子，私自划船去马庄想再看一眼丈夫，谁知在返村途中却遇到了日本侵略者，正当她们以为只有死路一条的时候，没想到丈夫们早已埋伏在这里打游击。本是一场血雨腥风、残酷暴力的战争，作者并没有描写激烈的战争场面，只是三言两语，对战斗场景一笔带过，“枪声清脆，三五排枪过后，他们投出了手榴弹，冲出了白洋淀。手榴弹把敌人那只大船击沉，一切都沉下去了。水面上只剩下一团烟硝火

1. 何林军：《美学十六讲》，湖南师范大学出版社 2018 年版，第 276 页。
2. 陈思广：《战争本体的艺术转化——二十世纪下半叶中国战争小说创作论》，巴蜀书社 2005 年版，第 229 页。

药气味。战士们就在那里大声欢笑着，打捞战利品”。[1] 这里的战场既没有血雨腥风，也没有尸横遍野，“一切都沉下去了”。作者诗意地覆盖和省略了那些残暴的激战场景，优美也就在作者对战争残酷暴力的屏蔽中呈现出来了，因为“优美与战争的惨烈格格不入，优美的战争小说自然要过滤血与火的战争场景，营造一种恬淡而又怡然的艺术氛围”。[2] 而爱情的优美也在战争“优美”的衬托和影响下得以更好地呈现。战斗结束后，水生将自己在水里打捞的战利品（纸盒装着的饼干）“顺手丢在女人们船上”，[3] 虽然他刚刚还在生着她们的气，说她们是“一群落后分子”，可那是出于对她们的关心和爱护，将这难得的少见的“胜利果实”看似不经意地丢在她们船上就是最好的证明，而最温馨与和谐的是“几个青年妇女把掉在水里又捞出来的小包裹，丢给了他们”，[4] 在这一丢一还的过程中，仿佛刚刚那场战争并不存在，让人感受到的是沁人心脾的爱情的优美与芬芳，而这种爱情的优美又“含有净化人的灵魂、塑造人的高尚情操的引人向上的作用”。[5] 这些女人们变得更加积

1. 孙犁：《荷花淀——白洋淀记事之一》，《解放日报》1945 年 5 月 16 日。
2. 陈思广：《战争本体的艺术转化——二十世纪下半叶中国战争小说创作论》，巴蜀书社 2005 年版，第 229 页。
3. 孙犁：《荷花淀——白洋淀记事之一》，《解放日报》1945 年 5 月 16 日。
4. 同上。
5. 杜东枝等：《美 · 艺术 · 审美：实践美学原理》，云南大学出版社 2015 年版，第 117 页。

极和进步，“这一年秋季，她们学会了射击。冬天，打冰夹鱼的时候，她们一个个登在流星一样的冰船上，来回警戒。敌人围剿那百顷大苇塘的时候，她们配合子弟兵作战，出入在那芦苇的海里”。[1]从这里不难看出，战争只是爱情主体存在的现实背景，并非作者真正想予以展现和表达的艺术场景，对战争作诗意性的艺术化处理，是为了突出和强调人性、人情，包括青年男女之间爱情的和谐美好与温馨，而经过革命洗礼后的爱情，也会让爱情主体变得更加积极进步。

除此之外，孙犁对劳动的诗性描写，也对爱情书写的优美呈现有着重要的影响。这与孙犁对“美”的理解和追求有关，他认为：“美既是现实，也是理想。艺术所表现者，则为现实与理想之结合。”[2]美是现实和理想交织结合的结果，作家可以在现实的基础上，融入自己的理想，使“美”成为作家内心世界和理想的显现，而这样的“美”自然也就带有作家个人鲜明的印记，从孙犁的作品中不难发现，孙犁是选择了优美的作家，“无论是现实中或是艺术中的优美，都以其温和、柔弱、清秀、淡雅、纤细、轻盈、幽静的形式表现出来，而且给人一种温柔、喜悦、心旷神

---

1. 孙犁：《荷花淀——白洋淀记事之一》，《解放日报》1945年5月16日。
2. 孙犁：《谈美》，载《孙犁全集》（第六卷），人民文学出版社2004年版，第283页。

怡、顺情适性的感受，这是优美最基本的表现形式与基本的审美属性”。[1] 孙犁聚焦于人性、人情、爱情等“美”的一面，因此，他对劳动的描写，不仅不同于一些文学作品中“异化的劳动”书写，比如《诗经·七月》中劳动者终日常年的辛苦劳动，却还是忍饥挨饿，“七月流火，九月授衣。一之日觱发，二之日栗烈。……”[2] 劳动是辛苦的，也是徒劳的，这样的劳动很难称之为美，如果非要将其划分在审美范畴中，那么也是“悲剧美”。而且也迥异于延安时期热火朝天的劳动生产，“扛起锄头上噢上山岗，山呀么山岗上，好呀么好风光，……人人都能把劳动英雄来做呀嘿，今年的生产要更加油来更加劲来更要加工”。[3] 孙犁对劳动的描写是与他对人性、人情的思考相联结的，人物劳动的场景、动作、心情等与人物的思想、情感、精神等是相通的，也就是说“劳动”是人物精神的外在显现，与美相连，并表现美。

我们且看作者在《荷花淀》中对水生嫂劳作情景的描写，文章的开篇作者就用诗意的笔调为水生嫂的劳动场景奠定了优美的基调：“月亮升起来，院子里凉爽得很，干净得很，白天破好的苇眉子潮润润的，正好编席。女人坐

1. 易健：《美学》，湖南大学出版社 2005 年版，第 207 页。
2. 陈节注译：《诗经》，花城出版社 2001 年版，第 193 页。
3. 路由词、安波曲：《兄妹开荒》，《解放日报》1943 年 4 月 24 日。

在小院当中，手指上缠绞着柔滑修长的苇眉子。苇眉子又薄又细，在她怀里跳跃着。”[1]月亮高悬在夜空，一切都显得静谧和干净，女人仿佛不是在劳动，而是在月亮下与苇眉子起舞，我们感受到的不是劳动的辛苦或者喜悦，而是一种平静、和谐、诗意，劳动仿佛与女人融为一体，是女人内在心境的体现。我们再往下看，“这女人编着席。不久在她的身子下面，就编成了一大片。她像坐在一片洁白的雪地上，也像坐在一片洁白的云彩上。她有时望望淀里，淀里也是一片银白世界。水面笼起一层薄薄透明的雾，风吹过来，带着新鲜的荷叶荷花香”。[2]这一段文字常常被看作孙犁小说诗意美的重要论据，但其实也包含了孙犁的劳动美学思想，对劳动的诗性表达，是为了突出劳动主体的善和美，而且劳动主体与爱情主体又具有美的一致性和连贯性，女人对劳动的态度以及在劳作过程中的表现，也使她的爱情笼罩在一种诗性和优美的氛围之中，这也是为什么作者在描述她和水生的爱情之前，要以女人的诗性劳动作为开篇，而这一诗性的劳动又贯穿在女人和丈夫的爱情以及他们共同的革命行为和理念之中，开篇对爱情主体劳动场景的诗性描写，已经营构和预设了爱情的优美。

---

1. 孙犁：《荷花淀——白洋淀记事之一》，《解放日报》1945 年 5 月 16 日。
2. 同上。

三、温婉秀丽的女性形象

王宇认为："没有一个人像孙犁那样，持久地将乡村女性作为自己乡村叙事一个最重要的支点。……而他所有为人称道的作品无一不是以乡村女性为主人公。"[1] 孙犁作品中温婉秀丽的女性形象增添了爱情书写的优美，也是孙犁作品独特风格形成的重要因素。

女性总是天然地带给人一种优美的感官享受，那些与优美相关的元素，如温柔、娇小、甜美、秀丽、惹人怜爱等已经成为她们的固定形象。《诗经》中就有大量描写女性优美形象的诗歌，如《关雎》中的"窈窕淑女"；[2]《桃夭》中将待嫁女子比喻为含苞待放的花朵："桃之夭夭，灼灼其华"；[3]《硕人》中的女子"手如柔荑，肤如凝脂，领如蝤蛴，齿如瓠犀，螓首蛾眉"。[4]《红楼梦》中贾宝玉更是将女性视为不容亵渎、不染尘埃的珍宝："这女儿两个字，极尊贵、极清净的，比那阿弥陀佛、元始天尊的这两个宝号还更尊荣无对的呢！"[5]《动摇》中胡国光眼里的方太太："小

1. 王宇：《"空白之页"与"变异转型"——孙犁乡村女性叙事的复杂性》，《南开学报（哲学社会科学版）》2014 年第 4 期。
2.《诗经》，三秦出版社 2018 年版，第 1 页。
3. 同上书，第 4 页。
4. 同上书，第 36 页。
5.〔清〕曹雪芹：《红楼梦》，华文出版社 2019 年版，第 19 页。

小的鹅蛋脸，皮肤细白，大约二十五六岁，……竟很是温婉可亲的样子。”[1]以及时代女性孙舞阳也是优美的化身：“一身淡绿色的衫裙；……箍了一条鹅黄色的软缎带；这黑光中间的一道浅色，恰和下面粉光中间的一点血红的嘴唇，成了对照。”[2]从这些古往今来的文学作品中可以发现，女性，尤其是中国传统女性总是与美或优美相连，她们有着娇小的身姿、俊俏的脸庞、脱俗清新的装扮和气质、温柔贤惠的性格等。延安时期的新女性剪去了飘逸的长发，常年的劳动和革命，使她们有着壮实的肌肉和黝黑的皮肤，传统女性的温柔、娇羞、爱美、温婉等与优美紧紧相连的美学气质不复可见，比如崔石挺《俊英》中对区妇救会妇女同志冯珍外在样貌和特征的描写：“她两道‘恶眉’，滚圆的眼，说起话来快口子，不带个老实样。”[3]《凤仙花》（温馨）中的一个女革命者：“一个长征老干部，女的，脸孔又红，又胖，头发从军帽里披下来，身体挺粗，挺结实，两只胳膊能够一下子举起三个大孩子。”[4]传统女性的温柔、娇羞、优美等在这位女革命者身上荡然无存，这是一个男性

1. 茅盾：《动摇》，载苏振鹭编：《茅盾代表作》，黄河文艺出版社1988年版，第23页。
2. 同上书，第55—56页。
3. 崔石挺：《俊英》，载康濯主编：《中国解放区文学书系·小说编》（四），重庆出版社1992年版，第2387页。
4. 温馨：《凤仙花》，载康濯主编：《中国解放区文学书系·小说编》（四），重庆出版社1992年版，第2727页。

化的身体，是被革命塑造的女性身体，这样一个壮实、豪放，甚至是有些“壮美”的女性，有关她的爱情书写自然与优美无关。这不仅是文学作品中常见的女性形象，也是现实生活中革命女性的真实状态，正如中外记者团访问延安的团员之一的赵超构在赴延安考察后完成的作品《延安轮廓画》中所说：“女性的气息，在这里异常单薄。绝对没有穿旗袍的女人，绝对没有烫发的女人，也没有手挽着手招摇过市的恋人。一般女同志，很少娇柔的做作。在服装上，和男人差别很少。如果夸张一点说，延安大概是最缺乏性感的地方了。”[1] 传统女性的优美被革命的崇高遮蔽和掩盖，女性失去了女性本身固有的特征，男女之间性别的界限变得模糊和难以界定。

但孙犁却在延安时期刻画了大量性别特征鲜明的女性形象，她们既富有传统女性的温婉秀丽，也有革命女性的坚忍乐观，她们的出现，使得爱情的优美成为可能。例如，《嘱咐》中的水生嫂，她吃苦能干，也能理解丈夫水生离家八年在前线抗战的行为，她和传统家庭中的女性一样，温柔贤惠，勤俭持家，丈夫在外革命，她在家照顾着老人，养育着小孩，家中的重担她独自承担，却无怨无悔。当水生离家八年后突然回到家乡，“女人一怔，睁开大眼睛，咧

---

1. 赵超构：《延安轮廓画》，《书报精华》1947 年第 28 期。

开嘴笑了笑，就转过身子去抽抽搭搭地哭了”。[1]在这一笑一哭两种情绪的变化中，我们可以看出，水生嫂平常刻意伪装的坚强，或者说被“革命”武装的情感，在见到丈夫的那一刻得到了释放和爆发，爱情的优美融化了革命的刚强，个人的情感色彩得到了极大的绽放。水生嫂再坚强乐观，也还是一个柔弱、思念丈夫的女人。即使是久经沙场，浴血奋战过的水生，个人的情感也不是完全被革命的崇高和信仰所遮蔽和覆盖，在战斗休息的间隙，他也会想念妻子，想念家乡的亲人，那不经意间流露出的温情，不就是爱情的优美最生动的体现吗？只不过这种优美在水生嫂温婉秀丽、温柔贤惠、明理孝顺的形象中体现得更为明显，我们且看这段文字：

鸡叫三遍，女人就先起来给水生做了饭吃。这是一个大雾天，地上堆满了霜雪。女人把孩子叫醒，穿得暖暖的，背上冰床，锁了梢门，送丈夫上路。出了村，她要丈夫到爹的坟上去看看。水生说等以后回来再说，女人不肯。她说：“你去看看，爹一辈子为了我们。八年，你只在家里呆了一个晚上。爹叫你出去打

1. 孙犁：《嘱咐》，载《孙犁全集》(第一卷)，人民文学出版社2004年版，第211页。

仗了，是他一个老年人照顾了咱们全家。……”[1]

女人得知水生只能在家停留一个晚上，让水生早早休息，自己却天不亮就起床生火做饭，还把孩子体贴照顾，并不忘正事，“背上冰床”，亲自划冰床送水生归队，“锁了梢门”说明水生嫂的细心，还执意要丈夫去爹的坟头看看，体现了她的孝顺。孙犁虽然没有通过描写水生嫂的体貌特征等表现她的“优美”，但在这许多细节之处，水生嫂处处体现着中国传统女性的温柔贤惠、勤劳质朴、明理孝顺等品格，这些都使她和水生的爱情呈现出不同于主流文学的独特的优美形态。

《荷花淀》中的水生嫂、《光荣》中的秀梅等女性，都有着中国传统女性的温婉秀丽、明理孝顺、温柔贤惠的形象和品格，但也不缺乏革命时代新女性的乐观坚强、一心为公，尤其是《光荣》中的秀梅，为了革命工作（劝说原生的媳妇小五，在家安心等待原生革命归来），将原订好的婚事给推了，有妇女劝说秀梅没必要跟小五一般见识，秀梅却以身作则，将革命摆在个人的爱情和婚姻之前，正如王宇所指出的：“有关她们的爱情描写，只是被当作乡村女性对民族、阶级解放事业一种特殊的奉献（将爱情奉献给

---

1. 孙犁：《嘱咐》，载《孙犁全集》（第一卷），人民文学出版社2004年版，第216页。

抗日英雄、革命军人）才获得叙事的合法性。”[1] 小五和原生离婚后，秀梅常常热心肠地跑到原生家，帮他的父母耕地、劳作，而原生的父母也早把秀梅当成自己的儿媳，当原生光荣地回到家乡，“在原生的心里，秀梅的影子，突然站立在他的面前，是这样可爱和应该感谢”。[2] 这一“感谢”中又何尝没有个人的情愫在里面呢？原生走上革命道路，第一助力就来自秀梅，秀梅将两人合力从逃兵那里抢来的枪，给了原生，原生才去当了兵。在小五和他离婚后，是秀梅一直在帮他照看父母，辛勤劳作，在这期间秀梅从没考虑过自己的爱情和婚姻。更为重要的是秀梅是村里妇救会的干部，是一名革命同志，有着坚定的革命信仰，这些都注定了秀梅和原生才是最合适的一对，也必定能在一起。因此，当原生的娘劝他把小五追回来的时候，原生以这样的女人无法一起进行革命更无法和谐生活为理由予以了反驳。原生 15 岁离开家参加革命，到 25 岁光荣回到家乡，这十年不仅是原生革命的十年，也是检验和筛选爱情的十年，小五没有通过十年的考验，原生自然不会再去将她追回来，而秀梅在这十年中，展现了一个传统女性的坚守和

1. 王宇：《“空白之页”与“变异转型”——孙犁乡村女性叙事的复杂性》，《南开学报（哲学社会科学版）》2014 年第 4 期。
2. 孙犁：《光荣》，载孙犁：《白洋淀纪事》，江苏凤凰文艺出版社 2016 年版，第 32 页。

一个革命女性的坚定，因此，她最终收获了“光荣”，赢得了爱情和婚姻。因此，秀梅身上传统女性的形象不仅使她与原生的爱情具备了优美的形态，而且她对革命坚定的信仰也使她的爱情增添了几分崇高美。

第三节　悲剧美

悲剧是让人难以承受也不愿接受的创伤体验，它常常使人陷入悲痛欲绝的情绪，有时更会使人就此消沉、堕落，乃至死亡，从这一层面来说，悲剧是一系列痛苦的连锁反应，并将与此相关的人和物卷入其中，从而带来更大更广的悲剧效应，不仅无利于个人的健康发展，而且对社会、革命等都会产生消极的影响。既然悲剧具有如此大的负面效应和不利影响，那么它又如何能称之为“美”呢？朱光潜指出：“悲剧给我们展现出来的，也是同样具有两面性的自然。不言而喻，悲剧不可能从完全快活的心绪中产生。……悲剧总是有对苦难的反抗，悲剧人物最不可原谅的，就是怯懦和屈从。”[1] 也就是说，悲剧具有两面性，悲剧也有向崇高转化的趋向和可能，这主要取决于“悲剧主体”

1. 朱光潜：《悲剧心理学》，载《朱光潜全集》（第二卷），安徽教育出版社1987年版，第362页。

是否能从“悲剧”中汲取力量，将负面能量转化为正能量，从而带来利于自身和革命发展的积极力量，“悲伤的情绪与情感是可以通过情—情联系（一类特殊的情—物联系）向积极的情绪与情感转化的。……对于异性有人甚至能产生爱情”。[1] 也正是在这一意义上，虽然悲剧美并不构成延安文学审美形态的主流，尤其是对于爱情书写这一以革命为前提和背景的现实要素和文学主题而言，但它却依然成为延安文学中爱情书写不可或缺的美学形态。而延安文学中的爱情书写的悲剧美的美学呈现体现在三个方面，分别是：悲剧性的爱情结局、爱情主体的不幸遭遇以及无爱的婚姻。

一、悲剧性的爱情结局

不论是在古代还是五四以后，悲剧性的爱情结局都是文学作品中最为普遍的。比如《红楼梦》中的贾宝玉和林黛玉，两人缠绵恩爱，最终却并没能终成眷属，黛玉思念成疾而亡，宝玉悲痛欲绝出家；《伤逝》中的子君和涓生，虽然两人曾不顾家庭和礼教的束缚与阻碍，毅然相爱，组建了一个温馨的家庭，可最后爱情还是以悲剧收尾，子君回到了原来的家庭，不久抑郁而终；《野祭》中的陈季侠与淑君，当陈季侠终于明白自己内心喜爱的是淑君时，淑

1. 张彩华：《美丽的美学：关于美、美感与艺术的理论新探》，上海远东出版社 2013 年版，第 111 页。

君却已被反动派秘密杀害。延安时期之前，文学作品中类似这样的悲剧性的爱情结局不胜枚举，个人的爱情一方面宣示着对封建礼教和道统的挑战，另一方面又无法突破社会和礼教的制约，最终也只能以悲剧性的结局宣告自身的失败。

中国共产党所领导的革命是备受人民群众信任和信赖的，是带给人民群众希望和光明的，而人民群众的幸福是与革命紧密相连，并随着革命的发展能够不断得以实现和满足的，这是客观的现实因素。加之毛泽东在《讲话》中明确提出："我们的文学艺术都是为人民大众的，首先是为工农兵的，为工农兵而创作，为工农兵所利用的。"[1] 以及所包含的"政治标准第一，艺术标准第二"的文艺创作原则等，使文学艺术作品都应以呈现正向的、光明的、富含希望的基调为主，有关爱情描写的作品自然也不例外。五四时期及以前，青年男女所面临的爱情困境在延安文学中都迎刃而解，比如《红楼梦》中黛玉和宝玉因封建道统的压迫和束缚没能自由地结合，爱情常常以光明的幸福的结局收尾，但悲剧美的爱情依然存在，以此丰富爱情的多样性维度。

例如，莫耶《丽萍的烦恼》，这篇小说最早刊载于

1. 毛泽东：《在延安文艺座谈会上的讲话》，《解放日报》1943 年 10 月 19 日。

1942年的《西北文艺》，是一篇具有强烈现实意义的爱情婚姻题材的小说，它真实地反映了延安时期社会上存在的工农出身的具有资历的革命军人或革命干部喜欢找比自己年龄小且具备一定的文化知识的青年女大学生或小资产阶级知识女性作为自己的恋爱和婚姻对象，这让他们感到“有面子”和自豪，而这类女性既出于革命的信念，对这些出生入死、久经沙场的革命军人有崇敬之情，也有自身爱慕虚荣的原因，最好能通过与职务高的干部谈恋爱和结婚享受更好的生活待遇。这一社会问题虽不是非常普遍的，但却对整个社会风气，包括青年男女的爱情观、价值观等都产生了较为负面的影响。丁玲在杂文《“三八节”有感》中谈及女性的社会地位和实际处境时说道：“她们被画家们讽刺：‘一个科长也嫁了吗？’诗人们也说：‘延安只有骑马的首长，没有艺术家的首长，艺术家在延安是找不到漂亮情人的。’然而她们也在某种场合聆听着这样的训词：‘他妈的，瞧不起我们老干部，说是土包子，要不是我们土包子，你想来延安吃小米！’但女人总是要结婚的。”[1]丁玲所举的例子虽然有些艺术的夸张成分，但也基本真实地反映了延安当时确实存在的不良现象，有些小资产阶级出身的女性在选择恋爱和婚姻对象时以对方职位的高低作为选

1. 丁玲：《“三八节”有感》，《解放日报》1942年3月9日。

择的标准，《丽萍的烦恼》中的丽萍便是这样一位女性。

丽萍受过良好的知识教育，为了反抗父母为其安排好的婚姻，同林昆（既是丽萍的知音，也是爱慕丽萍的男子）一起逃婚到延安，在这里她受到X长的追求和示爱，虽然X长比她年龄大很多，而且也离过婚，"但一想到不久他还要送她钢笔、本子，对她也总是深情地笑着，又觉得还不错了。像这么个快四十的人，没有老婆，还艰苦奋斗地做革命工作，的确是可敬而又可怜。我嫁了他，安慰他，让他更努力工作，这也是为着革命，并不是为着我自己"；[1] 丽萍以"革命"的名义和理由安慰自己，说服自己，以此掩盖自己内心小资产阶级个人主义的欲望，其实她并不爱X长，在情感上她更倾向于林昆，那个和她一样受过良好的教育，并和她有共同语言和话题的人，但林昆只是一个小小的干事，连自己的生存温饱都难以满足，因此，在物质享乐和精神共鸣两者之间，她选择了物质享乐，这也就决定了她与X长悲剧性的爱情结局，"军事政治她谈不来，她爱谈的他又漠不关心，甚至不懂得"。[2] 两人之间没有共同的语言话题，常常因为一些小事就多次大吵，就连对于两人婚姻的结晶——孩子，丽萍都没有一点喜爱，还满是

1. 莫耶：《丽萍的烦恼》，载王巨才主编：《延安文艺档案·延安文学（第三十五册）》，太白文艺出版社2015年版，第345页。
2. 同上。

嫌弃，甚至想要将孩子杀死或者送给他人，“烦死了，整天拉屎撒尿，脏得要命，晚上哭得我不能睡，我真想捏死她!”“我不要孩子”“真讨厌，我一定不要!”我们很难相信这些话是出自一个母亲之口，也由此可以想象，两人的婚姻生活是多么痛苦和悲剧，因此，“丽萍不顾一切地嚷着，尖嗓子夹着哭音：‘离婚……离婚……’”，[1] 故事到这里也就戛然而止，只留下丽萍哭泣的声音和这破碎的婚姻。

韦君宜的小说《结婚》，也是一出爱情悲剧，与《丽萍的烦恼》所不同的是，《结婚》中的女主人公并不是因贪图享乐而嫁给老革命干部罗忠平，纯粹是出于对革命的信仰和对罗忠平革命的光荣史的崇敬，但由于两人年龄差距较大，且没有共同语言，结婚当天又离了婚，酿成一场爱情悲剧。这样悲剧性的爱情结局不仅发生在文学作品中，在现实生活更令人触目惊心，悲痛万分，比如发生在 1937 年 10 月的“黄克功事件”，一个是对革命有着赫赫战功的老革命干部，一个是正值花季、年轻漂亮的女大学生，黄克功难以接受刘茜提出分手，在延河湖畔枪杀了刘茜，自己也因故意杀人罪被执以死刑，由此酿成了一场以生命为代价的爱情悲剧，让人不禁悲痛与惋惜。不论是现实生活中，还是文学作品中，爱情悲剧美的呈现也是有条件的，

1. 莫耶：《丽萍的烦恼》，载王巨才主编：《延安文艺档案·延安文学（第三十五册）》，太白文艺出版社 2015 年版，第 352 页。

它要能引起人们痛感，并能在痛感中有所领悟和启发，进而产生“美”与思考，首先爱情主体对革命的作用越大，革命的信念越深，其爱情的悲剧性就会越浓，也就越能引起人们内心的悲痛感，比如“黄克功事件”中的黄克功；其次，爱情主体在爱情和婚姻上若是以革命为其选择和取舍的标准，那么当爱情遭遇悲剧的结局时，人们的悲痛感也就越强，也就是说，延安时期，爱情与革命、阶级等有着密不可分的关联，同样，在美学形态上的呈现仍是如此。反面的例子也有，比如《韩花舌子和小白鹅》中的农会委员韩花舌子和地主杨化武的女儿小白鹅，虽然他们的爱情也是一种“悲剧”，两人因偷情被自卫队员捆绑着押到农会，但两人都是革命的反动阶级，韩花舌子因自己的私欲（想得到小白鹅的爱情）在土改中包庇和袒护地主杨化武，小白鹅是想摆脱农会自卫队员的搜查而勾搭韩花舌子，对于他们爱情的“悲剧”与失败，不仅无法引起人们内心的痛感，而且还有让人拍手称快之感。

二、爱情主体的沉沦堕落：以《戎马恋》为中心

鲁迅在《再论雷峰塔的倒掉》一文中曾说：“悲剧（是）将人生的有价值的东西毁灭给人看。”[1] 这是人所普遍

1. 鲁迅：《再论雷峰塔的倒掉》，载《鲁迅全集》（一），人民文学出版社 1961 年版，第 297 页。

具有的一种共情心理，我们常因美好的、有价值的人或物的沉沦与破碎而感到悲伤和难过，那么何为“有价值的东西”？不同时代有不同的定义和标准，但“美”或“有价值的东西”又具有一些普遍的共性和特征，并不随时代语境的改变而变化，比如，真与善。在抗日战争时期，每一个抵御外敌入侵，有着强烈爱国责任心与担当感的中国人对于革命来说都是“有价值的东西”，尤其是那些为国家、为民族而舍生取义、无畏勇敢的战士，他们的牺牲或沉沦堕落都是国家和民族的损失，也是让人感到悲痛的事情，《戎马恋》中的男主人公金千里正是这样一位人物。

《戎马恋》是姚雪垠完成于1942年5月的一部中篇小说，最早载于《中原副刊》，1943年3月重庆大东书局出版单行本，1946年3月，删减和修改后的《戎马恋》改名为《金千里》，由上海东方书社出版。2015年，王巨才总主编的系列巨著《延安文艺档案》中的《延安文艺档案·延安文学·中长篇小说（第三十四册）》选入了姚雪垠的这部中篇小说，依据正如该册《概述》中所说：延安文学“从地域跨度看，除了延安与陕甘宁地区外，还包括晋察冀地区、晋冀鲁豫地区、晋绥地区、山东地区以及华中地区等”。[1] 姚雪垠在当时虽然生活在大后方，并未到过延安，

1.《概述》，载王巨才主编：《延安文艺档案·延安文学（第三十四册）》，太白文艺出版社2015年版，第1页。

其作品的内容也与延安无关，但这部作品仍可归于延安文学之列。《戎马恋》以抗日战争为背景，主要讲述了青年男女金千里和张蕙风之间曲折虐心的爱情，其中不仅包含着作者对革命与爱情关系的深切思考，也体现着作者对处于战争背景下人性美丑的剖析。正如作者自己所说："恋爱是青年生活中的重要问题，而且是非常普遍的事情。青年们需要过政治生活，同时也需要过恋爱生活，两种生活息息相关，互相影响。"[1] 并且强调："一个青年如果政治苦闷，生活松懈，他对于恋爱的需要就格外强烈。……但对于金千里；我却有意把他写成抗战中一种青年典型。他的弱点也许正是你的弱点，我的弱点，我们许多朋友共同的弱点。"[2] 爱情与革命紧密相连，相互影响，男主人公金千里在革命与爱情之间不断摇摆、矛盾、挣扎，当爱情得意时，便将革命抛之脑后，爱情失意时，又视革命为至高无上的一切，爱情也在他逐渐的沉沦堕落中显出它的悲剧美。

金千里是一位青年军官，在部队做随从秘书，既奔波于前线，也游走于大后方，虽说带有浓重的书生气以及些许的小资产阶级的情调和作风，但也算得上一位尽职尽责的革命干部。在加入革命队伍之前，金千里曾有过两段刻骨铭心的爱情经历，每一段爱情都曾使他对生活失去信心

1. 姚雪垠：《关于戎马恋》，《新文学》1944 年第 1 卷第 2 期。
2. 同上。

和勇气，陷入无尽的痛苦和黑暗，甚至还想过以自杀结束自己的生命，直到抗日战争爆发，他回到家乡投入抗战救国的工作，每天繁忙的工作渐渐充实和填补了他内心的空虚和痛苦，“他每天从早晨忙到半夜。谈话、开会、编壁报、写文章、写信，到半夜上床后还要看几页书，或翻一翻武汉寄来的各种刊物和报纸。虽然每天忙碌得腰痛腿酸，但他一点也不感到工作繁重的苦”。[1] 但好景不长，父亲在他参加工作后不久去世，于是他离开家乡，忍着悲痛的心情到汉水前线找某某集团总司令给他安排一份实际的革命工作，以此来消解内心的悲痛，但总司令是他父亲的老朋友，念及旧情想多照顾他，“留他在总部里挂一个秘书的名义，却没有实际的工作给他”。他过着与战争环境截然不同的悠闲舒适、百无聊赖的生活，“每天和同事们谈闲话，下象棋，吃馆子，到野外骑马或到马路上溜达”。一开始他还觉得自责痛苦，但后来也就慢慢麻木了，当工作的热情慢慢减退，爱情的苦闷也重新占据了他生活的重心，他在日记中写道：“但当春天来时，爱情的苦闷就把一部分政治的苦闷代替了。”[2] 他会时常想起曾经的恋情，也会常常沉迷其中难以自拔，而这些都是一个奋发有为、积极向上、革命

1. 姚雪垠：《戎马恋》，载陈忠实、李继凯主编：《延安文艺档案·延安文学（第三十四册）》，太白文艺出版社 2015 年版，第 175 页。
2. 同上。

热情激昂的青年所不应该有的行为和状态，由此可以看出金千里已经有逐渐沉沦和堕落的倾向。

一个同事因战事受伤住进一家外国人开的医院，金千里常去看望他，由此认识了一位名叫张蕙风的女护士，并对她一见倾心，展开了热烈的追求，那沉寂已久的激情顿时苏醒。而张蕙风也被他渊博的学识以及崇高的革命信念所吸引，但她努力克制自己的情感，长期的宗教观念的洗礼使她不能“偷尝人类的禁果”，这反而使金千里万分沮丧和痛苦，甚至一度想要放弃这段恋情，尤其是他看到被日本轰炸过后的医院和这座小镇，那些逃难的老人、无助的小孩和母亲时，“金千里茫然地立在路旁，感到一种难受的凄苦滋味，两滴绿豆大的热泪珠子在大眼角里滚动起来。在这片刻间，他非常悔恨他自己的腐化生活和目前的浪漫行为。他想到从前的那个南国姑娘，想到许多在故乡工作的同志，许多远去敌后的同学和朋友，感到了无限惭愧”。[1] 在战争残酷一面的显露下，他追悔和反思自己过去堕落的行为和生活，他心中革命的意志再次被点燃，并将爱情的苦闷转化为革命的动力，努力抑制自己心中爱情的蠢蠢欲动，并劝告自己说：“爱的对象是可以常常转变的，我在半月前把一切交给恋爱，现在又要把一切交给革

1. 姚雪垠：《戎马恋》，载陈忠实、李继凯主编：《延安文艺档案 · 延安文学（第三十四册）》，太白文艺出版社 2015 年版，第 182 页。

命了。”而当金千里有一天突然收到张蕙风的来信时，决定封存的爱却随着这封信苏醒，然后跳跃，疯狂，像是决堤的洪水，倾泻而出，“金千里细细地读了三遍，把信纸折叠，装进信封里，压在枕头底下，忍不住一串快活的微笑从心的深处涌流出来，两滴泪珠在大眼角滚来滚去。但没到两分钟，他又把信拿出来，从信皮上第一个字开始读起，……他忽然低下头去，偷偷地、热烈地，在写信人的名字上吻了一下，又把信纸紧紧地按在怦怦跳的心口上，身子瘫痪地躺下去，……他曾经下定决心不再恋爱，现在张蕙风的一封简短的来信，竟使他的决心和一切计划都彻底地动摇起来了”。[1] 金千里就是在爱情与革命之间左右摇摆，矛盾与挣扎，最终还是以爱情作为自己终生追求的目标。

在张蕙风心中，“金千里比任何人都懂得多，比任何人的理论都进步而且正确，将来在革命的成就上也一定比任何人都大”。[2] 这是张蕙风对金千里的期望和信任，也是金千里身上可贵的潜力，她答应了金千里的求婚，并离开了原来工作的医院，听从金千里的安排，来到前方的妇女会工作。在这里，张蕙风逐渐由对上帝的信仰转变为对革命

1. 姚雪垠：《戎马恋》，载陈忠实、李继凯主编：《延安文艺档案·延安文学（第三十四册）》，太白文艺出版社 2015 年版，第 200 页。
2. 同上书，第 211 页。

的信仰，她在给金千里的信中表明她希望金千里能离开温暖舒适的大后方，来到革命前方同她一起革命，一起工作。而两人订婚后，金千里也展现了其自身积极革命的一面，“金千里一到前方，就碰着我们的秋季攻势刚刚开始，总司令派他随着出击的部队搜集宣传资料，一直在火线上和敌人背后奔跑了一个多月。……新的工作又落在他的身上。原来总司令要动身去重庆出席会议，决定叫金千里一道去做随从秘书”。[1] 在完成这些繁忙的革命工作后，金千里不辞辛苦，迫不及待地从大后方来到张蕙风工作的前方，但他并不是如张蕙风期待和希望的到前方工作，而是希望张蕙风能和他回到大后方，两人在那里结婚并一起生活工作，这使张蕙风陷入了痛苦和矛盾，在爱情和革命之间，她选择了革命，服从组织的安排，当妇女会解散后跟随大家一起前往前线，参加革命工作。

而金千里此时在她心中已经与最开始认识的他有了截然不同的区别，“张蕙风对金千里一天比一天失望起来，她厌恶他的阔绰享乐的生活，厌恶他的高谈革命理论，厌恶他谈结婚后的小家庭计划，厌恶他往往在谈话中流露的颓丧情绪。她觉得他已经不像一个青年，跟和她接触的男同志们完全两样，走着相反的两条道路”。金千里成为一

1. 姚雪垠：《戎马恋》，载陈忠实、李继凯主编：《延安文艺档案·延安文学（第三十四册）》，太白文艺出版社 2015 年版，第 209 页。

个安图享乐，高谈革命理论而不付出革命实际行动、沉醉于自我情感的一位“绅士”，作者其实也通过张蕙风的好姐妹李莲表达了对金千里这一类人的嘲讽和不屑，当同事问李莲找对象的条件是什么的时候，李莲回答说：“我第一不要公子哥儿，第二不要生活腐化的救亡绅士，第三，……他必须是一个真正的革命战士，不怕吃苦，不怕牺牲。……不要他只在嘴上革命，只会说一些漂亮理论。”[1]而这些其实都是在影射金千里逐渐堕落和沉沦的生活作风和习惯。当张蕙风随队伍赶赴前线而不是按照他的意愿跟他回重庆结婚工作后，金千里彻底崩塌和堕落了，他伤心欲绝，抽烟酗酒，变得更加颓废和沮丧，已经完全被爱情击倒，没有丝毫革命者的坚强和无畏，也没有了高谈阔论的革命激情，“他认为现在他完全生活在空虚里边：爱情空虚了，革命空虚了，种种的希望空虚了。他曾经革命过，曾经撒播过不能计数的革命种子，然而有什么意义呢？”[2]失去了爱情的他，革命和生活也就变得毫无意义可言了，甚至再次想到了自杀，在金千里心中，爱情永远是第一位的，而爱情随着他的沉沦堕落，更显出一层悲剧色彩。

---

1. 姚雪垠：《戎马恋》，载陈忠实、李继凯主编：《延安文艺档案·延安文学（第三十四册）》，太白文艺出版社 2015 年版，第 215 页。
2. 同上书，第 237 页。

三、无爱的婚姻

没有爱情的婚姻是悲剧的，没有婚姻的爱情也是不完整的。延安文学中的青年男女恋爱就是以结婚为目的的，而恋爱又是以共同的革命理想与政治追求为基础。史容在《论新女性的恋爱观（关于共产主义道德问题之一）》中谈到青年男女恋爱的条件时，特别强调了恋爱与婚姻的关系："我们的恋爱最后是与结婚一致的。结婚是恋爱的继续。"[1]时任中共中央妇委书记的邓颖超也认为："结婚应该是恋爱的最高发展。"[2]但在延安文学有关爱情描写的作品中，仍然存在着无爱的婚姻，例如上文已提到过了《丽萍的烦恼》中的丽萍和X长的婚姻，便是无爱的婚姻，丽萍和X长结婚只是安图享乐，并非自己所说的"牺牲自己为了革命……"，[3]两人不仅没有共同语言和兴趣爱好，还常常因为一些小事而大吵大闹，甚至离婚，婚姻生活过得非常糟糕，而X长娶丽萍，也并非出于一名男子对一名女子的爱慕和喜欢，而是一种虚荣心的满足，"老婆是个洋学堂出来的'知识分子'，比起别人的土包子，当然也光荣得多"。[4]这

1. 史容：《论新女性的恋爱观（续）》，《中国妇女》1940年第2卷第6期。
2. 邓颖超：《恋爱与结婚》，《中国青年》1939年第2卷第1期。
3. 莫耶：《丽萍的烦恼》，载陈忠实、李继凯主编：《延安文艺档案·延安文学（第三十五册）》，太白文艺出版社2015年版，第345页。
4. 同上书，第342页。

样的婚姻无疑是悲剧的，而那没有“出场”的爱情则更是悲剧的。《一个女人翻身的故事》中的折聚英可以答应她男人的结婚要求，但前提是她男人必须要参加红军，可两人之间根本没有“爱情”，婚姻自然也是悲剧的，婚后不久，男人的本性就暴露出来，吃喝嫖赌，叛变革命，毫无上进心，最终也酿成一出婚姻悲剧。其实，纵观延安文学中的爱情书写或婚姻书写，“爱情”并非仅指青年男女之间互相爱慕、欣赏的感情，或是基于性的吸引和渴望而产生的情愫，它在文本中更多地表现为共同的革命理想与政治追求，这既是恋爱的条件，也是爱情在延安语境下的新的指称。而且，由于爱情和婚姻之间的所属关系，有时婚姻也等同于爱情。本节所说的“无爱的婚姻”既指没有共同的革命理想和政治追求的婚姻，也指没有“爱情”的爱情，这也是爱情的悲剧美呈现的又一原因。

没有爱情的婚姻通常发生在封建社会时期，但在偏僻的农村，即使到现代社会的今天，也不能说这一现象完全消失了，更何况在抗日战争时期贫穷落后的陕北农村，这一现象极为普遍。这样的婚姻不仅造成两个人爱情的曲折和悲剧，而且也带来两个家庭的不幸和悲剧。例如柳青的《喜事》中描绘的，结婚本来就应该如这篇小说的题目是“喜事”，可男主人公招财儿的两段婚姻都并不“喜”，反而还是“悲”，正如文中“我”的父亲所说：“‘说是喜事，其实也够苦情。'" [1] 招财儿的第一段婚姻是在他 16 岁的时候，父亲给他置办了婚事，新娘名叫魏兰英，两人成婚没多久，革命爆发，魏兰英参加了红军，成了“女宣传”，也成了招财儿父亲口里的“公家人”，成为“公家人”之后的魏兰英变得和以前不一样了，剪了短发，识了字，瞧不上招财儿了，哭着闹着要离婚，不论招财儿的父母和区上的领导怎么劝解都没用，最后，招财儿的爹“便在急怒中答应了离婚”。[2] 离婚后没多久，招财儿的父亲又花大价钱给儿子“买”了一桩婚姻，“一个农家姑娘要嫁给一个完全陌生的受苦汉”，[3] 两人在入洞房时才第一次见面，新媳妇对招财儿并不满意，两人在新婚之夜大打出手。按照礼节，新婚之后，新郎官和新媳妇要一起“回门”，拜访老丈人，可是新媳妇对这桩婚事极不满意，死活不愿意回门，好不容易在父亲的百般威吓和母亲的“眼泪规劝和哄骗之下”，[4] 才终于完成了这个礼节。可没过几天，两人又打架了，这几乎成了家常便饭，众人也都对此事渐渐失去了兴趣，在一个清晨，众人得知新媳妇儿在半夜离家出走了，故事到这里，我们不知道是该为招财儿不幸的婚姻悲痛，还是为新

1. 柳青：《喜事》，载康濯主编：《中国解放区文学书系·小说编》(三)，重庆出版社 1992 年版，第 1797 页。
2. 同上。
3. 同上书，第 1801 页。
4. 同上书，第 1806 页。

媳妇悲惨的命运而叹息。

中共中央到达延安之后，颁布了一系列的婚姻政策，发表了大量有关探讨男女恋爱和婚姻关系问题的文章，来遏制这类悲剧的重演以及最大限度地降低悲剧发生的概率。例如1939年4月4日颁布的《陕甘宁边区婚姻条例》第一章的《总则》中特别强调："男女婚姻照本人之自由意志为原则。……禁止包办强迫及买卖婚姻，禁止童养媳及童养婚（俗名站年汉）。"[1]这不仅可以降低婚姻悲剧的发生，还为那些因包办和买卖婚姻的受害者提供了"说理的地方"，比如《喜事》中新媳妇最后的去向问题，"有人猜疑她奔娘家去了，也有人认为她大有可能去区上控告"。[2]但大多数人认为新媳妇不会以自杀来反抗这段婚姻，"因为现在连小脚婆姨也会找到说理的地方——政府办公的所在……"[3]在旧社会，女子若是遇到这种情况，要么忍气吞声，悲惨地度过一生，要么自杀寻短见，可现在她们有了新的解决方法，既不用忍气吞声，也不用牺牲生命，悲剧也不会再重演。

冯文彬在《论两性问题》中也特别强调："第一，两

1.《红色档案——延安时期文献档案汇编》编委会编纂：《陕甘宁边区政府文件选编》，陕西人民出版社2013年版，第215页。
2. 柳青：《喜事》，载康濯主编：《中国解放区文学书系·小说编》（三），重庆出版社1992年版，第1807页。
3. 同上。

性关系应该是自由的，真实的，否则就会造成痛苦和悲剧。所以我们反对一切强迫、买卖、包办、欺骗，也反对一切势力、金钱、地位、装饰的诱惑。只要在双方自愿的原则之下，直接结合或经过适当的介绍而结合都是正当的，……第二，两性关系应该是健康的。……反对乱婚早婚、反对童养媳，多妻主义和娼妓制度。”[1]不自由的两性关系，被买卖、包办的婚姻，是无爱的婚姻，带来的只能是悲剧，但随着中共中央颁布的一系列婚姻政策的普及，这类悲剧自然也就慢慢消失了。例如张志民的《婚事》中，秋莲和秋福就是被双方父母定下的娃娃亲，险些酿成悲剧。秋莲爹和秋福爹是亲如兄弟的好哥们儿，双方的妻子同时怀了孕，两人想把这份缘分延续下去，于是，“说笑之间，替未来人作主，就安排了两家孩子的终身，……如果一男一女，就配作夫妻”。[2]“不知是‘天从人愿’，还是‘菩萨奶奶’凑热闹，前后不差十天，偏偏就生了个一男一女。”[3]本来两家计划着等秋莲和秋福都满十八了就让他们成亲，可不知两家从哪里听来的谣言，说共产党来了，要“共产共妻”，于是，两个孩子的婚事就成了两家的心病，想赶在共产党来之前就将秋莲和秋福的婚事操办了，可秋

1. 冯文彬：《论两性问题》，《中国青年》1939 年第 1 卷第 6 期。
2. 张志民：《婚事》，载康濯主编：《中国解放区文学书系 · 小说编》（二），重庆出版社 1992 年版，第 1145 页。
3. 同上书，第 1146 页。

莲和秋福才刚十五，还是乳臭未干的小姑娘和小伙子，两人对爱情和婚姻的事情还都处于懵懂状态，当秋莲爹和秋福爹给他俩举办喜事时，秋福还在跟一群孩子玩捉迷藏，根本不知道今天是他娶媳妇的日子，秋莲也是一样，“像个木偶人似的，不声不响地被人牵来婆家，整整一天了，她还一声没吭，直到婶婶们拉她入洞房了，才像久闷的炸雷一样，‘哇！’的一声大哭”。[1]

解放李家镇的部队此时已来到镇上，几个解放军和工作队的同志循着哭声看到了两个老汉拉扯着一个嚎啕大哭的小姑娘，其中一个女干部上前询问，了解了事情的来龙去脉，得知这段婚姻是双方父母包办的，非两人自愿，而且两人也没有到法定的结婚年龄，因为在婚姻年龄方面，《陕甘宁边区婚姻条例》中有明确规定，“男子以满二十岁，女子以满十八岁为原则”。[2]没过多久，秋莲和秋福的婚约解除，在党中央的婚姻政策下，一桩婚姻的悲剧成功变成了一场皆大欢喜的喜剧，“到会的，人人同意解除婚约，六张笑脸从妇联会出来，笑得最甜的该是秋莲，初春的阳光照在她那红苹果似的娃娃脸上，眉角、眼梢，没处

1. 张志民：《婚事》，载康濯主编：《中国解放区文学书系·小说编》(二)，重庆出版社 1992 年版，第 1150 页。
2.《红色档案——延安时期文献档案汇编》编委会编纂：《陕甘宁边区政府文件选编》，陕西人民出版社 2013 年版，第 215—216 页。

不像个孩子啊！”[1] 这些作品对无爱的婚姻的描写，不仅使得爱情显出悲剧美的色彩，而且还具有批判封建礼教对人们精神和思想的控制和束缚的战斗色彩，客观上更显示了在中国共产党的领导下，这种悲剧的爱情正在逐渐减少，而基于共同的革命理想和政治追求的爱情则日益增多，并成为延安时期爱情的主流。

爱情的崇高美、优美与悲剧美之间并非完全割裂的关系，崇高美之中蕴含优美，悲剧美中又体现着一定的崇高美，三者相互联系，乃至相互转化，并且都带有鲜明的政治意识形态的色彩。但三者之间又有诸多的不同。崇高美作为延安文学爱情书写的主流美学形态，它与政治、革命、劳动等的联系最为紧密，也最易受它们的影响，或者可以说，爱情的崇高美在美学层面的本质形态则是政治、革命和劳动本身，而不是个人化、个性化的爱情自身，两者在正面的社会趋向和美学指归上保有一致性，但在个人的感觉结构和情感系统方面又具有一定的悖论性。优美在作品数量上虽然略低于崇高美，两者在审美范畴视域中看似风格差距较大，但在延安文学中，两者并不对立，反而还有很大的相似性和共通性，都体现着革命的正面价值，寓意着光明和希望，也都一再重申和强调着个人爱情的实现和

1. 张志民：《婚事》，载康濯主编：《中国解放区文学书系・小说编》（二），重庆出版社 1992 年版，第 1153 页。

满足必须以革命的进程和胜利为前提和条件。而悲剧美，作品数量没有崇高美和优美多，而且其所体现的思想内涵等与革命、政治的关系也不那么密切，尤其是当悲剧美没有转化为崇高美，爱情主体也没有从悲剧中汲取力量，化成正面的、积极的、崇高的行为和思想，悲剧仅仅停留在其“悲”的一面时，那些鲜明的意识形态、宏大的革命叙事等此时都沉默和隐匿在个人情绪的扩张和真实的欲望表达之中，而爱情这一本来就不是千篇一律，也没有固定剧本的“多生物”，在悲剧美的美学形态中，它的多样性、丰富性、独特性、差异性等得到了全方位、多层次的展现。

结语

延安文学中的爱情书写不仅是对五四时期或左翼时期爱情书写主题上的一种延续，是关乎文学审美形态的一种表达，更为重要的是，它是延安文人，也是现代中国知识分子思想的分裂性、情感的复杂性、命运的曲折性等的一种写照和凝聚，并且也是延安文学丰富性、独特性、复杂性的不可或缺的构成要素。因此，对延安文学中的爱情书写的研究也不仅是对一种主题书写的探析，对一种审美形态的考察，也是对现代中国知识分子心路历程、心理变迁的一种追溯与回顾，对他们思想与情感的一种关切和体认，更是对延安文学丰富性、独特性、复杂性的另一种认知与阐释。

20世纪30年代至40年代，文化中心之一从上海转移至延安，这并不是单纯意义上地理空间的转变，而是两个历史时代和文化空间的变迁，同时，它更意味着一种新的审美形态与文化生产机制的诞生，伴随着革命的战火，大批的政治家、文艺家、革命者等从不同方向来到延安，在此集聚为现代中国知识分子群体，这是一个多元共存、多种思想相互碰撞与融合的时期，也是文化创造力和文学生命力蓬发的时期，而这又与延安文艺整风运动前所营构的自由的文化氛围和政治氛围有很大关系，如袁盛勇所分析的："延安政治文化氛围中所散发的自由气息，其实正契合了文人们的自由本性，也契合了文化创造本身对于自由状态的召唤。"[1]因此，五四时期和左翼时期的思想启蒙、书写主题、审美方式等在这里得到了延续和再创造，爱情书写也得到了进一步的发展。

但随着知识分子生存方式、文化文学的生产方式等的改变，尤其是1942年毛泽东发表《讲话》后，政权文化对知识分子文化的管控、约束，对民间文化的重视和拔高等，延安文学中的爱情书写或者说延安文学由此进入了一个"喜剧的时代"，"从此，延安文学中曾经鸣响过的忧郁调子被欢乐的旋律所替代，一切人间的不幸在作品中一扫而空"。[2]而这也与延安文人的思想情感、文人心境等紧密相关。知识分子生存方式、文化文学的生产方式等的改变以及《讲话》的发表等，不仅深刻地改变和影响着文学的

1. 袁盛勇：《难得自由：文艺整风之前的延安文人》，《浙江师范大学学报（社会科学版）》2005年第3期。
2. 袁盛勇：《论延安文学观念中悲、喜剧意识的嬗变》，《文学评论》2007年第3期。

主题书写与审美价值的取向，更对知识分子的文化思想、心理机制等产生着重大的冲击，他们不得不重新思考与审视文学与革命、传统与现代、个体与集体、民族与国家之间的关系，更需要在思考与审视之后作出必要的抉择与转变，而延安文学中爱情书写的延续与新变等既是延安文人作出思考和转变下的结果，也是他们心路历程和心理变迁的一种体现。

1949 年 7 月 2 日，在新中国即将诞生的日子里，中华全国文学艺术工作者代表大会在北平（北京）召开，延安文人由此走出延安，进入新中国，他们也由革命队伍里的公家人转变为事业单位里的公职人员，身份再次发生了变化，生活方式与生产方式也随之发生了变化。并且也再次面对新环境、新身份、新体制等对他们作出的新任务、新要求、新使命。现代中国知识分子在延安时期所形成的意识形态应对机制、生存智慧等依然清晰而鲜明地存在于新中国，这一点从其对爱情这一主题的书写和处理中便很容易看出来，且先不论现代中国知识分子在共和国爱情文学的书写中对爱情内涵、意义的表达、书写爱情时的话语模式、结局呈现等细节如何处理，单从新中国成立到 1966 年这 17 年间有关爱情书写的作品数量上便可见一斑。南京师范大学张开在其博士论文《文学生产机制与新时期以来文学中的情爱叙事（1978— ）》的“附录”中对共和国早期（1949—1966）出版的情爱文学作品进行过统计，“在1949年至1966年之间，中国大陆地区出版的书名中含有爱情、婚姻以及相关字眼的文学类图书共有103种”。[1] 其中1957年和1958年爱情作品的数量达到了最高值，分别是23部和15部，而1958年之后逐年骤减，到1964—1966年作品数量为零，当然，作者的统计依据主要是对书名中含有“爱情”“婚姻”等字眼的且正式出版的图书，而那些书名中没有含有“爱情”“婚姻”等字眼或发表和刊登在文学期刊上的作品并未考虑在内，比如萧也牧的《我们夫妇之间》、路翎的《洼地上的战役》等，这些作品的名字虽未以“爱情”“婚姻”“家庭”等直接命名，但其内容却涉及爱情、婚姻与家庭。张开的统计数据虽有不太准确和疏漏之处，也仍在很大程度上揭示了某种规律，即当社会出现宽松自由的氛围、政治权力对作家作品的干涉和批判有所松动时（1949年10月1日新中国刚成立时的喜悦、宽松的社会氛围，1956年“双百方针”的提出等），这一时期书写爱情的作品数量就会不断增加，而当社会氛围紧张、政治权力等对作家作品的干涉和批判严峻时（1952年对萧也牧《我们夫妇之间》的批判、1959年7月提出的“反右倾”等），书写爱情的作品数量迅速减少，乃

1. 张开:《文学生产机制与新时期以来文学中的情爱叙事（1978—　）》，南京师范大学博士学位论文2021年。

至清零。从中不难看出，现代中国知识分子在书写和处理“爱情”这一敏感题材时，他们的精神变迁、心路历程、生存智慧、创作理念等，都可以从他们在延安时期对爱情的书写和处理中看到痕迹，并且从中也可以真切地感知到延安文学丰富性、独特性和复杂性的一种成因。

延安文人作为现代中国文化与文学的重要参与者之一，他们陪伴着党与人民从革命战争年代步入和平建设年代，在这一过程中，他们贡献了知识分子应有的责任与担当，有着自身的坚守与坚持。在这一过程中他们虽然经历了诸多的坎坷与挫折，身体与精神都经受了风雨的考验与锻造，其中更饱受生死歌哭，但九死不悔，初心不改，而这也是现代中国知识分子的真实写照，他们的作品是一笔宝贵的历史财富。

致谢

人应该懂得感恩，就像蒲公英飞翔在蓝天，应该感谢天空的宽广与风的自由。回顾博士这一路走来的时光，需要和想要感谢的人和事太多太多，可忙碌的生活与总以为时间还有很多的暗示常常使我无法驻足，那句感谢也始终没有说出口。现在，天空风和日丽，未来美好可期，心情平静自若，那些人和事在这微风吹拂的夜晚缓缓展开，如同珍藏多年的美酒被打开了瓶盖，芳香沁人心脾，我想我再没有理由忍住四季变换的诗意，去写下这一整个夏天的心意。

> “我知道 / 您那颗越来越柔软的心 / 因为，我终将也会是一个父亲 / 一个不如我父亲的男人”
>
> （节选自邱跃强的诗歌《父亲》）

感谢我的父母。且不说我自2011年离开新疆到外地求学，回家陪伴他们的次数屈指可数，也不说他们为了支撑起这个家年复一年风吹日晒地田间劳作，单就是想起岁月在他们身上留下的印记，我都会心头一酸。再看看自己，一无所有，一事无成，既没有满足他们作为父母对我娶妻生子、稳定工作的简单愿望，也没有达成作为子女对他们尽心尽孝的基本义务，面对他们，我更多的是愧疚，是自责，是对自己的痛恨。博士头衔也许在大多数人眼里是一种荣耀，但在我心里它有时是一种耻辱，尤其是当我看到父母在生活中遭遇的艰难和心酸，“博士”不仅没有成为解决问题的方法，还是一种增加笑柄的谈资时，我更加确信了百无一用是书生，责怪自己为何要读博，又为何要选择文学。这个问题曾长时间地伴随着我，直到博士毕业的今天，我终于有了明确的答案，博士不是荣耀，更不是耻辱，它是带有强烈个人体验性的一种哲学，只有经历过的人才懂，而文学解决的并不是现实问题，也不需要解决现实问题，但它是关切人自身的根本问题。现在，我坚定我的选择，并坚信这份选择能够带给我和我的父母幸福。

“您双手捧沙，四季和桃花 / 外出寻水的人 / 嘴里念着您的名字”

（节选自邱跃强的诗歌《指引》）

感谢我的导师，袁盛勇教授。人与人之间的相识是需要缘分的，师生关系尤其如此，能成为袁老师的学生，更加使我相信缘分的奇妙。袁老师是一个什么样的老师呢？与他相处四年，我也并未全部了解，但他应该是一个“严”老师吧，严肃认真对待学术，更严于律己，对我们的论文要求严如铁钺，既是严师益友，也是严父慈母。感谢袁老师，不仅是学位论文的完成离不开老师的指导和修改，而且需要感谢的是老师与师母在读博期间对我的关怀和帮助，使我在异乡感觉到了温暖和依靠。更需要向老师说声对不起，学生是个愚笨之人，没能在学术和学习上取得令老师感到满意与骄傲的成绩，这些都使学生感到惭愧，请老师见谅。但请老师相信，学生一定会更加努力弥补自己的愚笨，在做人方面绝不会仅仅是做学问上的及格或良好。

“往南走吧 / 在耶路撒冷的南边 / 你能看见结满无花果的树 / 与树上的河流”

（节选自邱跃强的诗歌《怀揣爱》）

感谢文学院李继凯教授、赵学勇教授、王荣教授、田刚教授、程国君教授、李跃力教授对学生论文的认真指导，他们渊博的学识与正直的为人，常常使我感觉到莫大的荣幸，能成为师大文学院的一员，还能聆听先生们真知灼见的观点。感谢张荣华老师、冯超老师、侯立老师、魏珊珊老师、金昭羽老师、黎佩璇老师，他们认真细致的工作态度与平易近人的待人风格，如同西安炎热夏季里的凉爽微风，使人舒适愉快。感谢杜睿、席东、封艳梅、吕惠静、喻雪玲、邢天洋、王奎、赵俭杰、赵金平、蔡亚玮、林贤、李泽涛、林可、刘飞、冉思尧、张晓剑、郭大章、张宇璁、景兴燕、马莹莹、柴莹莹、岳樱娜、路嘉玮、谷少华等同学，他们的真诚与善良，是这喧嚣世界最动人的温柔。

“大地 / 带来了水 / 和水里的一场大火 / 于是 / 一切都会成为历史 / 而历史本身 / 则是你碗中的水”

（节选自邱跃强的诗歌《历史》）

感谢王俊虎老师，谆谆教诲；感谢侯业智，情真意切；感谢杨旭，一见如故；感谢苏芳泽，推心置腹；感谢于浩男，相见恨晚；感谢薛栋，相得甚欢；感谢刘哲，心照神交；感谢王耀南，桃花潭水；感谢马海燕，相视莫逆；感谢刘爽，鲍子知我。当然，感谢的话怎么也说不完，就如同需要感谢的人怎么也说不尽，但我相信他们能懂，这一个词所蕴含的无限含义，一切都会成为历史，而我们的友谊淡如水。

“我必须在九月的最后一天 / 学会遗忘 / 那是最接

近水的地方”

（节选自邱跃强的诗歌《一切如初》）

感谢刘源：与我同年同月同日生的兄弟，许多感受和情绪，不用言语我们彼此都能懂；感谢孙志明：黑夜越深，我相信，你心中的明灯会越亮；感谢牛建国：生活可能会让你变得沉默寡言，但你高举的手早已扬过生命的风浪；感谢黄江明：你是如此地坚守着自己，就像一棵深深扎根于土地的大树，任凭风雨袭来却依然挺拔；感谢顾银龙：现实总想逼你就范，但你的纯真与简单从未削弱分毫，如同一股清流，在阳光下显得格外清澈透明；感谢谢永生：正是因为生活之路的坎坷不平，才显得你是那么不凡与独特；感谢李海：无论前路多么漫长，你总会创造独属于你的辉煌；感谢杨海涛：生活虽然缤纷斑斓，众声喧哗，但你总能根据自己内心的声音作出判断。时间像河流不断推着我们往前走，但很庆幸，我们之间的友谊不仅没有被冲刷流走，反而在岁月的洗礼中愈加坚固，尤其是在当下这个充满不确定性和缺乏信任的时代，它显得更是那么珍贵和难得，感谢！

感谢爱情，感谢我生命中的那些女人，我愿闭口不言，因为“回忆是一条有迹可循的河流／永恒地生成／疼痛的满足”（选自邱跃强的诗歌《逝去的爱》）。

最后，感谢一下自己，变得越来越沉默，却没有堕落，我内心深处的躁动，那是曾可以和世界对抗的勇气和力量，现在也慢慢地在平庸的生活里沦为平静，偃旗息鼓。我终于明白，我也不过是庸众中的一员，还多一种“看客”的心理，最后在阿Q式的生存境遇中自我磨损、消耗，死亡。如诗所云：“我是一条多欲而干涸的鱼／一条在案板上横躺的鱼／一道锋利的光／从上空切开／直到水／直到血浓于水”（选自邱跃强的诗歌《自画像》）。可我不愿如此，因为我相信：

沮丧痛苦的日子
终会远去
最好的结局
大地丰盛
阳光充足

（节选自邱跃强的诗歌《希冀》）

后记

本书是在我博士学位论文的基础上修订而成。最初博士论文的选题是从其他视域切入延安文艺，而非爱情，但最终，在我个人的坚持和一意孤行下，确定并完成了现在的这个选题。只是因为当时感觉对于爱情和知识分子有许多话要说，有许多话想说，主要是想通过对于延安文学中的爱情书写进行研究，表达出我对于爱情和知识分子的理解和想法。

爱情和知识分子在学术研究领域是一个陈旧的话题，但却是一个永恒存在的话题。何为爱情？何为知识分子？似乎说得清又似乎道不明，于有些人而言，爱情是美好神圣的，但对于另外一些人而言，爱情可能就是游戏享乐的。人们对于知识分子的看法也同样如此，在有些人看来，知识分子应该是有骨气有担当的，是具有独立思考和勇于表达精神的，是像鲁迅先生那样的硬气与大写的人，但现在我们再提起知识分子的时候，我们想到的是什么呢？

生命不会因为名利和财富而变得高贵与富有，却会因为缺少一种真切的情绪与情感而变得空虚与黯淡。

借此机会，我想感谢我的博士后合作导师王杰教授，他的支持与帮助，使我有勇气将拙著出版。感谢浙江大学传媒与国际文化学院、中国文艺评论基地的资助，感谢上海人民出版社的支持，本书才得以顺利出版。还有许多需要感谢的人，我在博士学位论文的致谢中，都一一感谢了，在此不再赘述。

学识所限，书中必定还有很多不足，研究还需进一步深入探讨，恳请专家学者批评指正。

邱跃强

2023年11月于杭州

浙江大学传媒与国际文化学院

中国文艺评论（浙江大学）基地

中国文艺评论基地（第二批）课题资助项目成果

国家社科基金重大项目“马克思主义中国化视域下的‘左联’文论及其资料整理与研究”（项目号：22&ZD281）阶段性成果